우리동네 아이들

우리 동네 아이들 ❷

초　판 1쇄 인쇄 1988년 10월 20일
개정판 1쇄 발행 2013년 10월 20일

지은이 : 나지브 마흐푸즈
옮긴이 : 정 성 호
발행인 : 황 세 연
편　집 : 김 영 권
교　정 : 이 춘 이
워　드 : 고 미 리
디자인 : 이지디자인
인　쇄 : 한교원색
제　본 : 동신제책사
발행처 : 도서출판 **중원문화**
주　소 : 서울시 마포구 서강로 11길 24(창전동 2-33)
전　화 : 02-325-5534　FAX : 02-324-6799

❋잘못된 책은 구입하신 서점에서 바꾸어 드립니다.
　(복사는 범법행위입니다.)

1988년 노벨문학상 수상작품

우리동네 아이들

❷

나지브 마흐푸즈 지음 ● 정성호 옮김

Children of gevelawi

Naguib Mahfouz

1988년 노벨문학상 수상작품

이 책은 회복저작물법에 의하여 법률적으로 보호를 받는 저작물이며 본사의 허락 없이는 무단으로 사용할 수 없습니다.

(UK, Heinemann 1981)
ⓒ Reprinted 2013 by Jungwonmunhwa Publishing Co.

◆ 차 례 ◆

제1권

이 책을 읽는 분을 위하여 • 5
저자 서문 • 8
아 담 • 15
가 발 • 151
리파아 • 272

제2권

카 셈 • 8
아라파 • 191

나오는 사람들

아담 고을의 창시자. 가발라위의 네 아들 중 막내. 아버지의 신임으로 영지관리를 위임받는데, 이에 반항한 맏형 이드리스가 집에서 추방된다. 악의 화신이 된 이드리스의 계략에 말려 아버지의 비밀을 훔치려다 발각되어 아담도 추방된다. 이후 그는 속죄의 삶으로 여생을 마친다. 아담과 이드리스의 관계는 선과 악의 대립으로서 소설 전체의 골격을 이룬다.

카드리 아담의 쌍둥이 아들 중 하나로 자신의 형제 함담을 죽인다. 큰아버지 이드리스에서 비롯되는 악의 상징.

가발 통치자 에펜디의 양아들. 그는 함단 마을 사람들을 착취하고 억압하는 통치자와 수장들로부터 그들을 해방시키기 위해 자신의 안락과 풍요를 버린다. 정의와 힘, 질서의 상징이다.

함단 함단 마을의 원로.

샤피카 뱀 마술사 발키티의 큰딸로 후에 가발의 아내가 된다.

리파아 목수의 아들. 마을의 수장 존폴의 학대로 다른 마을에서 태어나 고향으로 돌아온다. 가발라위의 계시를 받아 자기 마을을 해방시키기 위해 몸소 고행의 길을 걸으며 사랑을 실천한다.

쟈스민 사랑으로 구원을 외친 리파아에 의해 구원되어 그와 결혼하지만 수장인 바유미와 내통하여 리파아를 죽음으로 몬다.

알리, 쟈키, 후세인, 카림 리파아의 사랑에 감복하여 그의 제자가 되어 리파아의 뜻을 실천한 사람들이다.

카셈 쩨차리아의 조카이자 핫산의 사촌. 가발라위의 하인을 만나 마을을 해방시키라는 암시를 받고 친구인 사데크, 핫산 등과 힘을 합쳐 통치자와 수장들을 물리치고 해방된 새로운 마을을 만든다.

아라파 점쟁이 가이샤의 아들이나 아버지를 모른다. 하나쉬와 함께 마술을 연마하여 마을로 돌아오나 온갖 멸시와 조롱을 받는다. 그는 모든 것을 마술의 힘에 의지하려는 마술가로서 가발라위의 비밀을 훔쳐보려다 그의 하인을 죽인다. 결국 이 사건으로 가발라위마저 죽게 된다. 또 그는 마을의 악한 수장 사달라를 죽이지만 통치자 카드리에게 탄로나 그를 위해 마술의 힘을 빌려준다. 후에 그는 카드리에 의해 아내 아와티프와 함께 사막에서 생매장되어 죽는다.

하나쉬 아라파의 동료로서 행동을 함께 하나 아라파가 죽은 뒤에는 아라파가 남긴 마술책을 찾아 카드리를 물리치고자 한다. 가발라위와 아라파의 죽음으로 사람들의 마지막 남은 희망이요, 해방자로 전해진다.

카 셈

64

아무것도 변한 것은 없었다. 벌거벗은 발들이 아직도 먼지가 쌓인 길에 발자국을 남기고 있었으며 파리떼가 쓰레기 더미와 사람들 눈 사이를 오가고 있었다. 사람들의 얼굴은 지금도 초췌했고 일그러져 있었으며 옷들은 그대로 누더기였다. 욕지거리가 인사말처럼 오고 갔고 위선이 충만해 있었다. '큰 집'은 침묵과 추억 속에 잠겨 높다란 담 위에 우뚝 솟은 채로 남아 있었다. 그 오른쪽으로 통치자의 집이 있고 왼쪽에는 수장의 집이 있었다. 그 집들 다음에 가발 사람들의 마을이 있었고 리파아 사람들의 마을이 그것과 나란히 자리 잡고 있었다. 가말리아에 이르는 부분인 그 고을의 나머지는 '제르보아'라고 불리우는 그 지방에서 가장 가난하고 비천한 사람들이 몰려 사는 부랑자들의 동네가 있었다.

그 당시 통치자는 리파트였는데 전임자들과 조금도 다를 것이 없었다. 대수장은 키가 작고 호리호리한 레히타였는데 보기에는 무력해 보였지만 싸움터에 나가면 마치 불꽃처럼 날카롭고 재빠르고 위험스럽기 짝이 없는 적으로 돌변하는 것이었다. 그는 모든 마을을 피로 물들게 한 일련의 전투 끝에 수장이 되었던 것이다. 가발 사람들의 대수장은 갈타라고 불리었다. 가발 사람들은 아직도 자신감에 넘쳐 있었으며 자기들이 가발라위와 가장 가까운 친척들이고 자기들의 사는 곳이 가장 좋은 땅이며, 가발 마을 사람들이야말로 가발라위가 아끼고 사랑한 최초의, 그리고 마지막 사람들이라고 자랑하고 있었다. 그 때문에 그들은 다른 마을 사람들의 미움을 받았다. 하가그는 리파아 사람들의 수장이었다. 그는 일을 처리하는 데 있어 알리의 전철을 밟지는 않았으나 쿤피스나 갈타 그 밖의 강탈자들처럼 행동했다. 그는 사리사욕을 위해서 영지세를 거둬들였고, 불평을 하는 사람은 누구나 잡다가 매질을 했고 권력과 부를 경멸한 리파아를 따르도록 사람들에게 강요했다. 제르보아스 사람들까지도 자신들의 수장 사와리스를 가지고 있었지만 그는 한뼘의 영지에 대해서도 통치권을 갖고 있지 못했다.

모든 일들은 이렇게 진행되고 있었다. 그것은 이야기꾼들이 바이올린을 켜면서 얘기한 것처럼, 통치자와 수장들이 이행하고 보호해야 할 가발라위의 10개조의 계율에 근거를 둔 체제로서, 몽둥이를 가진 자들에 의해 유지되고 있었다. 제르보아 사람들 중에 쩨차리아라고 불리는 고구마 장사꾼이 있었는데 그는 선량함으로 소문이 나 있었다. 그는 그 마을의 수장인 사와리스와 먼 친척이 된다고 알려져 있었다. 그는 손수레를 끌고 고을 안의 여러 마을을 돌아다니면서 고구마를 사라고 외치고 다녔다. 손수레의 한가운데는 향기로운 연기를 뿜어대는 난로가 놓여 있었다. 그 향기로운 냄새는 리파아와 가발의 소년들은 물론 가말리아와 오투후에서 온 소년들, 카프르 알 자가리, 베이트 엘 카디, 데라사에서 온 소년들까지도 불러 모았다. 쩨차리아는 오래 전에 결혼을 했으나 자식이 없었다. 그러나 어린 조카 카셈이 양친이 죽자 그들과 함께 살게 되었다. 쩨차리아는 조카를 조금도 부담스럽게는 생각하지 않았다. 왜냐하면 특히 그 빈민마을에서의 생활이란 쓰레기 속에서 자신들이 먹을 것을 찾아먹는 개나 고양이, 파리들의 생활만큼이나 돈이 들지 않았기 때문이다. 쩨차리아는 아버지와 같은 애정으로 어린 조카를 사랑했다. 그리고 어린 조카가 가족의 일원이 된 뒤 그의 아내가 임신을 했을 때도 그는 조카를 길조라고 믿고 더욱 애정을 깊이 해갔다. 그가 아들 핫산을 점지받았을 때도 그의 애정은 조금도 식지 않았다.

  카셈은 거의 혼자서 자라났다. 그도 그럴 것이 삼촌은 하루 종일 집에서 떠나 있었고 숙모는 집안일과 갓난애를 돌보는 일에 바빴기 때문이다. 따라서 자라가면서 그의 세계는 점점 넓어져 갔다. 마당과 골목길에 나가 놀게 되면서부터 그는 자기 자신의 마을은 물론 리피아 마을과 가빌 마을에서 온 자기 나이 또래의 소년들과 친구가 되었다. 그도 역시 힌드 바위에 놀러갔고 사막에 대해서 더 많은 것을 알게 되었으며 가발 산에도 기어 올라갔다. 그는 다른 어린 소년들과 함께 '큰 집'을 올려다보면서 자신의 선조에 대해 자부심을 느끼고는 했다. 그러나 그는 어떤 사람들은 가발에 대해서만 얘기하고 또 어떤 사람들은 리파아에 대해서만 얘기할 때, 할 말을 찾지 못했다. 그리고 사람들이 서로 욕설을 퍼붓고 말다툼을 하고 싸움질을 할 때에도 어떻게 해야 좋을지 알 수가 없었다. 이따금 그는 호기심과 경이심을 가지고 통치자의 집을 바라보고 굶주린 배를 움켜쥐며 나무에 달린 열매를 쳐다보았다.

언젠가 그는 문지기가 졸고 있는 것을 보고 누구에게도 들키지 않게 마당 안으로 몰래 숨어 들어갔다. 신이 난 그는 뜰을 따라 걸어가면서 잔디 위에 떨어져 있는 물레나무 열매를 주워 먹었다. 얼마 뒤 그는 샘 앞에 이르렀다. 그는 바닥에서 솟아오르는 물줄기를 신기한 듯이 바라보다가 옷을 벗어던지고 그 속으로 뛰어 들어가 물을 몸에 끼얹으며 자기가 어디에 있는지도 까맣게 잊은 채 장난질을 쳤다.

그러자 요란한 고함소리가 들렸다.

"오스만! 이 개만도 못한 놈. 당장 이리 오지 못해!"

그는 목소리가 들리는 쪽을 돌아다보았다. 테라스 위에 붉은 옷을 입은 사람이 화가 나서 얼굴을 빨갛게 물들인 채 그를 손가락질하고 서 있었다. 카셈은 물가로 달려가서 팔뚝을 집고 물 밖으로 뛰어나왔다. 그때 그는 문지기가 서둘러 달려오는 것을 보고 벗어 놓은 옷에 대해서는 까맣게 잊어버린 채 담 옆의 쟈스민 울타리 쪽으로 뛰어갔다. 그는 문으로 돌진해 가서 마을로 뛰어 들어가 젖먹은 힘까지 다해 달렸다. 아이들은 그를 보고 소리치면서 따라왔다. 개들이 짖어댔다. 그때 문지기 오스만이 마을 안으로 뛰어 들어와서 그의 뒤를 쫓아와 그의 팔을 움켜잡았다. 숨을 헐떡이며 그곳에 섰다. 카셈은 온 동네에 떠나가도록 비명을 질렀다.

잠시 뒤 그의 숙모가 갓난애를 안고 나타나고 사와리스가 술집

12 우리동네 아이들 ❷

에서 나왔다. 숙모는 그의 모습을 보고 놀라 손을 잡으며 문지기에게 말했다.

"도대체 이게 무슨 일인가요. 오스만 씨? 당신이 어린애에게 겁을 주었군요? 이 아이가 무슨 짓을 했지요? 이 아이 옷은 어디 있어요?"

"통치자 나리께서 이 녀석이 샘에서 목욕하고 있는 것을 보셨어요. 이 작은 악마에게는 매질이 필요해요. 이 개구쟁이 녀석은 내가 잠든 틈에 숨어들어왔어요. 왜 당신들은 우리들을 귀찮게 구는 겁니까?"

"그 애를 용서해 주세요. 오스만 씨. 그 아이는 고아랍니다. 물론 당신이 옳기는 하지만요."

숙모는 문지기의 손에서 조카를 구해 주었다.

"내가 당신 대신 때려주겠어요. 하지만 제발 이 아이의 단 한 벌뿐인 옷은 돌려주세요."

문지기는 화가 난 듯이 손을 흔들어대며 돌아서서는 투덜거리면서 갔다.

"저 벌레 같은 녀석 때문에 욕을 먹고 모욕을 당했네. 악마들! 개 같은 놈들!"

숙모는 핫산을 등에 업은 채 카셈의 팔을 잡아끌면서 집으로 돌아갔다. 그는 커다란 소리로 울고 있었다.

쩨 차리아는 대견한 듯 카셈을 바라보면서 "너는 이제 어린애가 아니다. 카셈, 벌써 열 살 가까이 되었으니 일을 해야 할 나이야."하고 말했다.

카셈의 눈은 기쁨으로 반짝였다.

"삼촌이 저를 데리고 일을 나가주기를 언제나 바라고 있었어요, 삼촌."

쩨차리아는 큰소리로 웃었다.

"네가 바라고 있던 것은 일이 아니라 장난이겠지. 그러나 이제는 철이 들었으니까 나를 도와 줄 수가 있을 거야."

소년은 손수레가 있는 곳으로 달려가서 그것을 밀어보려고 안간힘을 썼다. 그러나 쩨차리아는 그것을 못하게 하였다.

숙모가 말했다.

"고구마가 쏟아지지 않게 하렴. 그렇지 않으면 우리 모두가 굶어 죽게 된단다."

쩨차리아는 손수레의 손잡이를 잡고 말했다.

"수레 앞에 서서 걸어가면서 소리치는 거야. '이 세상에서 제일 맛있는 고구마요! 군고구마요!'하고. 내가 말하는 것과 행동을 잘 보고 있어야 한다. 그래야만 윗층에 사는 손님들에게 고구마를 가져다 줄 수가 있단다. 눈을 똑바로 뜨고 있거라."

카셈은 서글픈 듯이 손수레를 보았다.

"하지만 나도 수레를 밀고 갈 힘이 있다구요."

쩨차리아는 손수레를 밀고 집을 나섰다.

"고집부리지 말고 내가 시키는 대로 해. 네 아버지는 아주 착한 사람이었지."

수레는 가말리아를 향해 삐걱거리며 굴러갔다. 그 앞에서 카셈은 찢어지는 듯한 목소리로 "이 세상에서 제일 맛있는 고구마요! 군고구마요!"하면서 소리치고 있었다. 낯선 동네를 돌아다니며 마치 어른처럼 일할 때 그는 더할 수 없이 즐거웠다. 수레가 와타위트 고을에 이르렀을 때 카셈은 사방을 둘러보면서 삼촌에게 말했다.

"여기가 이드리스가 아담의 길을 가로막은 곳이라구요?"

쩨차리아는 흥미가 없는 듯이 고개만 끄덕였으나 소년은 웃으면서 계속했다.

"아담은 그때 삼촌처럼 손수레를 밀면서 가고 있었어요."

수레는 매일 다니는 통로인, 알 후세인에서 베이트 알 카디로, 베이트 알 카디에서 데라사로 갔다. 카셈은 호기심에 찬 눈으로 지나가는 사람들과 가게들과 회교 사원들을 바라보았다. 이윽고 그들은 쩨차리아가 수끄 무까땀이라고 말한 작은 광장에 이르렀다. 소년은 그곳을 신기한 듯이 둘러보았다.

"정말 여기가 수끄 무까땀이에요? 이곳이 가발이 도망쳐 온 곳이고 리파아가 태어난 곳이군요."

쩨차리아는 대수롭지 않다는 듯이 대답했다.

"그렇단다. 하지만 그 두 사람은 우리들과는 아무런 상관이 없다."

"그러나 우리들은 모두 가발라위의 자손들이에요. 왜 우리는 그 사람을 좋아하지 않는 거죠?"

쩨차리아는 쓸쓸하게 웃었다.

"아무튼 우리들 모두는 한결같이 가난하기는 마찬가지야."

그는 사막 옆의 광장 끝에 있는 함석 오두막으로 수레를 밀고 갔다. 그곳은 염주와 향과 부적을 팔고 있는 가게였다. 가게 앞에는 짐승 가죽을 깔고 흰 수염이 난 노인이 한 사람 앉아 있었다. 쩨차리아는 가게 앞에 수레를 세우고 노인과 다정하게 악수를 나누었다.

노인이 말했다.

"오늘은 고구마를 너무 많이 먹었네."

쩨차리아는 노인의 옆에 앉았다.

"고구마 장사를 하는 것보다는 당신과 함께 앉아있는 쪽이 더 좋습니다."

노인은 흥미있는 표정으로 소년을 살펴보았다.

쩨차리아가 그를 불렀다.

"이리로 오너라, 카셈. 그리고 에히아 씨의 손에 입을 맞춰라."

소년은 노인에게 다가가서 쭈글쭈글한 손을 잡고 공손하게 입을 맞췄다. 에히아는 카셈의 과거를 이리저리 생각하면서 소년의 매력적인 얼굴을 꼼꼼히 살펴보았다.

"이 아이는 누구지, 쩨차리아?"

쩨차리아는 햇빛 아래서 양다리를 쭉 뻗었다.

"우리 형님의 아들입니다."

노인은 소년을 가죽 위의 자기 옆자리에 앉게 했다.

"네 아버지를 기억하고 있느냐?"

"기억 못 합니다."

"네 아버지는 내 친구였단다. 참 좋은 사람이었지."

카셈은 상품들을 올려다보았다. 에히아는 손을 뻗어 가까운 선반에서 한 장의 부적을 집어 소년의 목에다 걸어주었다.

"이걸 가져가거라. 너를 악마로부터 지켜줄 것이다."

쩨차리아가 카셈에게 말했다.

"에히아씨는 우리 고을, 리파아 마을에서 떠나오셨단다."

카셈은 에히아를 쳐다보았다.

"왜 그곳을 떠나셨어요?"

"리파아의 수장이 나를 싫어해서 그곳을 도망쳐 나왔단다."

"리파아의 아버지, 샤피이와 같군요."

에히아는 이빨이 없는 잇몸을 드러내고 오랫동안 웃었다.

"그래 너도 그 일을 알고 있었구나, 카셈! 우리 고을에 사는 사람들은 옛날 일들을 너무나 많이 알고 있지. 또 무엇이 잘못된 줄도 잘 알고 있어. 그런데 그들은 그것에서 교훈을 끌어낼 줄 모른단 말이야!"

한 소년이 술집에서 찻주전자를 들고 와서 그것을 에히아의 앞에 내려놓고 다시 돌아갔다. 에히아는 가슴에 달린 주머니에서 조그만 뭉치를 끄집어내더니 그것을 열기 시작했다.

"매우 귀중하고 강력한 것을 구했네. 효과가 내일까지 계속된다네."

쩨차리아가 "나도 한번 먹어볼까요."하고 진지하게 말했다.

에히아가 킬킬거리며 웃었다.

"나는 자네가 싫다는 소리를 하는 걸 한 번도 못 들어보았네."

"이런 즐거움을 어떻게 마다하겠어요?"

두 사람은 그 덩어리를 함께 뜯어서 씹기 시작했다. 카셈이 두 사람을 어찌나 열심히 지켜 보고 있었는지 삼촌은 웃음을 터뜨리고 말았다.

노인은 차를 한 모금 마시고 카셈에게 물었다.

"너도 고을 안의 다른 사람들처럼 수장이 되는 꿈을 꾸고 있느냐?"

카셈은 "네!"하고 미소를 지었다.

쩨차리아는 웃으면서 사과하듯이 말했다.

"저 아이를 용서해 주세요, 에히아 씨. 당신도 아시다시피 우리 고장에서는 인간은 수장이거나 수장에게 얻어맞고 사는 노예이거나 둘 중에 하나입니다."

에히아는 한숨을 쉬었다.

"신이여. 리파아의 영혼에 안식을 주소서. 리파아, 당신은 어째서 우리들의 지옥 같은 고을에서 태어났습니까?"

"하지만 당신도 알다시피 그것이 그가 자신의 목적을 이룩한 원인입니다."

에히아는 미간을 찌푸리면서 말했다.

"리파아는 살해당한 날 죽은 게 아닐세. 그는 자신의 추종자가 수장이 되었을 때 죽은 것일세."

카셈이 열심히 물었다.

"그 분은 어디에 묻혔어요? 리파아 사람들은 가발라위가 그분의 뜰에 묻었다고 말하는 데 반해 가발 사람들은 그 분의 시신이 사막에서 사라졌다고 말하고 있던데요."
에히아는 소리쳤다.
"고약하고 몰인정한 사람들 같으니라구! 그들은 오늘날까지도 그를 미워하고 있다니까."
그리고는 목소리를 낮춰서 말했다.
"내게 말해 보렴, 카셈. 너는 리파아를 좋아하느냐?"
소년은 조심스럽게 삼촌을 쳐다보았으나 분명하게 대답했다.
"네. 저는 그 분을 무척 좋아합니다."
"네가 좋아하는 것은 어느 쪽이냐? 그 사람처럼 되는 것이냐, 아니면 수장이 되는 것이냐."
카셈은 노인을 쳐다보았다. 그의 눈은 미소를 띠고 있었으나 혼란을 나타내고 있었다. 입술을 움직였으나 아무런 말도 나오지 않았다.
쩨차리아가 웃음을 터뜨리며 말했다.
"나처럼 고구마 장사로 만족하려무나."
그들은 침묵을 지켰다. 그 때 시장에서 소동이 벌어지기 시작했다. 당나귀가 끌고 가던 수레와 함께 땅바닥에 쓰러진 것이다. 수레에 타고 있던 아낙네가 땅에 나동그라지고 마부는 당나귀에게 심한 매질을 가했다.
쩨차리아가 일어섰다.
"갈 길이 멀어 그만 가보겠습니다. 안녕히 계십시오. 에히아

씨."

"이 곳에 올 때마다 그 아이를 데려오게."

그는 카셈의 손을 잡고 머리를 쓰다듬어 주었다.

"너는 훌륭한 사람이 될 게다."

66

카셈은 동행으로 한 떼의 가축들만을 데리고 바위 밑의 땅바닥에 앉아 있었다. '힌드 바위'는 사막에서 이글거리는 태양에 대한 유일한 피신처를 제공해 주고 있었다. 그는 깨끗한 —양치기로서는 비교적 깨끗하다는 말이다—푸른 덧옷을 입고 있었으며 햇빛을 가려주는 터번을 쓰고 발가락이 드러날 정도로 헤진 낡은 슬리퍼를 신고 있었다. 얼마 동안은 자기 자신 속에 파묻혀 있다가 얼마 동안은 숫양과 암양, 새끼양과 염소를 지켜보았다. 막대기는 그의 옆에 놓여 있었다. 그가 앉아 있는 곳에서는 크고 을씨년스럽게 우뚝 솟아있는 가발 무까땀을 볼 수가 있었다. 마치 그는 창공 아래 결의를 가지고 태양의 분노에 도전하는 유일한 생물처럼 보였다. 사막은 지평선 끝까지 뻗어나가고 있었으며 무거운 침묵 속에 가라앉아 뜨거운 대기 속에서 질식해 있었다.

많은 생각과 꿈과 정열적인 젊은이의 욕망이 그를 지치게 만들자, 그는 시선을 양떼에게 돌려 양들의 유희와 익살과 싸움과 애정, 그들의 행동과 수면, 특히 그가 좋아하는 새끼양들의 모습을 지켜보고는 했다. 그는 새끼양들의 눈에서 경이를 느끼곤 했다. 그럴 때면 그의 가슴은 마치 그들이 말을 걸어오는 것처럼 높이 뛰었다. 그래서 그는 그들에게 말하면서 그의 보살핌에서 새끼양들이 느끼는 애정과 마을에 사는 사람들이 오만한 수장들로부터 받는 학대를 비교해 보고는 했다. 그는 사람들이 양치기를 얕잡아 보는 태도에 대해서는 전혀 아랑곳하지 않았다. 왜냐하면 그는 처음부터 양치기가 사기꾼이나 부랑자나 거지보다는 훨씬 낫다고 믿고 있었기 때문이었다. 그 밖에도 그는 사막과 신선한 공기를 좋아했고 가발 무까땀과 '힌드 바위'와 놀라운 변화를 연출하는 푸른 창공을 잘 알고 있었다. 또한 양치기가 되고 나서 자주 에히아 씨를 찾아갈 수가 있었다.

에히아는 양치기가 된 그를 처음 보았을 때 그에게 물었다.

"고구마 장수에서 양치기가 된 거냐?"

"왜 안 되나요? 이것은 우리 동네의 수백 명이 넘는 가난한 부랑자들이 모두 부러워하는 직업인 걸요."

"왜 삼촌 곁을 떠났지?"

"사촌 동생인 핫산이 컸기 때문이에요. 그 아이는 저보다 삼촌과 함께 고구마 장사를 할 권리가 더 많으니까요. 양떼를 돌보는 일은 동냥을 하는 것보다는 낫습니다."

그가 스승을 방문하지 않는 날은 단 하루도 없었다. 그는 노인을 좋아했으며 노인과의 대화를 즐겼다. 그는 노인이 과거와 현재의 고을에 관해서 모든 것을 알고 있다는 것을 발견했다. 노인은 이야기꾼이 노래하는 이야기들에 대해서 많이 알고 있었으며 더구나 그들이 모르는 일들까지도 알고 있었다.

카셈은 에히아에게 말하고는 했다.

"저는 가발 사람들의 양, 리파아 사람들의 양, 그러니까 모든 동네에서 온 양들을 돌보아요. 또한 우리 동네의 부잣집에서 온 양들도 돌보지요. 그런데 이상한 일은 그 양들은 무정한 그들의 주인들이 즐기지 못하는 형제애를 즐기고 있다는 것입니다."

그는 노인에게 이렇게 말하기도 했다.

"함맘은 양치기였어요. 그런데 양치기를 깔보는 사람들이 아니면 어떤 사람인줄 알아요? 그들은 거지이고 가난한 부랑자들이고 영악한 사람들입니다. 그런데 동시에 그 사람들은 염치없는 도둑놈들, 피를 빨아먹는 흡혈귀에 지나지 않는 수장들을 우러러봅니다. 신이여, 우리 고을 사람들을 용서하소서."

언젠가 카셈은 장난기를 섞어 에히아에게 말했다.

"저는 가난하지만 만족합니다. 저는 지금까지 어떤 사람도 해치지를 않았습니다. 제 양들까지도 제게서는 사랑밖에는 받은 것이 없습니다. 제가 리파아와 같다고 생각하지 않으세요?"

에히아는 못마땅한 듯이 그를 바라보며 말했다.

"리파아라고! 너는 리파아를 좋아하지. 리파아는 자기 형제들에게 행복을 가져다 주기 위해 악령으로부터 그들을 해방시키는 데 자기 인생을 바쳤어."

그리고는 껄껄 웃었다.

"그런데 너는 여자들에게 미쳐 있다. 너는 해가 지면 사막에서 처녀들을 기다리면서 누워 있잖아."

카셈은 미소지으며 말했다.

"그게 나쁜 짓입니까? 에히아 씨?"

"그건 자네 문제지. 하지만 리파아와 같다는 말은 아예 하지 말게."

카셈은 그 문제를 한참 생각하다가 말했다.

"그런데 우리 고을의 선인의 한 사람인 가발, 그 사람도 리파아처럼 훌륭한 사람이 아니었습니까? 그 사람도 사랑에 빠져서 결혼을 했고 사람들의 정당한 영지를 물려받아서 공정하게 다스렸습니다."

에히아는 날카롭게 말했다.

"하지만 그는 토지를 손에 넣는 것을 자신의 목적으로 삼았어."

"그렇지만 다른 사람들에게 온정을 베풀고 정의와 질서를 유지하는 것도 그 사람의 목적이었습니다."

에히아는 괴로운 얼굴을 했다.

"그래서 너는 리파아보다 가발을 택하는 것이냐?"

카셈의 검은 눈이 곤혹스런 빛을 띠었다.

그는 오랫동안 망설이다가 말했다.

"그 분들 두 분은 모두 좋은 사람들이었습니다. 우리 고을에는 몇 사람의 좋은 사람이 있었습니다. 아담, 함맘, 가발, 리파아……. 우리는 모두 그분들에게서 선량함을 물려받았습니다. 하지만 얼마나 많은 수장들이 있어 왔습니까!"

"그런데 아담은 비탄 때문에 죽었고 함맘과 리파아는 살해당했지."

"그러한 분들이 우리 고을의 선인들이었지. 아름다운 인생과 슬픈 종말!"

그는 커다란 바위 밑 그늘에 앉아서 그렇게 자신에게 말했다. 그 사람들처럼 되고 싶다는 강한 욕망이 그의 가슴속에 솟구쳐 올랐다. 그런데 수장들은 얼마나 어리석게 행동했던가! 깊은 슬픔이 그를 감쌌다. 그는 자신에게 타일렀다.

"이 바위는 얼마나 많은 일들과 사람들을 보아온 것일까! 카드리와 힌드의 사랑, 함맘의 살해, 가발과 가발라위의 만남, 리파아와 선조의 대화. 그런데 지금 그것들은 모두 어떻게 되었는가? 그러나 기억은 남아있으며 그것은 양떼와 염소떼보다 훨씬 값진 것이다. 이 바위는 또한 우리들의 위대한 선조를 보았다. 광활한 사막에서 홀로 헤매면서 자기가 원하는 것을 손에 넣고 도적떼들을 쫓아내는 것을 보았다. 그러한 거대한 고독을 어떻게 견디어 냈을까? 그는 그때 제 정신이었을까. 아니면 외로움에 지쳐 있었을까? 그는 돌아다니고 있었을까. 몸져 누워 있었을까? 자기 주위에서 일어나고 있는 일들을 알고 있었을까. 모든 일에 흥미를 잃고 있었을까? 자기 자식들을 기억하고 있었을까? 아니면 자기 자신조차도 잊어버리고 있었을까?"

오후 늦게 카셈은 몸을 일으켜 기지개를 켜고 하품을 했다. 그는 막대기를 집어 들고 호각을 불며 양떼를 불렀다. 양떼는 함께 모여 사람들이 사는 곳으로 움직여갔다. 그는 배가 고픈 것을 느끼기 시작했다. 온종일 그는 정어리 한 마리와 빵 한 조각을 먹었을 뿐이었다. 그러나 맛있는 음식이 삼촌의 집에서 그를 기다리고 있을 것이다. 그는 '큰 집'의 높은 담과 문이 닫힌 창들과 나무로 둘러싸인 지붕이 멀리 보일 때까지 빠른 걸음으로 걸었다. 그 속의 정원은 어떻게 생겼을까? 이야기꾼들이 노래하고 아담이 비탄에 잠겨죽은 그 정원은?

동네 가까이 가자 그는 동네에서 들려오는 소음을 들었다. '큰 집'의 담을 끼고 걸어가자 길 꼭대기에 이르렀다. 황혼이 어스름한 빛을 던지고 있었다. 그는 한떼의 아이들이 흙을 던지며 장난을 치고 있는 가운데를 밀고 지나갔다. 그의 귀는 장사꾼들의 아우성, 여자들의 잡담, 남자들의 말다툼, 바보들의 고함소리, 그리고 통치자의 마차에 달린 방울소리들로 가득 차 있었다. 그의 코는 담배의 고약한 냄새, 쓰레기의 악취, 매콤한 마늘냄새로 꽉 차 있었다. 그는 양을 돌려주기 위해 가발 사람의 집에 들렀고 다음에는 리파아 동네에서 같은 일을 되풀이했다. 그는 단 한 마리의 양만 남겨 두었다. 그것은 제르보아 마을에서 재산을 가지고 있는 유일한 여자인 카마르 부인의 암양이었던 것이다. 그녀는 이층집에 살고 있었는데 한가운데는 한 그루의 야자수와 한쪽 구석에 물레나무가 서 있는 안뜰을 가지고 있었다. 카셈은 '그레이스'를 안뜰로 몰고 들어갔다. 그곳에서 하얀 곱슬머리의 가정부 세키나를 만났다. 그들은 서로 인사를 했다. 그녀는 미소를 지으며 쉰 목소리로 물었다. "그레이스는 어때?" 그는 암양을 끔찍이 좋아한다고 말하고 그것을 그녀에게 인계하고는 집을 나서려고 했다. 그때 골목에서 집으로 돌아오는 안주인과 마주쳤다. 그녀의 뚱뚱한 몸은

쇼올로 싸여 있었고 검은 눈이 베일 너머로 밖을 내다보고 있었다. 카셈은 그녀를 위해 길을 비키며 땅을 내려다보았다.

그녀는 그에게 상냥하고 정중한 목소리로 말했다.

"안녕."

"안녕하세요. 부인."

그녀는 걸음을 멈추고 그레이스를 살펴보고는 그를 바라보았다.

"그레이스가 날마다 살이 쪄가는 것 같군. 고마워요."

그는 그녀의 친절한 말보다는 부드러운 눈길에 감동했다.

"하느님과 당신의 손길에 감사드려요."

카마르 부인은 세키나를 돌아보았다.

"저녁 식사를 대접해요."

그는 손을 들어 정중하게 사양했다.

"너무나 친절하십니다. 부인."

그는 작별인사를 할 때 다시 한 번 그녀로부터 시선을 받았다. 그는 그곳을 떠났다. 그는 그녀의 호의와 친절에 깊은 감명을 받았다. 그는 그녀를 운 좋게 만날 때마다 그것을 느꼈다. 그것은 그가 모성애에 대해서 들었던 그런 사랑이 아니라면, 지금껏 느껴보지 못했던 그런 애정이었다. 만약 그의 어머니가 살아있었다면 이 여인 정도의 나이—약 40세—가 되었을 것이다. 힘과 폭력을 자랑하는 동네에 이런 종류의 애정이 존재하다니 얼마나 아름다운가! 한 가지 더욱 놀라운 것은 그녀의 내적인 아름다움이 그의 내부에 기쁨을 불어넣어준다는 사실이었다. 그것은 맹목적이고, 불타는 기아의 사막에서의 뜨거운 피가 끓는 모험 같은 것도, 그들의 슬프고 일시적인 만족 같은 것도 아니었다.
 그는 막대기를 어깨에 둘러메고 삼촌의 집을 향해 발걸음을 재촉했다. 그러한 감정의 강한 힘 때문에 그는 앞에 있는 것도 거의 보이지 않았다. 그는 삼촌의 가족들이 안뜰이 내려다보이는 발코니에서 그를 기다리고 있는 것을 보았다. 그는 식탁에 그들 세 사람과 함께 앉았다. 펠라펠, 리크, 메론으로 된 저녁 식사가 식탁에 놓여 있었다. 핫산은 16세로 키가 크고 체력이 좋아서 쩨차리아는 아들이 언젠가는 제르보아의 수장이 될 것이라고 꿈꾸고 있었다. 저녁 식사가 끝나자 카셈의 숙모는 식탁을 치웠고 쩨차리아는 외출을 했다. 두 사촌은 안뜰에서 누군가가 부를 때까지 발코니에 남아 있었다.
 "카셈!"
 두 소년은 일어났다.
 카셈이 대답했다.
 "내려갈게, 사데크"
 사데크는 즐겁게 두 사람을 맞이했다. 그는 카셈과 같은 나이이고 키도 같았으나 약간 마른 편이었다. 그는 가말리아로 가기 전의 맨끝 가게에서 대장간의 조수로 일하고 있었다. 세 친구는 동골의 카페로 향했다. 그들이 카페 안에 들어가자 안쪽의 벤치에 책상다리를 하고 앉아 있던 이야기꾼인 타짜가 그들을 보았다. 사와리스는 입구 근처에서 동골의 옆에 앉아 있었다. 그들은 수장에게 다가가 악수를 했다. 카셈과 핫산은 수장과의 밀접한 관계에도 불구하고 공손히 행동했다. 그들이 자리에 앉자 일보는 소년이 그들이 항상 주문하는 것을 가져왔다. 카셈은 물 담뱃대와 민트차를 좋아했다.

사와리스는 카셈을 경멸하듯이 바라보고 퉁명하게 물었다.

"어찌 된 일이야, 젊은 친구들? 마치 처녀애들처럼 말쑥하구나."

카셈은 부끄러워서 얼굴을 붉혔다.

"옷을 깨끗하게 입는 것이 나쁠 것은 없지 않습니까?"

수장이 꾸짖었다.

"너희들 나이 또래에는 그래서는 안 되지."

카페에는 침묵이 흘렀다. 사데크는 그가 얼마나 민감한지를 알고 있었기 때문에 친구에게 동정의 눈길을 보냈다. 핫산은 수장이 곤혹스러워 하는 것을 볼까봐 진저의 컵 뒤에 얼굴을 숨겼다. 타짜는 바이올린을 집어들고 연주를 시작했다. 통치자인 리파트, 대수장인 레히타, 이 동네의 수장인 사와리스에게 경의를 표한 뒤 이야기꾼은 시작했다.

아담은 느리고 무거운 발소리를 들었다고 생각했다. 옛날의 기억이 되살아났다. 알 수 없는 향기가 스며들어왔다. 그는 고개를 돌려 오두막의 문쪽을 보았다. 문이 열리는 것이 보였다. 그리고는 문이 거대한 인간에 의해 꽉 차는 것처럼 보였다. 그는 놀라서 자세히 보았다. 희망과 절망이 뒤엉킨 눈으로, 그는 깊은 한숨을 내쉬고 중얼거렸다.

"아버지―!"

그는 노인이 말하는 것을 들은 것 같았다.

"잘 있었느냐, 아담."

그의 눈은 눈물로 가득 찼다. 그는 일어서려고 했으나 일어날 수가 없었다. 그는 20년 동안 잊고 있었던 기쁨을 느꼈다.

67

가정부인 세키나가 말했다.

"기다려요, 카셈. 네게 줄 것이 있어."

카셈은 암양을 묶어 놓은 야자수 나무 옆에 서서 가슴을 두근거리며 집안으로 들어간 가정부가 돌아오기를 기다리고 있었다. 그는 그녀가 약속한 물건이 바로 그 집의 친절한 마음씨를 가진 여주인에게서 전해지는 것이라고 자신에게 말하고 있었다. 그는 온종일 사막에서 불태워진 그의 육체를 식히기 위해 그녀의 시선을 보거나 그녀의 목소리를 듣기를 원하고 있었다.

세키나는 조그만 뭉치를 가지고 돌아와서 그에게 건네주며 말했다.

"팬케이크예요. 맛있게 들어요."

그는 그것을 손에 받아들었다.

"친절한 부인에게 고맙다는 인사를 전해 주십시오."

그녀의 목소리가 창문 너머로 들려왔다.

"감사는 하나님에게 해요, 착한 젊은이."

그는 쳐다보지를 않은 채 손으로 감사의 손짓을 해보였다. 그는 '착한 젊은이' 하고 행복에 젖어 그녀의 말을 혼자서 되풀이했다. 양치기 소년은 이전에는 한 번도 그런 말을 들어 본 적이 없었다. 그런데 누가 그 말을 해 주었는가? 그의 빈곤한 마을에 사는 존경받는 부인이었다. 그는 어둠이 밀려드는 고을을 애정을 가지고 바라보며 생각했다. '우리 고을의 비참함에도 불구하고 고통받는 사람들에게 행복을 가져다 줄 수 있는 것이 전혀 없는 것도 아니군.'

그 때 그는 고함치는 소리에 백일몽에서 깨어났다.

"내 돈…… 내 돈…… 강도야!"

그는 터번을 쓴 사나이가 겉옷을 휘날리면서 가말리아의 끝쪽에서 나와 고을 꼭대기 쪽으로 달려가는 것을 보았다. 모든 사람이 고함치는 사람 쪽을 돌아보았다. 아이들이 그 뒤를 따르고 있었다. 통행인들과 자기 집 문앞에 앉아 있던 사람들이 고개를 돌려 그 사람을 보았다. 머리들이 문 밖으로 삐져나오고 얼굴들이 지하실의 창문을 통해 위로 향했다. 손님들이 카페 밖으로 뛰어나와서 그 사람을 둘러쌌다. 카셈은 옷 속에 막대기를 집어넣고 등을 긁고 있는 옆 사람을 보았다. 그 사람은 흥미없는 얼굴로 그 광경을 지켜보고 있었다.

카셈은 그에게 그 사람이 누구냐고 물었다.

그는 등을 계속 긁어대면서 대답했다.

"통치자 집에서 일하는 목수지."

사와리스가 그 사나이에게 다가갔다. 하가그와 갈타도 가까이

갔다. 그들은 즉시 둘러선 사람들에게 뒤로 물러서라고 명령했다. 모두들 몇 발자욱씩 물러섰다.

리파아 마을의 한 창문에서 여자의 목소리가 들려왔다.

"그 사람은 '악마의 눈'에 씌었어요."

그러자 이번에는 가발 마을의 첫째 집에서 한 여자의 목소리가 들려왔다.

"그 여자 말이 옳아요. 통치자의 집 가구를 고쳐서 번 돈을 욕심 낼 사람은 아무도 없어요. 신이여, '악마의 눈'으로부터 우리를 지켜주소서!"

"불쌍한 인간 같으니라구. 그 사람을 울며불며 아우성을 칠 줄은 모르고 통치자의 집에서 나올 때는 웃고 있더군. 돈과 그것에 관계있는 모든 것에 저주가 있으라!"

그 사람은 고래고래 고함을 질렀다.

"가지고 있던 돈을 몽땅 도적맞았어! 일주일 분 품삯과 주머니에 있던 돈까지 모조리 훔쳐갔단 말이야! 집과 가게와 아이들에게 쓸 돈이야! 20파운드가 넘는 돈을 도둑맞았어! 그 도둑놈에게 천벌이 내려라!"

가발 마을의 수장인 갈타가 외쳤다.

"쉿! 모두 조용히 해! 동네의 명예가 걸린 일이다. 결국 비난은 수장들에게 돌아오고 말 테니까 해결을 해야 돼!"

리파아 마을의 수장인 하가그가 말했다.

"누가 누구를 비난한단 말이오! 그런데 이 동네에서 돈을 도둑맞았는지 우리가 어떻게 알지?"

목수가 갈라지는 목소리로 소리쳤다.

"그 돈은 당신네 동네에서 도둑맞았단 말입니다. 내가 거짓말을 한다면 마누라와 이혼을 하겠소. 통치자 나리집의 문지기로부터 돈을 받고 동네 끝에 가서 주머니를 만져보니까 없어졌더란 말입니다."

다시 웅성거리는 소리가 일어났다.

하가그가 외쳤다.

"조용히 해! 내 말 잘 들어. 어디서 돈이 없어진 것을 알았지?"

그는 제르보아스 마을의 끝을 가리켰다.

"대장간 앞에서입니다. 그러나 사실을 말하자면 그곳에서는 내 주위에 아무도 없었습니다."

사와리스가 말했다.

"그렇다면 돈은 그가 우리 마을에 도달하기 전에 도둑맞은 것입니다."

하가그는 말했다.

"그가 지나갈 때 나는 카페에 앉아 있었는데 리파아 마을에서 그에게 다가가는 사람은 보지 못했어."

갈타가 소리쳤다.

"가발 사람들 중에는 도둑이 한 사람도 없어. 그들은 이 고을의 신사들이니까."

하가그가 화가 나서 말했다.

"그만 해, 갈타. 신사라니 무슨 소리야?"

"멍청이나 그런 사실을 모르겠지!"

하가그가 악을 썼다.

"나를 화나게 만들지 말어! 가만두지 않을 테니까!"

"아무리 소리쳐도 우리 동네는 아니니까!"

목수가 울음섞인 목소리로 말했다.

"나리. 내 돈은 당신네 고을에서 도둑맞았습니다. 모두 신사분들인 줄은 알지만 내 돈은 도대체 어디로 갔습니까? 이제 불쌍한 팽가리는 망했습니다."

하가그가 '씩씩'거리며 말했다.

"수색을 해 봐야겠어. 모든 사람의 주머니를 뒤져봅시다. 남자고 여자고 아이들이고 할 것 없이 모조리."

갈타는 경멸하듯이 "뒤져보지 그래. 그러나 우리들에게 그런 모욕적인 짓을 하게 할 수는 없어."하고 말했다.

하가그가 말했다.

"이 사람은 통치자 집을 떠나서 처음에 가발 동네를 지나갔어. 그러니까 가발 사람들부터 수색을 시작해야지."

갈타가 으르렁거렸다.

"내 시체를 넘어가기 전에는 못힌다. 하가그, 네가 뭐야? 내가 누군지 모르겠어?"

"갈타, 나는 네 머리에 난 머리칼보다 더 많은 상처를 몸에 지니고 있는 사람이야!"

"내 몸에는 머리칼이 돋을 장소도 없다. 이놈!"

"신이여, 내 몸의 악마가 날뛰지 않게 하소서!"

"이 세상에 있는 악마는 모조리 덤벼봐라!"

목수인 팽가리가 다시 악을 썼다.

"이것 보세요! 사람들이 당신네 동네에서 돈을 잃어버렸다고들 하지 않습니까?"

어떤 여자가 분노의 소리를 질렀다.

"야, 이 올빼미 같은 놈아! 누구에게 뒤집어 씌우려고 해!"

어떤 사람은 말했다.

"돈은 제르보아 마을에서 도둑맞은 게 아닐까? 그곳에 사는 놈들은 대부분이 도둑놈이고 거지들이니까."

"우리 마을의 도둑들은 자기 마을에서는 도둑질을 하지 않는다구."

"우리가 그것을 어떻게 알아."

사와리스의 얼굴이 분노로 시뻘겋게 달아올랐다.

"더 이상 이러쿵 저러쿵 할 것 없이 뒤져보면 도둑놈이 나타날 것 아닌가!"

여러 사람이 소리쳤다.

"제르보아로부터 시작합시다."

사와리스가 소리쳤다.

"아까 말한 순서대로 수색을 해야 돼. 만일 그것에 반대하는 놈은 누구든 내 몽둥이로 대갈통을 부셔놓을 테다!"

그는 방망이를 뽑아들었고 그의 주위에 부하들이 몰려들었다. 하가그도 똑같이 행동했고 갈타는 자기 동네로 후퇴해서 같은 행동을 취했다. 목수는 울면서 어느 집 문턱으로 물러섰다. 밤의 장막이 내리려고 하고 있었다. 모두가 유혈극을 예상하고 있었다.

돌연 카셈이 마을 한가운데로 뛰어나가 힘껏 소리쳤다.

"그만 두세요! 피를 흘려보았자 잃어버린 돈을 찾지는 못합니다. 가말리아나 데라사나 오투후의 사람들은, 가발라위 마을에 들어가는 사람은 누구든 통치자나 수장들에 의해 보호는 받아도 돈을 도둑맞을 거라고 말할 것입니다."

한 가발 사람이 말했다.

"저 양치기 소년은 무엇을 원하고 있는 거지?"

"나는 싸우지 않고 임자에게 돈을 돌려줄 계획을 갖고 있습니다."

목수가 그의 쪽으로 달려오면서 "너무나 고맙구나."하고 소리쳤다.

카셈은 군중들을 향해 말했다.

"나는 도둑을 밝혀내지 않고 돈을 임자에게 돌려주겠습니다."

물을 끼얹은 듯이 주위가 조용해졌다.

모든 사람의 눈은 카셈에게 집중되었다.

그는 계속했다.

"곧 어두워질 데니까 낌낌해질 때까지 기다려야 합니다. 한 개의 촛불도 켜서는 안 됩니다. 그리고 우리 모두가 마을 끝에서 다른 쪽 끝까지 걸어가야 합니다. 그래야만 어느 한 마을에 의심이 남지 않게 됩니다. 걸어가는 동안 돈을 가진 사람은 자신을 노출시키지 않고 돈을 길바닥에 던질 수가 있을 것입니다. 그렇게 되면 돈을 찾을 수도 있고 쓸데없는 싸움을 피할 수가 있습니다."

목수는 애원하듯이 카셈의 팔을 잡고 소리쳤다.

"참 좋은 생각입니다. 나를 위해서 제발 수락해 주십시오!"
누군가가 외쳤다.

"좋은 해결법이야. 젊은이!"
또 다른 사람이 외쳤다.

"도둑놈은 자기 자신을 구하고 마을은 명예를 구할 기회다!"
한 여자가 기쁨의 함성을 질렀다. 사람들은 세 사람의 수장을 절반은 희망을 갖고 절반은 두려움을 느끼며 번갈아 쳐다보았다. 그러나 그들은 남보다 먼저 그 제안을 받아들이겠다고 선언하기에는 너무나 자존심이 강하고 오만했다. 사람들은 기다리면서 이성이 승리하느냐 아니면 몽둥이를 휘두르며 피를 흘리게 되느냐를 궁금하게 생각하고 있었다.

그때 그들 모두가 알고 있는 목소리가 들렸다.

"여기를 보라!"

모든 사람들이 일제히 소리 나는 쪽을 향했다. 대수장인 레히타가 집 앞에 서 있었다. 침묵이 흘렀다. 모든 사람들은 그의 말이 떨어지기를 기다렸다.

그는 경멸하듯이 말했다.

"그 계획을 받아들여라. 이 멍청이 같은 인간들아! 오죽 못났으면 양치기 소년의 도움을 받아 해결하다니!"

안도의 중얼거림이 군중 속에서 일어났다. 그리고 환희의 함성이 터졌다. 카셈의 가슴은 마구 방망이질을 했다. 그는 카마르의 집을 보니, 길이 내려다보이는 두 개의 창문 중의 하나에서 그녀의 검은 눈이 그를 응시하고 있다는 것을 확실히 느꼈기 때문이다. 한줄기의 행복감이 그를 감쌌다. 그는 지금까지 몰랐던 승리의 기쁨을 느꼈다.

모든 사람들이 하늘을 바라보면서 어둠이 깔리기를 기다리고 있었다. 그리고는 다시 사막 쪽을 보았다. 하늘과 땅의 경계가 사라졌다. 얼굴들이 희미하게 보였다. 사람들이 그림자로 변해갔다. '큰 집'을 끼고 갈라진 사막으로 통하는 두 개의 길이 어둠 속에 가라앉았다. 사람들의 모습이 움직이기 시작하여 '큰 집'까지 걸어갔다가 다시 가말리아 쪽으로 내려왔다. 그리고는 모두들 자기 자신의 마을로 돌아갔다.

레히타가 외쳤다.

"불을 켜라!"

첫 번째로 불이 켜진 곳은 제르보아스 마을의 카마르의 집이었다. 뒤이어 손수레의 불이 켜지고 카페에도 불이 켜졌다. 마을은 다시 생기를 되찾았다.

사람들은 땅바닥을 들여다보면서 돈을 찾기 시작했다.

"여기 지갑이 떨어져 있다!"

누군가가 소리쳤다. 목수는 그곳으로 달려가 지갑을 주워 램프불 밑에서 돈을 세어보고는 뒤도 돌아보지 않고 가말리아 쪽으로 달려가 버렸다. 미친 듯한 웃음소리와 고함소리만이 뒤에 남았다. 카셈은 자신이 주목의 초점이 되고 축하와 농담과 대화의 한가운데 서 있는 것을 발견했다.

그날 밤 카셈이 핫산과 사데크와 함께 제르보아스의 카페에 들어갔을 때 사와리스는 환영의 미소와 함께 그를 반기며 주인에게 말했다.

"내 앞으로 달고 카셈에게 물 담뱃대를 한 대 대접하게."

열 굴을 붉히고 눈을 반짝이며 환희에 젖어 카셈은 암양을 내오기 위해 카마르의 안뜰을 들어섰다.

그러고는 양에게 말했다.

"베일을 써야지."

그는 계단 밑에 매어놓은 양의 밧줄을 풀기 시작했다. 그때 그는 문이 열리는 소리를 들었다.

그녀의 부드러운 목소리가 말했다.

"잘 잤니?"

그는 열에 들떠서 말했다.

"안녕하십니까. 부인."

"어젯밤 참 좋은 일을 했어요."

그의 가슴은 두근거렸다.

"신이 도와준 것입니다."

"너는 지혜가 힘보다 강하다는 것을 우리에게 가르쳐 주었어."

'그리고 당신의 애정은 지혜보다 강합니다.'

그는 혼자서 생각했다.

그리고 말했다.

"부인은 친절하십니다."

그녀는 미소를 머금은 목소리로 말했다.

"우리는 네가 양떼를 이끌 듯이 사람들을 이끌어가는 것을 보았어. 잘 가요, 신의 축복이 있기를!"

그는 그레이스와 함께 집을 나섰다.

마을의 집 앞을 지나갈 때마다 숫양과 새끼양과 염소와 암양이 늘어났다. 모든 사람들이 그를 반겼다. 이전에는 그를 무시했던 수장들까지도 그의 인사를 받았다. 그는 사막으로 가기 위해 '큰집'의 정원을 둘러싼 담 옆을 빠져나갔다. 그의 뒤에는 양과 염소의 긴 행렬이 따르고 있었다. 가발 위로 돋기 시작한 태양의 불타는 듯한 열기가 그를 맞아주었다. 그리고 약간 더운 듯한 아침바람도 그를 맞아주는 듯 했다. 산기슭에 흩어져 있는 양치기들의 모습을 볼 수 있었다. 누더기옷을 걸친 한 남자가 갈대피리를 불면서 그의 옆을 지나갔다. 구름 한 점 없는 하늘에 연이 날고 있었다. 그가 들여 마시는 공기는 깨끗하고 맑았다. 그는 커다란 가발은 보물과 희망과 약속을 숨기고 있는 것이라고 상상했다. 그의 시선은 기묘한 만족감을 담고 사막 위를 헤매고 있었다. 그의 가슴은 기쁨으로 가득차 있었다.

그는 노래를 부르기 시작했다.

"나의 귀엽고 사랑스러운 누비안
그대 이름은 내 손에 새겨서 있네."

그의 눈은 카드리와 '힌드 바위', 함맘과 리파아가 살해된 장소, 가발라위와 가발이 만난 곳을 더듬고 있었다. 이곳에는 태양과 가발과 모래가 있으며 위엄과 사랑, 죽음과 사랑이 움트는 영혼이 존재한다. 그러나 그는 그러한 모든 것이 무엇을 의미하는가를 알 수가 없었다. 이미 지나간 것과 앞으로 오는 것이 무엇을 의미하는지 알 수가 없었다. 그는 서로 다투는 마을과 반목하는 수장들이 공존하는 고을에 대해 생각을 하고 각 마을의 카페에서 서로 다른 형태로 얘기되어지는 것들에 관해 생각했다.

정오 조금 전에 그는 양떼를 몰고 수끄 무까땀으로 갔다. 그리고 에히아의 가게에 가서 그 앞에 앉았다.

노인이 물었다.

"사람들이 어젯밤 네가 동네에서 한 일에 관해 얘기를 하던데 무슨 일이냐?"

카셈은 자신의 곤혹스러움을 숨기기 위해 차를 마셨다.

노인은 계속했다.

"모두들 죽을 때까지 싸우도록 내버려 두는 것이 좋을 뻔했지."

카셈은 눈을 들지 않은 채 말했다.

"말로만 그러시는 거겠지요."

"수장들을 자극해서는 안 된다는 말이야."

"나 같은 사람이 그들을 자극할 수가 있겠습니까?"

노인은 한숨을 쉬었다.

"누가 감히 리파아를 배반할 것이라고 상상이나 할 수 있었겠느냐?"

카셈은 놀랐다.

"제가 위대한 리파아와 공통되는 점이 있다는 말씀이십니까?"

그가 떠나려고 할 때 노인의 작별의 말을 했다.

"내가 준 부적을 항상 지니고 다녀라."

오후에 그는 '힌드 바위' 뒤의 그늘에 앉아 있었다. 그때 그는 세키나가 부르는 소리를 들었다.

"그레이스!"

그는 벌떡 일어나서 바위를 돌아가 보았다. 카마르의 가정부가 암양의 머리를 쓰다듬어 주고 있는 것이 보였다. 그는 그녀에게 미소를 띠고 인사를 했다.

그녀가 목쉰 소리로 말했다.

"테라사에 심부름을 갔다 오는 길인데 돌아올 때는 지름길로 오느라고 여기에 들렀지."

"하지만 이 길은 몹시 무더운데요?"

그녀는 웃었다.

"그래서 이 바위 그늘에서 쉬어기려는 거야."

두 사람은 그가 막대기를 남겨두고 온 그늘에 가서 앉았다.

세키나가 말했다.

"네가 어젯밤에 한 일을 보았을 때 나는 네 어머니가 돌아가시기 전에 너를 위해 많이 기도한 덕분이라고 생각했지."

그는 웃으면서 물었다.

"그리고 당신도 나를 위해 기도했겠지요?"

그녀는 의미심장한 눈으로 그를 보았다.

"네가 훌륭한 가문의 아내를 맞이할 수 있도록 기도하겠어."

그는 소리내서 웃었다.

"누가 나 같은 양치기 소년을 남편으로 맞이하겠어요?"

"행운은 기적을 만들어내지. 오늘 너는 피를 흘리지 않고 문제를 해결해 주었다고 해서 수장들의 존경을 한몸에 받고 있어."

"말만 들어도 고맙군요."

그녀는 그를 빤히 쳐다보았다.

"내가 좋은 방법을 얘기해 줄까?"

갑자기 그의 가슴이 설레었다.

"가르쳐 주세요!"

흑인의 단순성을 가지고 그녀는 말했다.

"행운을 시험해 보기 위해 우리 동네의 숙녀에게 청혼을 해봐요."

돌연 모든 것이 달라진 것처럼 보였다.

"누구 말입니까. 세키나?"

"내가 누구를 얘기하는지 모르는 체하지 말아요. 우리 동네에는 숙녀가 한 사람뿐이니까."

그의 목소리는 떨렸다. "그녀의 남편은 중요한 지위에 있던 훌륭한 사람이었어요. 그리고 나는 하잘 것 없는 양치기구요."

"그러나 행운이 미소하면 모든 것이 미소하지. 가난까지도."

그는 거의 중얼거리듯이 말했다.

"내가 청혼하면 그녀가 당혹해하지 않을까?"

세키나가 일어서며 말했다.
"언제 여자가 기뻐하고 언제 당혹해 할지를 아는 사람은 하나도 없어. 하나님을 믿어요."
그리고 그녀는 그곳을 떠나면서 말했다.
"자기 자신을 잘 돌봐요."
그는 얼굴을 돌려 하늘을 올려다 보았다. 그리고는 눈을 감았다. 마치 피로에 지친 것처럼.

69

쩨차리아는 놀란 표정으로 카셈의 얼굴을 빤히 쳐다보았다. 숙모와 핫산도 마찬가지였다. 그들은 저녁식사가 끝난 뒤 거실에서 쉬고 있는 중이었다.
쩨차리아가 말했다.
"그런 소리는 하지 마라. 나는 네가 가난에도 불구하고, 물론 우리 모두가 가난하지만, 상식과 명예를 존중하는 아이라고 생각해 왔다. 그런데 네 상식은 어디로 가버렸지?"
숙모의 눈은 호기심으로 가득 차 있었다.
카셈은 말했다.
"그런 얘기를 할 만한 이유가 있어요, 삼촌, 그런 암시를 해준 것도 그녀의 하녀란 말입니다."

숙모가 물었다.

"그 부인의 하녀가?"

삼촌은 당황하여 웃고 말았다.

"아마 네가 오해를 한 것이겠지."

카셈은 자신의 감정을 숨기고 조용한 목소리로 말했다.

"아니에요. 그럴 리가 없어요. 삼촌."

숙모가 소리쳤다.

"알겠다! 가정부가 그렇게 말했다면 여주인이 그렇게 말한 것이 틀림없어."

핫산이 말했다.

"카셈은 진짜 사나이야. 이 세상에는 진짜 사나이가 그다지 많지 않다구요."

쩨차리아는 고개를 절레절레 흔들면서 중얼거렸다.

"이 세상에서 제일 맛있는 고구마요! 군고구마요!"

그러고는 카셈을 보고 말했다.

"하지만 너는 돈이 한 푼도 없지 않으냐?"

숙모가 말했다.

"이 아이는 당신도 알다시피 그녀의 양을 길러주고 있지 않아요?"

그러고는 웃으면서 또 말했다.

"카셈. 제발 그 양을 죽이지 않도록 조심해라."

핫산은 생각에 잠긴 채 말했다.

"채소 가게 주인인 오와이쓰 씨는 카마르 부인의 삼촌이고 우리 동네에서는 제일 부자지. 그 사람도 사와리스가 우리의 친척인 것처럼 우리와는 사돈이 되겠군. 아아 신난다!"

숙모는 말했다.

"카마르 부인은 통치자의 부인인 아미나와 인척이 되지. 그녀의 죽은 남편이 아미나의 친척이었으니까."

카셈은 불안한 듯이 말했다.

"그런 일들이 모두 일을 어렵게 만들까요?"

쩨차리아는 그 결혼이 가져다 줄 자신의 지위 향상을 생각하고 놀라운 열의를 가지고 말했다.

"목수의 도난 사건이 일어났던 날처럼 의젓하게 말하면 된다. 너는 대담하고 섬세하니까 말이야. 그래, 우리 모두 그 부인에게 찾아가서 문제를 의논해 보자. 그리고 오와이쓰에게도 얘기를 하자. 아마 오와이쓰가 이 말을 들으면 우리를 정신병원으로 보내려고 하겠지?"

일은 쩨차리아가 계획된 대로 진행되었다. 그래서 오와이쓰는 카마르의 집의 응접실에 앉아서 그녀가 나오기를 기다리면서 혼란된 심정을 숨기기 위해 연상 커다란 수염을 만지작거리고 있었다. 카마르가 수수한 옷을 입고 머리에는 갈색 스카프를 쓰고 방안으로 들어왔다. 그녀는 오와이쓰와 악수를 나누고 눈에는 잔잔한 결의의 빛을 띤 채 의자에 앉았다.

오와이쓰가 말했다.

"너는 나를 아주 난처한 지경에 빠뜨리게 했어. 너는 얼마 전에 우리 가게의 지배인인 무르시 씨의 청혼을 거절했잖아? 그 사람이 네게 어울리지 않는다는 이유로 말이야. 그런데 지금 너는 양치기 소년으로 만족하겠단 말이야?"

그녀는 얼굴을 붉혔다.

"아저씨. 그는 정말로 가난한 사람입니다. 하지만 이 동네에 사는 모든 사람들은 그와 그의 가족이 선량하다는 것을 알고 있어요."

오와이쓰는 얼굴을 찌푸렸다.

"그건 그렇지. 마치 네 하인이 충실하고 선량한 것과 마찬가지로 말이지. 그러나 결혼은 전혀 그런 것과는 다른 문제야."

카마르는 공손하게 말했다.

"이 동네에서 그 사람처럼 의연하게 행동하는 남자가 있다면 보여주세요. 교활한 책략이나 악의에 찬 행동, 야만성을 자랑하지 않는 남자가 있다면 말이에요."

오와이쓰는 분노를 터뜨릴 뻔했으나 그가 얘기하고 있는 것은 조카일 뿐만 아니라 그의 사업에 막대한 돈을 투자하고 있는 여자라는 것을 깨달았다.

그래서 그는 화를 참고 조용히 얘기했다.

"카마르. 너만 좋다면 이 동네에 사는 수장들 중의 한명하고 결혼을 시켜줄 수도 있단다. 너만 동의한다면 레히타의 후실로도 들어갈 수 있어."

"나는 그런 종류의 남자는 좋아하지 않아요. 우리 아버지는 삼촌처럼 좋은 사람이었어요. 그러나 그들에게 너무나 잔인한 학대를 받았기 때문에 나도 그들에 대한 증오심을 물려받았어요. 하지만 카셈은 훌륭한 성격을 가지고 있어요. 다만 돈이 없을 뿐이죠. 나는 그 사람 자체를 원해요. 다른 것은 필요 없어요."

오와이쓰는 한숨을 짓고 오랫동안 그녀를 바라다보고 있었다. 그리고는 마지막 협박수단을 꺼내놓았다.

"나는 통치자의 부인인 아미나에게서 편지를 받았다. 그녀는 내게 말했어. '카마르에게 정신 차리라고 하세요. 이 동네 사람들의 조소의 대상이 될 그릇된 행동은 삼가라고 전해 주세요'라고 말이야."

카마르는 날카롭게 쏘아붙였다.

"나는 그 여자의 충고 따위는 필요 없어요. 누가 누구에게 그런 충고를 합니까? 정말 불쌍하군요."

"얘야, 그녀는 네 평판을 걱정하고 있는 거야."

"그런 말은 믿지 마세요, 삼촌, 그녀는 우리 같은 것은 안중에도 없어요. 우리를 기억조차 못할 걸요. 남편이 10년 전에 죽었지만 그녀는 우리를 한 번도 아는 체를 하지 않았어요."

오와이쓰는 잠시 망설이다가 유감스럽다는 듯이 말했다.

"그녀는 또 나이가 아래인 남자와 결혼하는 것은 어리석은 일이라고 말했다. 특히 먹을 것이 없어서 여자의 집을 찾아다니는 남자와는……."

카마르는 벌떡 일어나서 분노에 싸여 소리쳤다.

"말도 안 되는 소리는 그만두세요. 나는 이 동네에서 태어나고 자라고 결혼하고 과부가 되었어요. 모두들 나를 잘 알고 나에 대해 좋게 말하고 있어요."

"물론 그렇고말고, 물론 그렇지. 그녀가 말하는 것은 앞으로 그런 소리를 듣게 될지도 모른다는 거지."

"삼촌. 그 여자 얘기는 그만하세요. 그 여자는 우리에게 두통거리만 마련해 주니까요. 나는 카셈과 결혼하는 데 동의했다는 것을 삼촌에게 말하고 싶어요. 동의를 해주시고 우리의 결혼을 축복해 주셨으면 고맙겠어요."

오와이쓰는 입을 다물고 깊은 생각에 잠겼다. 그녀를 말리는 것은 불가능했다. 그녀를 화나게 해서 투자한 돈을 빼가게 만든다면 그것도 난처하다. 그는 비참한 기분으로 바닥만을 내려다보고 있었다. 그는 입을 열어 무엇인가 말하려고 했으나 나온 것은 의미 없는 중얼거림뿐이었다. 카마르는 인내심을 가지고 삼촌을 응시하고 있었다.

10

쩨차리아는 결혼준비금조로 조카에게 얼마간의 돈을—대부분 빌린 것이긴 하지만—내주었다.

"할 수만 있다면 너에게 많은 돈을 주었을 거야. 카셈, 네 아버진 친절하셨지. 내 결혼 때 그분께서 얼마나 관대하셨는지 아마 평생 잊지 못할 거야."

카셈은 겉옷과 속옷 몇 가지, 비단무늬 터번, 연노란색 슬리퍼,

그리고 담뱃대 및 코담배 한 갑을 샀다. 새벽이 오자 그는 목욕탕으로 가서 몸을 뜨겁게 한 다음 다시 찬물에 뛰어 들어가 마사지를 했다. 목욕을 끝낸 후 향수를 뿌리고는 차를 마시면서 좁은 방에 편안하게 누워 행복을 꿈꾸기 시작했다.

카마르는 결혼준비를 서둘렀다. 그녀는 여자하객을 위해 집지붕을 얹었으며 유명한 여자가수와 인근의 제일가는 요리사를 고용하기도 했다. 남자하객들과 음악담당자들을 위해서는 마당에 큰 천막을 쳐두었다. 카셈의 일가친척들이 모였다. 마을 사람들은 사와리스가 인솔하여 데리고 왔다. 술잔들이 돌려졌고 스무 가치의 담배를 피워대었다. 그 바람에 불빛이 담배연기로 인해 희미해졌으며 고급 하쉬시 향내음이 진동했다. 구석구석마다 유쾌하게 웃고 떠드는 소리가 울려퍼졌다.

쩨차리아가 술이 취해 자랑을 늘어놓기 시작했다.

"우리 가문은 오랜 양반 집안이요."

오와이쓰는 불쾌한 기분을 감추었다. 그는 사와리스와 쩨차리아 가운데 앉아 있었다.

오와이쓰가 짤막하게 말했다.

"사와리스와 인척인 것만도 충분하지."

쩨차리아가 큰소리로 말했다.

"사와리스 씨의 만수무강을 위하여!"

흐뭇한 미소를 지으며 손을 흔들고 있던 사와리스를 위하여 밴드가 재빨리 음악을 연주하기 시작했다. 예전에 그는 쩨차리아가 그와 먼 일가친척간이라고 떠들고 다니는 소리에 언짢게 생각해오고 있었다. 그러나 카셈이 카마르와 결혼한다는 소릴 듣고부터는 마음이 바뀌기 시작했다. 사실 이미 그는 보호세를 지불하는 일에서 카셈을 제외시키지 않기로 작정하고 있었다.

쩨차리아가 말을 계속했다.

"카셈은 아주 호감 가는 청년이죠. 그 앨 싫어하는 사람이 있소?"

그는 사와리스의 표정에서 언짢아하는 기색을 엿보고 이렇게 덧붙였다.

"도둑이 들던 그 날도 그 애의 지혜가 없었더라면 리파아 사람들과 가발 사람들도 사와리스의 곤봉 앞에 꼼짝 못했을 테니까요."

사와리스의 표정이 밝아지자 오와이쓰가 얼른 쩨차리아의 말에 맞장구쳤다.

"그래 맞아. 그렇구 말구!"

'사랑의 기쁜 기간이 다가왔나니'라는 노랫소리가 울려 퍼졌다. 카셈의 당혹감도 더욱 깊어졌다. 여느 때처럼 사데크가 그의 기분을 얼른 눈치 채고 향긋한 술 한 잔을 갖다 주었다. 그는 단숨에 한 방울도 남기지 않고 들이켰다. 손에는 아직까지도 파이프를 쥔 채였다. 핫산은 과음을 한 탓으로 눈앞의 천막이 춤을 추고 있었다.

오와이쓰가 그걸 보고 쩨차리아에게 말했다.

"핫산이 나이에 비해 과음을 하고 있군."

쩨차리아가 손에 술잔을 든 채 일어나 아들에게 말했다.

"핫산. 그렇게 마시지 마."

그는 웃음을 터뜨리면서 또 한 잔을 비웠다.

오와이쓰는 화가 나 혼자 중얼거렸다.

"조카딸이 어리석지만 않다면 오늘밤 네 녀석의 술로 끝장날 텐데."

한밤중이 되자 카셈은 결혼행렬을 나섰다. 남자하객들도 하객측 대표인 사와리스의 인솔 하에 동골의 카페로 걸어갔다. 집 밖 골목길은 소년들과 거지, 그리고 음식냄새를 맡고 나온 고양이들로 붐비고 있었다. 카셈은 핫산과 사데크 사이에 앉았다.

동골이 그들을 맞이하면서 급사에게 일렀다.

"정말 즐거운 저녁이군! 저 젊은이를 위해 동골의 파이프를 주겠네."

그러자 돈 가진 사람들은 파이프 값을 지불했다. 사데크가 겉옷 가슴 부분에서 공깃돌만한 크기의 하쉬시 조각을 꺼냈다. 그것을 남포불 아래서 손가락에 쥔 채 카셈의 귀에 속삭였다.

"단맛을 섞은 거야. 게다가 힘이 굉장하다구!"

술기운으로 벌써 눈이 벌게진 카셈이 웃으면서 그걸 받아들고 입속에 집어넣었다. 사데크가 말했다.

"먼저 씹어봐. 그리고 빨아먹게나."

피리 부는 사람들과 북 치는 사람들을 데리고 가수들이 일어섰다. 사와리스가 일어나 위엄있는 목소리로 말했다.

"결혼식을 시작합니다!"

겉옷만 입은 카부라가 머리 위에 방망이를 세운 채 재주를 부리면서 맨발로 춤을 추었다. 그 뒤를 따라 가수들과 사와리스, 그리고 신랑일행이 걸어갔다. 일행은 카셈과 그리고 햇불을 든 두 명의 친구들이었다. 가수가 달콤한 음성으로 노래를 부르기 시작했다.

"처음에는 — 오— 내 눈동자로
그리곤 — 오—내 두 손으로
그 다음엔— 오—내 발로
사랑의 포로가 된 건
이 두 눈동자로였나니
사랑에 손짓을 보낸 건
이 두 손이었나니
사랑에 다가갈 땐
내 발로써였다오."

결혼식 행렬이 가말리아와 베이트 알 카디, 그리고 후세인 회교 사원과 데라사를 향해 걸어가자 술에 취한 사람들의 환호가 들려 나왔다. 기쁨에 들떠있던 사람들도 모르는 사이에 밤은 깊어만 갔다. 행렬은 처음 출발 때처럼 즐겁고 유쾌하게 되돌아왔다. 신랑 행렬이 그 고을에서 아무 사고 없이 무사히 통과한 것은 그때가 처음이었다. 방망이 하나 휘두르는 일 없이 피 한 방울도 흘리지 않았다. 기쁨이 극에 달한 채 쩨차리아는 지팡이를 들고 자랑스럽게 휘두르면서 춤을 추기 시작했다. 머리에서 가슴께로 그런 다음 허리 부분까지 지팡이를 흔들어 대던 그의 동작이 점점 공격적이고 관능적으로 변해갔다. 마지막 춤을 끝내자 박수소리와 함께 찬탄이 흘러나왔다.

그때 카셈은 여자들 속으로 들어가 두 줄로 열을 짓고 있는 무리 맨 앞자리에 앉아있는 카마르를 발견했다. 기쁨에 복받친 그는 그녀에게 다가가 손을 잡고 반나체의 무희가 이끄는 대로 신방에 걸어 들어갔다. 두 사람은 방문을 닫아 바깥세상과 차단시켰다. 소곤거리는 소리와 가벼운 발자국 소리만 빼고는 온통 정적뿐이었다. 카셈은 첫눈에 분홍빛 린넨으로 덮인 침대와 안락의자, 그리고 무늬 있는 카페트가 있음을 알았다. 그로서는 한 번도 상상해 본 적도 없는 물건들이었다. 그때 그의 눈길은 자리에 앉은 채 보석을 빼고 있는 여인 위에 머물렀다. 그녀는 알맞게 통통한데다 상냥하고 아름다운 모습이었다. 방안의 벽은 불빛으로 은은하게 빛나는 것 같았다. 그는 어지러운 흥분과 끝없는 행복감에 젖어 모든 것을 살펴보았다. 실크 옷을 차려입은 그는 그녀를 가까이 안았다. 다소 술에 취했긴 했지만 따뜻한 눈길로 그는 다소곳이 시선을 떨어뜨리고 있는 그녀를 내려다보았다. 두 손으로 그녀의 얼굴을 감싸 쥐고 무슨 말이라도 하려고 했으나 마음이 변한 듯 아무 말도 하지 않았다. 그는 허리를 굽혀 그의 숨결 밑에서 머리카락이 헝클어질 때까지 이마와 뺨 등을 입맞춤해 나갔다. 방문 너머의 향내음이 그의 코에 닿았다. 세키나의 조용한 기도소리가 그의 귀에 들려왔다.

71

밤과 낮이 따로 없는 사랑과 우정, 기쁨과 마음의 평화가 찾아들었다. 이 세상에서 행복이란 얼마나 달콤한 것인가! 그는 사람들이 결혼식 이후 한 번도 집밖을 나오지 않았다고 말하는 게 부끄러웠으므로 그 때문에 딱 한 번 집밖을 나가보았을 따름이었다. 그의 가슴은 온갖 종류의 즐거움으로 젖어 있었다. 그는 그동안 소망해 왔던 그런 사랑과 부드러움, 그리고 보살핌을 흠뻑 누려보았다. 그는 청결한 것을 좋아했다. 그런데 이곳은 어느 한 가지 깨끗하지 않은 게 없었고 언제나 향긋한 내음을 맡을 수 있었다. 화장기 없는 얼굴로는 결코 그 앞에 나타나지 않는 여인도 있었다. 그녀의 얼굴은 언제나 사랑으로 빛나고 있었다. 어느 날 두 사람이 응접실에서 나란히 앉아 있을 때 그녀가 말했다.

"당신은 양처럼 점잖은 분이에요. 명령하지도 지배하지도 그렇다고 비난하지도 않으세요. 이 집안의 모든 것이 모두 당신 것인데도 말이에요."

그는 그녀의 붉은 머리카락을 손으로 어루만졌다.

"난 아무것도 바랄 게 없는 상태에 있으니까."

그녀는 그의 손을 아프게 꼬집었다.

"전 처음부터 당신이 마을에서 제일가는 남자란 걸 알았어요. 하지만 가끔 지나치게 점잖아 마치 당신이 낯선 사람 같아요. 그게 마음 아파요."

"당신은 지금 운이 좋아 작열하는 사막에서 낙원 같은 이 집으로 옮겨온 사나이와 이야기하고 있소."

그녀는 진지한 표정을 지으려고 했으나 미소를 감출 길이 없었다.

"이 집에서 편안하게만 지내고 있다곤 생각 마세요. 조만간 당신은 제 재산을 관리하는 삼촌 일을 맡으실 테니까요. 부담이 되시나요?"

그가 소리 내어 웃었다.

"양치는 일에 비하면 어린애 장난 같은 일이오."

그래서 그는 그녀의 재산을 관리하는 일을 맡게 되었다. 그녀의 재산은 제르보이스 마을과 가말리아 사이에 위치해 있었다. 까다로운 소작인들을 다루는 일은 경험이 요구되었지만 그는 융통성 있게 최선을 다했다. 그 일은 한 달 중 불과 이삼 일 가량만 걸리는 일이었으므로 나머지 시간은 자유로웠다. 그것은 그로서는 익숙지 못한 일이었다. 아마 새로운 생활에서 획득한 가장 큰 승리가 있다면 처삼촌인 오와이쓰의 신임을 얻은 것일 것이다. 그는 처음부터 존경과 관심 있는 태도로 처삼촌을 대해 주었으며 자진해서 일을 도와주기로 했다. 이윽고 오와이쓰도 그를 좋아하게 되었으며 우정과 존경을 갖고 대하였다.

어느 날 그는 솔직히 털어놓지 않을 수가 없었다.

"몇 가지 생각이 정말 잘못되었다네. 사실 난 자네가 마을의 건달이라고 생각했다네. 조카딸의 환심을 사 그 애의 돈으로 딴짓이나 하고 다른 여자와 결혼하려는 걸로 생각했었지. 하지만 자넨 현명하고 신망이 두터운 젊은이며 그 애의 선택이 옳았다는 걸 증명했다네."

동골의 카페에서 사데크가 껄껄 웃으며 카셈에게 말하곤 했다.
"자네 이름으로 파이프를 주문해 주게나. 그게 자네 같은 중요 인물이 해야 할 일이지."
그러면 핫산이 말하곤 했다.
"술집에나 가는 게 어때?"
그러나 그는 진지하게 대답했다.
"아내의 재산관리나 오와이쓰 일을 거드는 것으로 버는 수입 이외는 한 푼도 없어."
사데크는 깜짝 놀랐다.
"여자따윌 사랑하는 건 남자에겐 심심풀이에 불과해."
카셈은 화를 내며 되받았다.
"그건 남자도 사랑에 빠지지 않는다면야 그렇지. 사데크, 너도 다른 사람들과 똑같구나. 넌 사랑을 재산이나 탐내는 수단으로만 생각하고 있어."
사데크가 곤혹스런 미소를 지었다.
"그건 약해 빠진 남자들 사고방식이야. 난 핫산처럼 또 너처럼 강하지가 못해. 그래서 수장이 될 생각도 없다구. 이 고을에선 맞든 때리든 둘 중 하나야."
카셈은 목소리를 낮추었다.
"기가 막힌 곳이지! 사데크, 네 말이 옳아. 이 고을은 우릴 슬프게 해."

핫산이 미소를 지었다.

"다른 사람들도 그렇게 생각만 한다면."

사데크도 그의 말에 동감했다.

"가발라위 동네에는 진짜 수장들이 있다고 하더군."

카셈의 얼굴이 슬픔으로 가득 찼다. 그는 카페 앞에 있는 사와리스 쪽을 흘끗 쳐다보며 말소리가 안 들릴 걸로 확신하곤 이렇게 말했다.

"못된 소문을 듣지 못한 모양이구나."

"사람들은 힘을 숭배하지. 심지어 그 제물까지도."

한참 동안 생각에 잠겨 있던 카셈이 말문을 열었다.

"하지만 선한 일을 하는 힘을 기억해야 해. 깡패나 부랑자들의 힘 아닌 가발과 리파아 같은 힘 말이야."

이야기꾼 타짜는 자신의 이야기를 이렇게 암송하고 있었다.

아담이 그를 향해 소리질렀다.

"네 형제를 데려가!"

카드리는 신음소리를 내었다.

"그렇겐 할 수 없어요."

"넌 그 애를 죽일 수도 있었어……."

"아버지, 안 돼요."

"아버지라 부르지 마. 형제를 죽이는 놈에겐 부모도 형제도 없어."

"안 돼요."

그는 그를 꼭 붙들고 말했다.

"살인자는 자신의 희생물의 짐을 져야만 해……."

그런 다음 이야기꾼이 바이올린을 켜며 노래를 시작했다. 그 때 사데크가 카셈에게 말했다.

"넌 요즈음 아담이 꿈꾸었던 인생을 살고 있어."

"하지만 난 매순간마다 날 화나게 하고 내 행복을 파괴하려는 것과 마주치지. 아담은 쾌락과 풍요를 진정한 행복의 수단으로서만 생각했어."

그들은 모두 한참 동안 침묵에 휩싸였다.

이윽고 핫산이 입을 열었다.

"진정한 행복이란 결코 없어."

카셈이 꿈을 꾸는 듯한 눈을 하면서 말했다.

"모든 사람이 그것을 누릴 수 있을 때까지는 그렇지."

카셈은 다른 사람의 못된 행실로 자신의 행복을 파괴당하는 동안 자신은 돈과 안락을 누리고 있다는 생각을 했다. 그런데 그는 이곳에서 사와리스에게 양순하게 보호세를 바치고 있었던 것이다. 그는 자신과 혹은 이 사악한 고을에서 벗어나 일에만 몰두하기를 원했다. 아마 아담도 이런 상황에서 그토록 갈구했던 것을 얻었더라면 자신의 행복감에 짓눌려 일을 하기를 원했을 것이다.

그 당시 카마르는 이상한 욕심을 부리기 시작했다. 세키나는 그것이 임신의 징조라고 말했다. 카마르는 거의 믿을 수가 없었다. 아기를 갖는다는 희망은 단지 꿈에 불과했는데. 그녀는 너무나 기뻐 제정신이 아니었다. 카셈도 기뻐 친구들에게 그 소식을 전해주었다. 삼촌 집에도 대장간에도 오와이쓰 가게 그리고 에히아의 오두막집에도 알려졌다. 카마르는 지나치리만큼 걱정이 많아졌다.

그녀는 의미심장한 목소리로 카셈에게 말했다.

"신경 쓰이는 것은 뭐든지 금해야겠어요."

그가 미소를 지었다.

"세키나가 당신 대신 집안 일을 할 거요. 나도 조심하겠소."

그녀는 그에게 키스를 하며 어린아이같이 행복에 겨워 말했다.

"너무나 감사해 땅에라도 키스할 수 있어요."

그는 에히아를 만나러 사막으로 나섰지만 '힌드 바위'를 찾아 길을 돌아가 그늘 아래에 앉았다. 멀리서 양치기가 양에게 풀을 뜯어 먹이고 있는 풍경이 보였다. 그의 마음에 동정심이 가득 일어 무슨 말인가 해주고 싶어졌다.

"사람이란 신분이 높다고 해서 행복한 게 아닐세. 사실 그것만으로는 행복해질 수가 없다네."

그러나 차라리 레히타와 사와리스 같은 수장에게 그 말을 들려주는 게 더 낫지 않을까? 고을에 사는 사람들에게서 나는 무엇을 느꼈는가? 그들은 행복을 꿈꾸었지만 시간은 쓰레기처럼 그들의 꿈을 산산조각 내었다. 그는 어째서 자신에게 허용된 행복을 누리지 못하고 또 주위환경에 눈을 감고 모른 체 할 수 없는 걸까? 그것은 일생을 안락과 평온 속에서 지낼 수 있었던 가발과 어쩌면 리파아를 괴롭혀온 문제이기도 했다. 우리를 괴롭히고 있는 이 슬픔의 원인은 무엇인가? 그는 하늘을 바라보며 생각에 잠겼다. 구름이 몇 조각 떠있는 맑고 푸른 하늘이었다. 그는 지친 듯 고개를 떨구고 움직이고 있는 물체를 들여다보았다. 전갈 한 마리가 구멍을 향해 급히 가고 있었다. 그는 얼른 지팡이를 들고 전갈 있는 곳을 힘껏 내리쳤다. 잠시 동안 징그러운 듯 바라보던 그가 다시 일어나 길을 떠났다.

12

카셈의 가정에 새로운 생명이 탄생했다. 마을의 가난한 사람들도 모두 축하해 주었다. 아기의 이름은 얼굴도 본 적이 없는 카셈의 어머니 이름을 따서 아이산으로 지었다. 아기의 출생과 더불어 집안 식구들은 울음소리, 법석대는 소음, 그리고 잠 못 이루는 밤에 익숙해져 갔다. 그러나 아이는 더 많은 기쁨과 만족을 집안에 가져다주었다. 그런데도 어째서 아기 아빠는 때때로 우울한 듯 의기소침해 있을까?

카마르는 무척 걱정이 되어 어느 날 그에게 물었다.

"당신, 기분이 좋지 않으세요?"

"괜찮소."

"하지만 여느 때와 다르군요."

그는 시선을 내리 깔았다.
"하느님은 내게 좋지 않은 일이 있다는 걸 아시오."
그녀는 묻기 전에 잠시 망설였다.
"제게 싫은 점이 있어요?"
"나에겐 당신보다 소중한 건 없소. 아기도 말이오."
그녀는 한숨을 뱉었다.
"아마 일진 탓인가 보군요."
그가 웃었다.
"그럴지도 모르지."

그녀는 향내음을 뿜으며 마음속으로 그를 위해 기도문을 외웠다. 어느 날 밤 아이산이 우는 소리에 잠이 깬 그녀는 곁에 그가 없는 것을 발견했다. 처음엔 그가 아직 카페에서 돌아오지 않은 걸로 생각되었으나 아기가 울음을 그치자 그녀는 카페의 문을 닫은 직후에만 있음직한 깊은 정적을 느꼈다. 그녀는 의아심으로 가득 차 일어나 창밖을 바라보았다. 칠흑 같은 어둠이 잠든 고을을 뒤덮고 있었다. 그녀는 그때 다시 울기 시작한 아기에게 돌아가 젖을 먹였다. 결혼한 이후 처음으로 그가 이렇게 밤늦도록까지 돌아오지 않는 이유를 그녀는 생각해 보았다. 아이산이 잠이 들자 그녀는 침대를 빠져나와 잠시 창문 곁에 다가가 서 있었다. 아무 소리도 들리지 않자 그녀는 마루로 나가 세키나를 깨웠다. 하녀는 졸린 채 일어나 앉더니 놀라 벌떡 일어났다. 여주인이 잠을 깨운 이유를 말했을 때 세키나는 주인의 일을 알아보려고 쩨차리아에게 가보려고 작정했다. 카마르는 무슨 일로 이 시간까지 삼촌의 집에 있는 걸까 하고 혼자 생각해 보았다. 그런 다음 희망을 포기하면서 그녀는 자문자답을 했다. 그럼에도 불구하고 그녀는 세키나를 막지 않았다. 아마 그것은 예상 밖의 것을 기대하는 마음이거나 아니면 절망에 싸인 자신을 삼촌이 도와주기를 원하는 마음에서였는지 모른다. 세키나가 나가자 카마르는 다시 한 번 궁금증에 휩싸였다. 그에게 닥쳐온 변화와 무슨 관계가 있는 것일까? 어쩌면 저녁마다 그가 사막에 나갔던 일과 관계가 있지 않을까?

쩨차리아와 핫산은 세키나가 부르는 소리에 깜짝 놀라 잠에서 깨어났다. 핫산은 전 날 저녁 카셈을 보지 못했노라고 말했다. 쩨차리아는 조카가 언제 나갔는지를 물었다. 이른 초저녁이라고 대답했다. 세 사람은 집 밖을 찾아보기로 했다. 핫산이 이웃집에 가더니 사데크와 함께 돌아왔다. 사데크가 근심어린 얼굴로 말했다.

"곧 새벽이 올 텐데 어디로 갔지?"

핫산이 말했다.

"아마 암벽에서 잠이 든지도 몰라."

쩨차리아는 세키나더러 집에 돌아가 그가 가볼 만한 곳은 다 찾아보겠다고 여주인에게 말씀드리도록 시켰다. 세 사람의 남자는 사막으로 출발했다. 가을밤의 습기가 머리 위의 터번을 더욱 짙게 에워쌌다. 그들은 저물어가는 초승달의 희미한 달빛을 받으며 먼 길을 걸었다. 달빛은 구름 틈 사이로 새어 나오고 있었다. 핫산이 큰소리로 '카셈…… 카셈.'하고 부르자 무까땀 절벽 너머에서 메아리가 울려 퍼졌다. 그들은 '힌드 바위'까지 서둘러 걸어갔다. 주위를 살펴보면서 둘러보았으나 그의 모습은 어디에도 없었다.

쩨차리아가 쉰 음성으로 물었다.

"어디로 갔지? 그는 망나니가 아니잖나. 적이라곤 한 명도 없는 사람인데."

핫산이 뭐라고 중얼댔었다.

"그럼 도망갈 이유가 없잖아요."

사데크는 사막에 노상강도가 있다는 것을 기억해내곤 가슴이 무너져 앉았으나 아무 말도 하지 않았다.

쩨차리아가 아무 확신 없는 말투로 말했다.

"에히아 씨와 함께 있는 걸까?"

두 젊은이는 함께 힘껏 소리를 질러보았다.

"에히아 씨!"

그러나 쩨차리아는 실의에 빠져 생각에 잠겨 있었다.

"무슨 이유로 그 사람과 함께 있단 말인가?"

그들은 침울한 상념에 빠진 채 사막 끝까지 말없이 걸어갔다. 멀리서 닭이 우는 소리가 들려왔지만 짙게 덮인 구름 때문에 하늘색은 조금도 밝아지지 않았다. 사데크가 "어디 있어, 카셈?"하고 나지막하게 신음소리를 내었다. 길을 나선 것은 부질없이 보였지만 그들은 깊은 잠에 빠져 있는 에히아의 오두막집 앞에 닿을 때까지 걸음을 계속했다. 쩨차리아가 올라가 주먹으로 대문을 두들기자 이윽고 에히아의 음성이 들려나왔다.

"누구시오?"

문이 열리더니 지팡이에 의지한 사람의 모습이 나타났다.

쩨차리아가 말했다.

"용서하시오. 카셈의 일로 왔소이다."

에히아가 차분하게 말했다.

"기다리고 있었소."

그때서야 처음으로 그들의 기분이 나아지긴 했으나 곧 다시 걱정으로 변했다.

쩨차리아가 물었다.

"소식을 혹시 아는지요?"

"안에서 잠이 들어 있습니다."

"괜찮소?"

"나도 그러길 바라오."

그러더니 자연스러운 어투로 말하려고 애를 쓰면서 말했다.

"지금은 괜찮아요. 하지만 이웃 사람들이 오후에서 돌아오던 길에 '힌드 바위'에서 정신을 잃고 있던 그를 발견했소. 사람들이 그를 여기로 데리고 와서 정신이 들 때까지 얼굴에 향유를 뿌렸죠. 그런데 피곤해 보여 쉬게 해주었더니 곧 잠이 들고 말았소."

쩨차리아가 원망하는 말투로 말했다.

"우리한테 전갈이라도 보냈으면 좋았을 텐데."

그가 매우 정중하게 말했다.

"한밤중이라 마땅한 심부름꾼이 없었소."

사데크가 말했다.

"병이 든 게 틀림없어요."

노인이 말했다.

"아침이 되면 좋아질 게요."

핫산이 말했다.
"깨워서 상태를 알아봅시다."
그러나 에히아는 단호하게 말했다.
"혼자 잠에서 깰 때까지 기다려야 합니다."

73

그는 등에 베개를 받친 채 침대에 앉아 있었다. 담요는 가슴 부분 위까지 덮여 있었으며 눈동자는 사색에 잠겨 있었다. 카마르는 아이산을 팔에 안은 채 그의 발끝에 앉아 있었다. 아기는 팔짓을 하면서 아무도 알아들을 수 없는 이상한 소리를 웅얼거렸다. 방 한 가운데서 타고 있던 향로에서 한줄기 가느다란 연기가 피어올라 향내음을 풍기면서 방안을 가득 채웠다. 카셈은 침대 옆 테이블에 손을 뻗어 캐러웨이 컵을 들고 한 모금 마셨다. 몇 모금 남긴 채 다시 잔을 제자리에 갖다 두었다. 그동안 아내는 아기에게 말을 걸면서 함께 놀아주고 있었다. 그러나 간간히 근심스러운 표정으로 남편을 쳐다보는 것으로 미루어 보아 아기에게 관심을 쏟는 척하는 것이 속마음을 감추기 위함임을 알 수 있었다.

한참 후 그녀가 물었다.
"지금 어떠세요?"

그는 닫힌 문 쪽을 향하여 마지못한 듯 고개를 돌리고 다시 그녀를 바라보며 조용히 말문을 열었다.

"난 병이 든 게 아니오."

그녀는 당황한 표정이었다.

"그 말을 들으니 기뻐요. 하지만 제발 말씀 좀 해 주세요."

그는 잠시 망설이는 듯하다가 말했다.

"모르겠소. 아니오. 내 말은 그게 아니오. 난 다 알고 있지만 하지만…… 사실, 난 평온한 나날이 지나가 버린 것이 두렵소."

아이산이 갑자기 울기 시작했다. 카마르는 조용히 젖꼭지를 아기에게 물린 다음 궁금증을 풀기 위해 걱정스러운 얼굴로 다시 그를 바라보았다.

"왜요?"

그는 자신의 가슴을 손으로 가리키며 한숨을 내쉬었다.

"여기에 너무나 엄청난 비밀이 들어 있어 나로서도 혼자 간직할 수가 없소."

그녀는 더욱 궁금하여 "말해보세요, 카셈"하고 말했다.

그가 약간 뒤로 물러나 앉았다. 눈에는 진지하고도 결의에 찬 표정이 서려있었다.

"이건 처음 밝히는 일이오. 당신이 처음이오. 하지만 날 믿어야 하오. 난 단지 진실을 말할 따름이오. 지난 밤 사막에 나가 홀로 있었을 때 '힌드 바위' 아래서 이상스런 일이 일어났소."

그가 침을 꿀꺽 삼켰다.

그녀는 따스한 표정으로 그의 용기를 북돋아 주었다.

"난 초승달을 바라보며 앉아 있었소. 그때 갑자기 초승달이 구름에 가려버렸소. 어찌나 캄캄한지 일어나려고 하는데, 문득 '안녕하시오, 카셈!' 하는 소리가 가까이에서 들려오지 않겠소. 난 충격에 몸을 떨었소. 그밖에 어떤 소리나 움직임조차도 없었거든. 고개를 들었더니 사람 형상 같은 물체가 내가 앉아 있던 곳에서 한 발자국 앞에 서 있는 것이 보였소. 얼굴을 알아 볼 수는 없었지만 흰 터번과 입고 있던 외투는 볼 수 있었소. 난 당황스런 표정을 감추고 '안녕하시오. 당신은 누구죠' 하고 물어보았소. 그가 대답을 하긴 했지만 기대했던 것과는 달랐소……."

카마르는 진지하게 고개를 끄덕였다.

"말해보세요. 어서 듣고 싶어요."

"'난 킨딜이오'라고 그가 말했소. 난 깜짝 놀라 '실례지만……' 하고 말했는데 그가 내 말을 가로막고 '난 가발라위를 모시고 있는 킨딜이오'라고 말하지 않겠소."

그녀가 큰 소리로 외쳤다.

"뭐라구요?"

"'난 가발라위를 모시고 있는 킨딜이오'라고 말이오."

그녀가 놀라는 바람에 젖꼭지가 아이산의 입에서 빠져나왔다. 아기의 얼굴이 금방이라도 울음을 터뜨릴 듯 찡그러졌다. 그러나 카마르가 다시 젖꼭지를 물려주었다. 그녀의 안색이 창백해졌다.

"가발라위의 하인인 킨딜이라뇨! 가발라위의 하인들에 관해선 아무도 모르잖아요. 통치자 본인이 '큰 집'에 필요한 물건은 직접 꾸리잖아요. 그리고 그 하인들이 '큰 집' 정원에 그것들을 갖다 두면 가발라위의 하인 중 한 사람이 그것들을 모아가는 걸요."

"그렇소. 그것이 고을 사람들이 알고 있는 전부요. 하지만 그 사람 말도 그러했소."

"그럼 당신은 그를 믿나요?"

"난 예의상 또 필요하다면 자신을 보호할 준비를 갖추기 위해 얼른 자리에서 일어났소. 난 그에게 당신이 진실을 말하는지를 어떻게 알 수 있느냐고 물어 보았소. 그가 차분하게 말하더군. '원한다면 날 따라 '큰 집'으로 가서 확인해 보시오'라고 말이오. 난 마음을 가라앉히고 혼자 이렇게 다짐했소. '이 사람이 하는 일을 설명듣기 위해선 그를 믿어야겠다'고. 난 그를 만나게 된 기쁨을 애써 감추지 않고 우리 조상의 안부와 그가 하는 일에 대해 물어보았소……."

"그렇군요!"

"그렇소. 제발 내 말 좀 들어 보오. 조상은 잘 지낸다고 하더군. 하지만 그 이외는 아무 말도 하지 않았소. 난 그가 고을에서 일어나는 일들을 알고 있는지 그에게 물어보았소. 크고 작은 모든 일들을 알고 있다고 하더군. 그가 나한테 다가온 것도 그래서였다고 말했소."

"당신한테요!"

카셈은 이맛살을 찌푸리며 불쾌함을 나타내었다.

"그가 그렇게 말했소. 난 분명 깜짝 놀랐지만 그는 아무 눈치도 못 채고 이렇게 말했다오. '아마 당신을 택한 것은 도둑이 들던 날 당신이 보여준 지혜와 가문에 대한 충성심 때문일 거요. 그는 당신에게 고을 사람들이 하나같이 그의 자녀들이며 또한 그 영지는 그들의 재산이며 수장들은 반드시 없어져야 할 사악한 존재라는 것을 말해주려고 하오. 게다가 그 고을은 틀림없이 '큰 집'의 연장이 될 거라고 말하고 있소.' 침묵이 흐르자 난 그 순간 말을 이을 기력이 사라진 것만 같았소. 그를 올려다보니 구름 사이로 달이 보이기 시작했소. 그에게 정중하게 '그는 무엇 때문에 나에게 이것을 가르쳐주는 거죠?'하고 물었소. 그랬더니 '자네만이 할 수 있으니까'라고 하더군."

"당신이!"

"그가 그렇게 말했소. 내가 설명을 해달라고 말하려 하자 그가 떠나버렸소. 난 그를 뒤쫓아 갔소. 난 그가 대단히 긴 사다리 같은 걸 타고 사막이 내려다보이는 담장 꼭대기로 올라간 것으로 생각했소. 난 얼이 빠져 그 자리에 서 있었소. 그런 다음 에히아 씨네 집으로 갈 작정으로 다시 되돌아왔지만 그만 정신을 잃어 그의 오두막집에서 깨어난 거요."

방안에 다시 침묵이 흘렀다. 카마르는 그의 얼굴로부터 놀란 눈길을 떼지 않았다. 아이산은 젖을 문 채 잠이 들어 있었다. 머리가 엄마의 두 팔 위에 놓여 있었다. 카마르는 살그머니 침대에 아기를 내려놓고 걱정스런 눈길과 창백한 얼굴로 다시 남편을 바라보았다. 고을 안에서는 누군가에게 욕설을 퍼붓고 있는 사와리스의 쉰 목소리와 매를 맞고 있는 사람의 비명소리와 신음소리가 울려나왔다. 그때 으름장과 위협을 가하며 발걸음을 옮기는 사와리스의 음성이 다시 들려왔다.

화를 입은 사람이 분노와 절망에 가득한 음성으로 크게 외쳤다.

"가발라위여!"

카셈은 아내의 표정을 보고 기분이 상해 '그녀는 나를 보며 무엇을 생각하고 있을까?'하고 생각했다. 카마르도 생각하고 있었다. '그는 거짓말이라곤 하지 않는 성실한 남자야. 그런 그가 왜 이런 이야기를 하는 걸까?' 그는 정직한 사람이어서 얼마든지 가질 수 있음에도 불구하고 내 돈을 원하지 않았지. 그런데 어째서 위험하기 짝이 없는 영지의 돈을 원하는 걸까? 이제 평온한 시절은 정말 지나갔단 말인가?

"제가 그 비밀을 알게 된 첫 번째 인물인가요?"

그가 고개를 끄덕거렸다.

그녀는 계속 말을 이었다.

"카셈, 우리의 인생은 하나예요. 난 당신을 내 몸보다 더 사랑해요. 당신이 지닌 비밀은 위험하니 그 결과를 직시해야만 해요. 제발 기억해 보세요. 정말 그런 일이 있었나요 아니면 꿈인가요?"

그는 약간 화가 나서 확신에 찬 태도로 말했다.

"사실이오. 꿈이 아니오."

"사람들이 정신을 잃은 당신을 발견했다면서요?"

"그건 그 이후였소."

"아마 당신이 혼동한 건지도 모르죠."

그가 고통을 참으며 신음소리를 내었다.

"아무것도 혼동한 게 없소. 분명하오."

그녀는 잠시 망설이면서 다시 물었다.

"그 사람이 정말 가발라위의 하인인지 심부름꾼인지 어떻게 알아요? 우리 동네 주정뱅이일지도 모르잖아요?"

그가 퉁명스럽게 말했다.

"난 그 사람이 '큰 집' 담장 너머로 올라가는 걸 보았소."

그녀는 한숨을 쉬었다.

"그 담장의 반에도 미칠 사다리는 없잖아요."

"하지만 난 보았소."

그녀는 궁지에 몰렸으나 쉽사리 물러서지 않았다.

"하쉬시를 태우셨나요?"

그의 표정이 어두워졌다.

"날 믿지 않는군, 카마르. 도저히 믿게 할 수가 없어."

그녀는 화가 치밀었다.

"당신이 걱정되어서 그래요. 제 말 아시잖아요. 난 당신과 우리 가정, 그리고 딸과 행복이 염려된다구요. 난 그 사람이 어째서 다른 사람은 놔두고 당신한테 접근했는지 궁금하군요. 땅 소유자이자 모든 사람 위에 군림하는 그 사람이 어째서 직접 그 일을 하지 않는지 그 이유를 알 수 없어요."

그가 되물었다.

"그럼 왜 그가 가발과 리파아에게 갔을까?"

그녀의 두 눈이 크게 벌어지더니 막 울음을 터뜨리려는 어린아이처럼 입이 샐죽 이그러졌다. 그녀는 당혹한 표정이었다.

그가 말했다.

"당신은 날 믿지 않아. 도저히 난 믿게 만들 수가 없구료."

그녀는 울음을 터뜨리며 생각을 떨쳐 버리려고 흐느껴 울기 시작했다. 카셈은 허리를 굽히며 그녀의 손을 잡아 가까이 당겼다.

그가 다정하게 물었다.

"왜 우는 거요?"

그녀가 눈물을 흘리며 그를 바라보았다.

"당신을 믿기 때문이에요. 그래요. 난 당신을 믿어요. 평온한 나날이 지나가버린 것이 두려워져요."

그런 다음 그녀는 나지막하고도 걱정스런 목소리로 물었다.

"무슨 일을 하려고 그러세요?"

74

응접실의 분위기는 실의와 긴장으로 휩싸였다. 쩨차리아는 미간을 찌푸리고 생각에 빠져 있었다. 오와이쓰는 턱수염만 만지작거리고 있었다. 핫산은 혼자서 중얼거리고 있는 것 같았다. 사데크는 친구인 카셈의 얼굴에서 눈길을 뗄 수가 없었다. 방 한구석에서는 카마르가 하느님께 사람들의 안녕을 비는 기도를 드리고 있었다. 커피 잔이 비워지자 파리 두 마리가 잔 주위에 윙윙거리면서 모여들고 다시 방문을 닫고 나가버렸다.

오와이쓰가 씩씩거리며 말문을 열었다.

"정말 신경을 괴롭히는 비밀이구만!"

골목길에서 개 한 마리가 돌멩이나 지팡이에 채인 듯 으르렁거리기 시작했다. 과일 장수가 노래를 부르듯 큰 소리로 떠들어댔다. 노파의 비참한 절규가 울려 퍼졌다.

"오, 하나님. 우리를 구해주소서!"

쩨차리아가 오와이쓰가 있는 쪽으로 고개를 돌리며 말했다.

"오와이Tm 씨 당신은 저희들 중 가장 중요하신 분입니다. 당신 생각을 말씀해주시죠."

오와이쓰는 쩨차리아와 카셈을 번갈아 바라보며 말했다.

"카셈은 진정한 사나이요. 그런 사람은 별로 많지 않소이다. 하지만 그 이야기를 들으니 머리가 도는군요."

사데크가 시간을 두고 입을 열었다.

"그 애긴 진실이오. 아무도 그가 거짓말하리라곤 생각하지 않습니다. 그는 신망이 두터우니까요. 어머니 무덤을 두고 맹세하겠습니다."

핫산이 말했다.

"저도 같은 생각입니다. 나는 언제나 그의 편이거든요."

카셈은 처음으로 감사하는 미소를 지으며 강인한 체격을 지닌 사촌을 존경스런 눈길로 바라보았다. 그러나 쩨차리아는 아들에게 비난하는 눈길을 보내며 이렇게 말했다.

"이 문제는 장난이 아니야. 생명과 안전을 생각해야 해."

오와이쓰가 고개를 끄덕이며 동감을 표했다.

"옳은 말이오. 오늘 우리가 들은 이야긴 아직 아무도 듣지 못한 말이오."

카셈이 말했다.

"그렇지 않습니다. 가발과 리파아에게서 이보다 더 많은 이야길 들었습니다."

오와이쓰는 충격을 금치 못했다.

"자넨 자네가 가발과 리파아 같은 존재라고 생각하는가?"

카셈은 풀이 죽어 아래쪽을 내려다보았다.

카마르가 걱정스러운 눈길로 그를 바라보며 말했다.

"삼촌! 어떻게 해서 이런 일들이 일어났는지 누가 알아요?"

오와이쓰는 다시 턱수염을 쓰다듬기 시작했다.

쩨차리아가 말했다.

"그가 가발과 리파아 같다고 생각한다고 해서 득이 될 게 뭐냐? 리파아는 힘을 모으지 않았더라면 살해당했을 거야. 그럼 넌 누굴 믿고 있느냐, 카셈? 이 지역이 제르보아 마을이며 주민들 대부분이 거지나 극빈자라는 것을 넌 잊었느냐?"

사데크가 카셈의 편을 들고 나섰다.

"가발라위가 다른 마을의 수장이 아닌 그를 선택하였음을 잊지 마세요. 사태가 어려워지면 그를 팽개치리라곤 생각하지 않아요."

쩨차리아가 화를 내며 말했다.

"리파아의 경우도 그러했어. 리파아는 가발라위의 집에서 불과 얼마 떨어지지 않는 곳에서 살해당했잖아."

카마르가 그들에게 주의를 주었다.

"너무 큰 소리로 말하지 마세요."

오와이쓰는 카셈을 힐끗 바라보며 생각에 잠겼다. '참으로 놀라운 일인걸. 조카딸이 이런 양치기를 군주로 만들어 놓다니! 그가 성실하고 신망이 두텁다는 건 인정하지만 과연 가발이나 리파아만 한 인물이 될 수 있을까? 위대한 인물의 탄생이 그토록 쉬운 일인가? 만일 그의 꿈이 실현된다면 어떤 일이 벌어질까?'

그가 큰소리로 말했다.

"카셈이 우리의 경고에 귀를 기울이지 않을 건 자명한 일이오. 그가 원하는 게 무엇이겠소? 그는 우리 마을만이 영지의 몫을 하나도 할당받지 못하고 있다는 것을 걱정하는 걸까? 카셈, 자넨 마을의 수장이 되기를 바라나?"

카셈은 성이 난 표정이었다.

"그는 그런 말 하지 않았어요. 그는 단지 온 고을 주민이 한결같이 그의 자녀들이며 고을도 그들의 재산이고 수장의 행실이 사악하다고만 말했을 따름이에요."

사데크의 눈동자도 핫산의 눈동자도 모두 빛이 났다.

오와이쓰는 몸을 뒤로 기대었지만 쩨차리아는 반박했다.

"넌 그 말 뜻을 알고 있어?"

화가 난 오와이쓰기 말했다.

"말해 봐."

"넌 통치자의 권력과 레히타, 갈타, 하가그, 그리고 사와리스의 방망이에 도전하고 있어."

카마르의 얼굴이 창백해졌다.

카셈이 조용하게 말했다.

"옳은 말씀입니다."

오와이쓰가 웃자 카셈, 사데크, 그리고 핫산은 기분이 나빴다.

쩨차리아는 아무 눈치도 채지 못하고 계속 말을 이어나갔다.

"그건 우리 모두의 죽음이야. 우린 개미처럼 짓밟힐 테니까. 아무도 널 믿지 않을 거야. 사람들은 가발라위를 만난 사람이나 혹은 그의 목소리를 듣거나 그와 이야기를 나눈 사람들을 믿지 않았어. 하인을 시켜 만나보게 한 사람을 어떻게 믿을 수 있겠느냐?"

오와이쓰가 어조를 바꾸고 다시 말했다.

"그 이야긴 잊게나. 가발라위와 가발, 혹은 가발라위와 리파아가 만난 것을 본 사람은 아무도 없다네. 소문은 무성했지만 목격자가 없잖아. 그 일로 몇몇 관련 있는 사람들에겐 이득이 되었지만 가발의 마을도 지금 그대로이고 리파아도 마찬가지야. 우리에게도 그럴 권리가 있다네. 안 될 게 뭐 있겠나? 우린 모두 '큰 집'에 숨어 사는 사람에게서 비롯되었어. 하지만 이 문제는 신중하고도 조심스럽게 다루어야 한다네. 자네 마을을 생각해 보거나. 카셈. 어린 아이니 평등이니 정의니 불의니 하는 소린 그만 두게나. 자네 친척인 사와리스를 우리 편으로 끌어당기는 게 더 손쉬울 걸세. 우리 몫이나 받을 수 있도록 그와 협상을 할 수도 있어."

카셈의 얼굴이 험악해졌다.

"오와이쓰 씨, 당신은 우리와는 다른 세계에 있군요. 난 흥정이나 몫따윈 원치 않습니다. 전 약속대로 조상의 바람을 실행하기로 작정하였습니다."

쩨차리아가 신음소리를 뱉었다.

"오, 하나님!"

카셈은 여전히 얼굴을 찡그리고 있었다. 그는 슬프고 외로웠던 시절, 그리고 스승 에히아와 나눈 이야기를 생각해냈다. 그는 한 번도 만나본 적이 없는 하인을 통하여 얼마나 큰 위안을 얻게 되었는지, 그리고 그의 앞에 펼쳐진 새로운 지평선을 생각해냈다. 쩨차리아는 오로지 안전만을 그리고 오와이쓰는 분배 몫만을 생각하고 있었다. 인생이란 새로운 지평선을 마주할 때만 훌륭해지는 법이다.

그는 한숨을 쉬며 말했다.

"삼촌 전 무슨 일이든 삼촌과 의논을 해야 했지만 앞으론 아무것도 여쭙지 않겠습니다."

사데크가 그의 손을 꼭 붙들었다.

"난 너와 함께 있겠어."

핫산도 그의 주먹을 불끈 쥐었다.

"나도, 언제나 변함없이 말이야."

쩨차리아가 말했다.

"어린애들 말에 속아선 안 돼. 방망이가 올라가면 도망칠 곳엔 언제나 그런 자들로 가득 찰 테니까. 도대체 넌 누굴 위해 네 목숨을 내던진단 말이냐? 이곳엔 오로지 야수와 해충밖엔 없어. 넌 편안하고도 호화스럽게 살아갈 방도가 있잖니. 제발 정신을 차리고 인생을 즐겨 보렴."

카셈은 그 말이 무슨 뜻인지 의아해 했다. 그는 마치 혼자 생각에만 골똘히 귀를 기울이고 있는 것 같았다.

'네 딸…… 네 아내…… 네 가정…… 너 자신도 말이야! 하지만 넌

가발과 리파아처럼 똑같은 선택을 하는구나. 결과는 똑같을 거야.'
"오랫동안 생각했어요, 삼촌. 그리고 갈 길을 선택한 것입니다."
낙담한 오와이쓰가 두 손을 마주 두드리며 소리를 질렀다.
"전능하신 주님이시여! 나약한 자들은 당신을 조롱하고 강한 자들은 당신을 죽일 것입니다."
카마르는 실의에 젖은 얼굴로 삼촌과 시삼촌을 번갈아보았다. 그녀는 카셈이 실망을 준 것에 매우 화가 나기도 하고 그의 고집에 뒤따를 결과를 두려워하기도 했다.
그녀가 오와이쓰에게 말했다.
"삼촌, 삼촌께선 이 근방에선 막강하신 분이에요. 그를 도울 수 있도록 영향력을 발휘해 주세요."
그러나 오와이쓰는 이렇게 말했다.
"무얼 원하는 게냐, 카마르? 너에겐 돈과 딸 그리고 남편이 있잖니. 이 영지가 모두에게 분배되든 권력 있는 사람들이 독차지하든 상관할 필요 없잖아. 우리들은 수장이 되고 싶어 하는 자는 미친 사람으로 간주한다. 넌 이 고을 전체를 이끌어 가고 싶어 하는 사람을 어떻게 생각하느냐?"
카셈이 자리에서 벌떡 일어나 말했다.
"난 그런 일을 원치 않습니다. 단지 조상이 원하는 바 선한 일을 행할 따름입니다."
오와이쓰는 미소를 띠우며 그를 진정시켜 보려고 애썼다.
"그 사람은 도대체 어디에 있지? 설령 들것에 실려 나오더라도 어디 나와서 자신이 원하는 대로 자기 영지의 계율을 실행하라고 해 봐. 아무리 권력 있는 자라 할지라도 누가 가발라위의 눈을 들여다보며 삿대질을 할 수 있겠어."

쩨차리아가 말을 덧붙였다.

"게다가 수장들이 공격해오면 그가 우리를 신경 써서 도와줄 것 같아?"

카셈은 절망에 빠져 말했다.

"난 나를 믿어달라거나 도와달라고 한 적이 없습니다."

쩨차리아가 그의 곁으로 다가와 손을 어깨 위에 다정하게 얹었다.

"카셈, 너에게 사나운 일진이 덮쳐온 거야. 난 알아. 사나운 일진이 덮쳐오기 전까지만 하더라도 사람들은 너의 지각과 행운을 두고 말이 많았었지. 사탄에게서 벗어나 주님께 달려가렴. 넌 지금 마을에서 제일가는 거물임을 자각해야 해. 만일 네가 원한다면 네 아내의 돈을 가지고 장사를 해서 큰 돈을 벌 수도 있어. 네 생각을 포기해라. 그리고 하나님이 네게 주신 재산과 즐거움에 만족하거라."

75

카셈은 슬픔에 차 고개를 떨구었다가는 그의 삼촌을 보며 단호하게 말했다.

"저는 제 생각을 포기하지 않겠어요. 설사 나 혼자 영지를 모두 차지하더라도 말예요."

"무슨 일을 하려구요? 얼마나 오랫동안 생각하고 기다렸으며 무엇을 기다려왔나요? 친척이 당신을 믿어주지 않는데 누가 당신을 믿어주겠어요? 슬픈 감정이 무슨 소용이 있어요? '힌드 바위' 아래 혼자 앉아 있었다는 게 뭐가 중요해요? 별들은 대답하지 않아요. 어둠도, 그리고 달두요. 당신은 그 하인을 다시 만날 것 같지만 그에게서 무슨 새로운 것을 기대하고 있어요? 당신은 가발라 위가 가발을 만난 그 소문난 장소를 밤중에 돌아다니고 있어요. 리파아에게 말을 건 그곳의 커다란 담벽 아래서 당신은 몇 시간이고 서 있어요. 하지만 만지지도 듣지도 못했잖아요. 하인도 다시 돌아오지 않았구요. 무슨 일을 할 생각이에요? 사막의 태양이 양치기를 따라다니듯 그 질문이 언제나 당신 뒤를 따라다닐 거예요. 그것에 언제나 마음의 평화나 즐거움을 빼앗길 거예요. 가발도 당신처럼 혼자였죠. 하지만 그는 승리했어요. 리파아도 자신이 걸어갈 길을 알고 죽기 전까지 그 길을 추구했죠. 그리곤 승리했어요. 당신은 어떻게 할 생각이에요?"

카마르가 그를 비난했다.

"당신은 귀여운 딸조차 아주 못 본 척하는군요. 아기가 울어도 달래주지도 않아요. 함께 놀아주지도 않구요."

그가 조그만 얼굴을 향해 미소를 지어보이자 그의 분노가 조금 진정되었다.

그가 중얼거렸다.

"귀엽기도 하지!"

"우리와 함께 앉아 있어도 당신은 마치 낯선 사람처럼 마음은 딴데 가 있군요."

그는 소파에 앉아 있는 그녀에게 다가가 빨리 얼굴에 여러 번 키스를 했다.

"내가 당신의 동정을 필요로 하고 있다는 것을 모르오?"

"당신은 내 마음과 동정과 사랑을 모두 차지했어요. 당신도 함께 나눠주어야만 해요."

그녀가 아기를 그에게 건네주자 아기를 포옹한 그는 어르기 시작하면서 옹알대는 소리에 가만히 귀를 기울였다.

그가 불쑥 말했다.

"하느님께서 허락하신다면 난 여자들에게도 영지를 나눠주겠소."

"하지만 영지는 여자들이 아닌 남자들을 위한 것이잖아요."

그는 아기의 눈동자를 들여다보았다.

"선조께서 하인을 통하여 나에게 영지는 만인의 소유라고 말씀하셨소. 그 중 절반이 여자들이오. 여자들을 귀하게 여기지 않다니 참으로 놀라운 일이오. 하지만 정의와 자비의 의미를 알게 될 날이 오면 그들을 우러러보게 될 것이오."

그녀는 사랑과 실망을 동시에 느끼면서 혼자 중얼거렸다.

"그는 승리에 대해 말하고 있는 거야. 하지만 우리는 이런 승리와 얼마나 동떨어져 살고 있는가!"

그녀는 안전하고 편한 일을 하도록 충고해 주고 싶었으나 용기가 나질 않았다. 그녀는 내일이면 다가올 일이 궁금해지기 시작했다. 가발의 아내인 샤피카처럼 행운이 뒤따를 것인가 아니면 리파아의 어머니인 압다의 운명을 맞이할 것인가? 그녀는 몸을 떨면서 그가 그녀의 눈물을 보며 놀라지 않도록 시선을 외면해 버렸다.

사데크와 핫산이 카페로 가기 위해 그를 데리러 왔을 때, 그는 소개를 할 테니 에히아의 집을 방문하자고 제의했다. 그들이 오두막집에 도착하자 파이프 담배를 피우는 에히아의 모습이 보였다. 그들은 하쉬시의 향긋한 내음을 맡았다. 카셈이 친구들을 소개한 다음 그들은 문 앞에 앉았다. 보름달이 창문 사이로 빛나고 있었다. 에히아는 궁금한 표정을 지으며 유쾌한 듯 세 사람의 얼굴을 바라보았다. 과연 이 젊은이들이 마을을 바꾸어 놓을 사람들이란 말인가? 그는 전에도 여러 차례 그러했듯 카셈에게 말을 걸기 시작했다.

"시작하기 전에는 다른 사람들이 눈치 채지 못하도록 하게."

맛 좋은 파이프담배가 돌려졌다. 창문 사이로 흘러들어오는 달빛이 카셈의 머리 위에 쏟아지고 사데크의 어깨를 어루만졌다. 그러는 동안 어둠속에서 목탄 타는 불빛이 빛나기 시작했다.

카셈이 물었다.

"준비는 어떻게 하나요?"

노인은 껄껄 웃으며 장난스럽게 말했다.

"가발라위가 선택한 사람이 나 같은 노인에게 자문을 구하다니 옳은 일이 아닐세."

파이프 담배를 태우는 소리만 들릴 뿐 침묵이 흘렀다.

그때 에히아가 말했다.

"자네에겐 삼촌과 처삼촌이 있어. 자네 삼촌은 이제 도움도 방해도 하지 않을 걸세. 하지만 처삼촌은 자네가 그에게 희망을 준다면 자네편으로 만들 수 있을 걸세."

"무슨 희망을 줄 수 있나요?"

"그에게 제르보아스를 맡기겠다고 약속하게."

사데끄가 열띤 목소리로 말했다.

"아무에게도 특별한 분배몫을 줄 순 없어요. 그건 가발라위의 말처럼 모두의 재산이니까요."

에히아가 웃었다.

"정말 놀라운 노인이군! 가발에겐 힘을, 리파아에겐 자비를 베풀더니 이젠 다른 것을 주려고 하니."

카셈이 말했다.

"그는 영지의 소유주입니다. 그에겐 그 열 가지 계율로 변화를 꾀할 권리가 있죠."

"하지만 여보게. 자네에겐 어려운 임무가 있네. 그건 단순한 한 마을이 아닌 전체에 관한 문제일세."

"그것이 가발라위의 뜻입니다."

에히아는 몸이 휘청거릴 정도의 발작적인 기침에 몸을 떨었다. 핫산이 그에게서 파이프를 건네받았다. 에히아는 다리를 뻗고 큰 소리로 씩씩거리며 물었다.

"자넨 가발처럼 힘에 의지하겠나 아니면 리파아처럼 사랑을 택하겠나?"

카셈은 손으로 터번을 매만졌다.

"필요하다면 힘을 쓰겠지만 언제나 사랑을 택할 겁니다."

에히아는 고개를 끄덕이며 미소를 지었다.

"자네의 유일한 단점이 있다면 그것은 영지에 대한 관심일세. 그것은 자네에게 무한한 고통을 가져다 줄 걸세."

"그것 없이 어떻게 살 수 있나요?"

노인이 자랑스럽게 말했다.

"리파아의 삶을 생각해 보게."

카셈은 정중하고도 진지하게 계속 말을 이어나갔다.

"그는 아버지와 자신을 사랑한 사람들의 도움으로 살았습니다. 그래서 아무도 그의 발자취를 따라올 수 없는 추종자들을 남겨놓았죠. 사실 우리 고을은 명예와 순수함을 그 때문에 필요로 하는 것입니다."

"영지는 그 때문에 필요한가?"

"예, 그렇습니다. 에히아 씨, 영지와 수장의 권력을 파괴하는 것이죠. 그리하면 우린 가발이 주신 명예와, 리파아의 사랑을 쟁취할 수 있습니다. 뿐만 아니라 아담이 꿈꾸어 왔던 행복까지도요."

에히아가 웃음을 터뜨렸다.

"자넨, 자네를 따르는 사람들에게 무얼 남길 셈인가."

생각에 잠긴 카셈이 이윽고 말문을 열었다.

"하느님께서 승리를 내려주신다면 고을엔 저를 이을 사람이 필요치 않을 것입니다."

맛이 훌륭한 파이프 담배가 한 바퀴 돌려지자 밸브에서 물소리가 들려나왔다. 에히아가 흡족한 듯 하품을 하면서 말했다.

"영지수입이 모두 똑같이 분배된다면 자네들에겐 뭐가 남겠나?"

사데크가 말했다.

"우린 단지 영지 사용만을 원할 뿐입니다. 그리하여 고을이 '큰집'의 일부가 되게 하려는 거죠."

흘러가던 구름 한 조각이 달을 가렸으나 잠시 후 다시 달빛이 비치기 시작했다.

에히아는 핫산의 탄탄한 체격을 바라보며 물었다.

"자네 사촌이 수장들을 없앨 수 있겠나?"

카셈이 말했다.

"율법가에게 자문을 구할 생각입니다."

에히아가 언성을 높였다.

"어떤 율법가가 통치자 리파트와 수장들에게 맞서겠나?"

그들은 하쉬시 향기에 취한 채 생각에 빠져들었다. 세 사람은 얼떨떨한 상태로 집에 돌아왔다.

카셈은 홀로 명상에 잠겨 매우 고통스러워 하고 있었다. 그가 어찌나 걱정스런 표정이었던지 어느 날 카마르가 말했다.

"다른 사람들의 행복을 염려하느라 스스로 비참해 할 필요는 없어요."

"난 내 마음속의 신념을 정당화시켜야 하오."

"무슨 일을 하려고 그래요? 혼돈의 가장자리와 이상의 무덤에서 벗어나는 게 어때요?"

그런데 어느 날 그는 사데크와 핫산을 초대하여 그들에게 말했다.
"시작할 시간이 왔어."
그들의 얼굴이 빛났다.
핫산이 말했다.
"어떤 계획이야?"
"심사숙고 끝에 난 스포츠 클럽을 시작해보기로 결심했어."
그들은 당황하여 잠자코 있었다.
그가 웃으며 말했다.
"우리집 마당에다 만들 생각이야."
"그게 우리 임무와 무슨 관계가 있지?"
"역도 같은 운동을 하는 클럽인데……. 그것이 영지와 무슨 상관이 있어?"
카셈의 눈동자가 빛났다.
"힘자랑하길 좋아하는 청년들이 모여들 거야. 그럼 그 중에서 쓸 만한 인물을 고를 수 있을 거야."
그들의 눈이 휘둥그래졌다.
핫산이 큰 소리로 말했다.
"그래, 가발과 리파아네 젊은이들이 우리에게 올 거야."
그들은 모두 기쁨에 들떠 있었다. 카셈은 거의 춤을 추듯 걸어다녔다.

76

카셈은 고을 사람들이 여느 때처럼 법석대며 잔치를 축하하는 광경을 지켜보며 창가에 앉아 있었다. 물을 길어 나르는 사람들은 가죽부대에 담긴 물을 땅바닥에 튕겨내고 있었다. 당나귀의 목과 꼬리는 종이꽃으로 장식되어 있었다. 아이들의 옷 색깔과 풍선색깔로 거리는 온통 환한 빛이었다. 손수레에는 조그만 깃발이 꽂혀져 있었다. 갈대피리 소리에 섞여 여기저기서 고함과 환호성이 울려 퍼졌다. 남녀 무용수들을 태운 마차가 뒤뚱거리며 달려왔다. 가게 문들은 닫혔으나 카페와 술집, 그리고 하쉬시 태우는 장소는 사람들로 꽉 차있었다. 사람들은 어디서나 미소 띤 얼굴로 서로의 안부를 물었다. 새 옷을 차려입은 카셈은 무릎 위에 서 있는 아이산을 안고 있었다. 그녀는 조그마한 손가락으로 얼굴을 하나하나씩 만지작거리면서 그에게 달라붙어 있었다.

창문 아래에서 노랫소리가 들려왔다.

"사랑의 포로가 된 건 이 내 두 눈동자로였나니."

그때 결혼식을 올렸던 때가 기억나자 그의 마음이 누그러졌다. 그는 음악과 노래를 사랑했다. 정원에서 노래하는 것을 얼마나 갈망했던가! 그런데 잔치에 나타난 저 사람은 무슨 노래를 하고 있는 걸까.

'사랑의 포로가 된 건 내 이 두 눈동자로였나니.'

그건 참된 진실이었다. 어둠 속에서 킨딜을 만난 이후부터 그는 가슴과 마음의 의지력을 빼앗겼다. 이제 그의 집마당이 체력을 단련하고 마음을 가다듬는 클럽으로 변해 있었다. 그도 역시 역도를 하거나 스틱으로 펜싱하는 것을 배우게 되었다. 사데크는 대장간 일로 단련된 튼튼한 다리근육에다가 강인한 팔근육까지 첨가했다. 핫산도 거인이 되었다. 다른 사람들도 지나칠 정도로 열성적이었다.

어느 날 사데크는 거지와 실업자들을 클럽에 초대한다는 훌륭한 생각을 해내었다. 그들은 곧 게임과 그의 말에 지대한 관심을 가졌다. 물론 오는 사람의 숫자는 적었지만 아주 열성적이어서 매번 그들과 잘 어울렸다.

아이산이 낑낑거리자 그는 그녀에게 여러 번 입을 맞추어 주었다. 그녀는 그의 새 옷자락을 적셨던 것이다. 부엌에서 절구 찧는 소리와 카마르와 세키나의 음성, 그리고 고양이 울음소리가 들려나왔다. 창문 아래를 지나가는 마차에서도 사람들의 노랫소리가 들렸다.

"병사에게 기도하소서
그는 모자를 벗고 성자가 되었다네."

술에 만취한 에히아가 이 노래를 부르던 날 밤을 기억해 낸 카셈은 미소를 지었다.

'일이 제대로 해결된다면 노래 이외에 할 일이 뭐가 있겠나. 내일이면 클럽엔 든든한 사람들로 꽉 찰 테지. 내일이면 우린 통치자와 수장들에게 맞서 싸우며 고통에 도전할 거야. 그러면 친절한 아버지와 효성스런 아이들만 남을 테지. 빈곤, 불결함, 구걸, 학대 등은 사라질 거야. 부랑자, 파리 떼들, 방망이도 자취를 감출 테지. 아름다운 정원 그늘 아래에서 모두 평화를 누릴 수 있을 테니까.'

세키나를 꾸짖고 있는 카마르의 음성에 그는 꿈에서 깨어나 깜짝 놀라 귀를 기울이다가 아내를 불렀다.

그녀가 하녀를 떼밀면서 들어와 말했다.

"이 앨 좀 봐요. 제 엄마처럼 이 집에서 태어난 이 아이가 우리를 감시하고 있어요."

그는 못마땅한 얼굴로 세키나를 쳐다보았다.

그녀는 탁한 음성으로 소리를 질렀다.

"주인님, 전 배신자가 아닙니다. 그러나 마님께서 너무 불친절하셔요."

카마르는 두려움을 감추지 못하고 말문을 열었다.

"애가 웃으며 나한테 그러대요. '다음 번 잔치 때는 제발 카셈 나리가 고을 전체의 수장이 되게 해주세요, 하나님. 가발이 함단 마을의 수장이었던 것처럼 말이에요'라구요. 무슨 의미인지 한 번 물어보세요."

카셈이 걱정스러운 표정을 지으며 얼굴을 찡그렸다.

"무슨 뜻이지. 세키나?"

"진심이에요. 전 오늘 왔다가 내일 떠나버리는 그런 평범한 하녀가 아닙니다. 전 이 집에서 자랐어요. 저에게 비밀을 숨기시는 건 옳지 않습니다."

카셈은 아내와 재빨리 눈길을 교환하고 아기를 가리켰다. 그녀는 그에게서 아기를 안아들었다. 그가 하녀에게 자리에 앉으라고 하자 세키나는 그의 발 아래 앉은 채 말했다.

"제가 모르는 비밀을 바깥 사람들은 다 안다는 게 온당한 일인가요?"

"무슨 비밀 말이냐?"

"'힌드 바위'에서 킨딜이 말한……"

카마르는 숨을 씩씩거렸으나 카셈은 세키나가 말을 계속 하도록 해 주었다.

"……전에 가발과 리파아에게도 그렇게 말했어요. 주인님께선 그들보다 못하지 않아요. 주인님은 군주이십니다. 전 두 분을 합치게 한 중매쟁이잖아요. 기억하시겠죠. 제가 다른 사람보다 먼저 알았어야 했어요. 어떻게 하녀인 저 말고 다른 사람을 믿을 수가 있어요? 주님, 용서하옵소서! 전 주인님의 승리를 기도드렸어요. 그래요. 통치자와 수장이 되게 해달라구요. 누가 그런 기도를 드리지 않겠어요?"

카마르가 신경질적으로 아기를 어르며 소리쳤다.

"우리 말을 엿듣는 건 옳지 않아. 무사하지 못할 거야."

"엿들으려고 한 것이 아니에요. 문틈 사이로 말소리가 들려와 듣지 않을 수가 없었어요. 그 누구도 그런 경우 두 귀를 닫을 수는 없잖아요. 주인님, 제가 가슴 아픈 건 절 믿지 않는다는 점이에요. 전 배신자가 아니에요. 전 절대 배신하지 않아요. 누구 때문에 주인님을 배신하겠어요? 용서해 주세요, 주인님."

카셈은 그녀를 차근차근 뜯어보았다. 그녀가 말을 끝내자 그가 부드럽게 말했다.

"충실하구나, 세키나. 네 충성심엔 의심의 여지가 없다."

그녀는 그를 올려다보며 중얼거렸다.

"주인님 만수무강하세요, 부디."

그가 조용하게 말했다.

"난 충성스런 사람을 알 수 있어. 나의 형제 리파아의 집처럼 우리 집에선 배신이 자라나지 않아, 카마르. 이 애는 당신처럼 충실한 아이요. 나쁘게 생각 마오. 우리와 사는 한 그녀는 우리 식구요. 게다가 나에게 행복을 가져다 준 장본인이라는 걸 난 결코 잊지 못할 거요."

카마르의 말소리가 다소 진정된 것 같았다.

"하지만 몰래 엿들었잖아요."

"꼭 그렇다고 할 수 없소. 하느님 뜻에 의해 말소리가 그녀의 귀에 들린 것이니까. 그건 마치 리파아가 우연히 선조의 음성을 듣게 된 것과 마찬가지요. 세키나, 넌 복을 받았구나."

하녀는 그의 손을 붙잡고 입맞춤을 했다.

"제 영혼은 주인님의 것입니다. 하느님 뜻에 따라 주인님께서는 적을 물리치고 마을을 지배할 것입니다."

"지배하는 것은 원하지 않아, 세키나."

그녀는 기도를 하면서 두 팔을 뻗었다.

"오, 주님. 그의 소망을 들어주옵소서."

"아멘."

그는 그녀를 바라보며 미소를 지었다.

"너는 필요할 때 나의 심부름꾼 노릇을 할 것이다. 그러면 우리가 하는 일에 참여할 수 있어."

그녀의 얼굴은 기쁨으로 빛났다. 눈동자는 자부심으로 가득 차 있었다. 그가 덧붙였다.

"만일 운명이 우리 소망대로 토지분배를 가능케 해준다면 여주인이든 하녀든 한 사람도 빼지 않을 거야."

세키나는 말문이 막혀버렸다.

그가 말했다.

"조물주께선 토지는 만인의 것이라고 하셨어. 세키나, 너도 카마르처럼 조물주의 딸이야."

그녀의 얼굴은 기쁨으로 가득 차 감사하는 표정으로 주인의 얼굴을 올려다보았다. 골목에서 파이프 소리가 울려나왔다. 누군가가 '레히타…… 만수무강하기를!' 하고 소리쳤다. 카셈은 길 쪽으로 걸어가 마차를 탄 수장들이 행렬을 지어 길 아래쪽을 내려가는 것을 지켜보았다. 사람들이 환호성을 지르고 선물을 던지며 그들을 맞이했다. 그런 다음 그들은 잔치가 벌어지는 날이면 으레 그러하듯 달리기 시합과 싸움구경을 하러 사막으로 떠났다.

행렬이 지나가자마자 술에 취해 비틀거리는 아그라마의 모습이 보였다. 카셈은 그 소년을 보고 미소를 지었다. 그는 그 소년이 클럽 내에서 가장 정직한 소년이라고 생각하고 있었다.

소년은 제르보아 마을 한복판까지 걸어오더니 걸음을 멈추고 소리쳤다.

"난 멋진 녀석이야!"

리파아의 구역 내에 있는 근처 집안에서 냉소적인 음성이 흘러나왔다.

"잘난 제르보아 쥐새끼 같으니라고!"

아그라마는 창문 쪽으로 충혈된 눈을 치켜뜨고 술에 취한 음성으로 소리를 질렀다.

"우리 차례야, 이런 악당들!"

소년들과 술에 취한 무리들이 노랫소리와 웃음소리, 드럼과 파이프 소리 등의 소음 사이로 모여들었다.

어떤 사람이 소리쳤다.

"가만 있어…… 제르보아의 차례라구…… 듣고 싶지 않나?"

아그라마는 비틀거리며 고함을 질렀다.

"조상은 하나…… 땅도 하나란 말이야…… 잘 있어, 수장들아!"

그런 다음 군중 사이로 그의 모습이 사라졌다. 잠시 후 카셈이 그의 옷을 움켜쥐며 방문 밖으로 뛰쳐나갔다.

"빌어먹을 술이 늘 저렇다니까!"

77

카셈이 이마를 찡그리며 말했다.
"술에 취한 채 다니지 마!"

그는 클럽 내의 절친한 친구들의 얼굴을 둘러보며 '힌드 바위' 아래에 앉아 있었다. 사데크와 핫산, 아그라마와 샤반, 아보우 파사다와 햄로우쉬가 보였다. 그들 뒤쪽에는 어둠이 깔리기 시작했다. 사막에는 아무도 없었으며 다만 머나먼 남쪽 편에 양치기 하나가 지팡이에 몸을 의지한 채 서 있었다.

아그라마는 시선을 내리깔고 있었다.

"그런 일이 있기 전에 죽었더라면 좋았을 걸."

"실수란 있을 수 있는 법, 후회해 봐야 소용없는 일이야. 지금 중요한 건 네 미치광이 짓이 적들에게 엄청난 영향을 끼쳤다는 걸 인식하는 일이야."

사데크가 말했다.

"틀림없이 소문이 퍼졌을 거야."

핫산이 침울하게 말했다.

"가발 마을의 친구가 초대를 해서 가발의 카페에 갔었지. 어떤 사람이 아그라마에 대해 큰 소리로 떠들면서 비웃고 있더군. 몇몇 사람이 설령 그 소문에 의심을 가진다 해서 놀랄 일이 아니야. 소문이 수장의 귀에 들어갈까봐 걱정스럽군."

아그라마가 탄식했다.

"너무 과장하지 마."

사데크가 말했다.

"과소평가하는 것보다는 허풍을 떠는 게 낫지. 그렇지 않으면 우리는 주목을 받게 돼."

아그라마가 말했다.

"죽음을 두려워하지 않기로 맹세했잖아."

사데크가 덧붙였다.

"비밀을 지키는 한 그랬지."

카셈이 말했다.

"우리가 지금 죽으면 모든 희망이 사라질 거야."

침묵과 어둠은 더욱 깊어만 갔다.

카셈이 다시 말했다.

"계획을 짜야겠다."

핫산이 말했다.

"최악의 경우를 예상해야 해."

카셈이 슬픈 어조로 말했다.

"그건 싸움을 의미해."

그들은 어둠 속에서 시선을 교환했다. 그들 위로 별들이 하나하나씩 모습을 드러냈다. 아직까지도 한낮의 따스한 기운을 담은 미풍이 불어왔다.

햄로우쉬가 말했다.

"우린 끝까지 싸우다 죽을 거야."

카셈은 화가 났다.

"그러면 아무 변화가 없어."

사데크가 말했다.

"곧 그 자들이 우릴 끝장내겠지."

아보우 파사다가 카셈에게 말했다.

"다행히 너와 사와리스는 인척간이고 또 네 아내와 통치자의 아내도 친척간이지. 게다가 레히타는 네 아버지가 젊었을 때 절친한 친구였구."

"그 때문에 이 일을 연기할 수는 있지만 막을 수는 없네."

사데크가 혹시나 하고 물어왔다.

"언젠가 율법가에게 자문을 구하겠다고 한 일이 기억나?"

"통치자와 수장을 상대할 만큼 배짱 좋은 율법가가 없다고 그러더군."

아그라마는 애써 자신의 실수를 보상하려고 말했다.

"베이트 알 카디에 배짱 좋기로 유명한 율법가가 있어."

그러나 사데크는 냉담했다.

"내가 가장 두려워하는 것은 소송을 제기함으로써 사람들이 우리의 적대감을 알게 될까봐 그러는 거야. 우린 아그라마의 행동이 낳은 결과에 대해 너무 염려하고 있다고 생각해."

아그라마가 말했다.

"율법가를 찾아가서 때가 올 때까지 소송을 연기하자고 말해보자. 그러면 설령 외부사람일지라도 후원자를 찾을 수 있을 거야."

카셈과 다른 사람들은 그렇게 하기로 합의했다. 그들은 즉시 일어나 베이트 알 카디의 종교재판소 율법가인 샤나프리를 찾아갔다. 교주는 그들을 맞이해 주었다. 카셈은 자신들의 문제를 털어놓으면서 재판을 뒤로 미루어 율법가가 그동안 그 문제를 연구하면서 필요한 조치를 강구해야 한다고 말했다. 기대와는 달리 그 율법가는 그 재판을 흔쾌히 수락했으며 수수료의 일부를 미리 받았다. 그들은 매우 기뻐하면서 그곳을 떠나 각자 헤어졌다. 카셈은 친구들이 고을에 모일 때까지 에히아를 만나러 갔다. 카셈과 에히아는 오두막집의 현관문 앞에 나란히 앉아 담배를 피우며 의견을 교환했다. 노인은 그간의 이야기를 듣고 슬픈 표정을 지으며 카셈에게 조심하라고 일러주었다. 그런 다음 카셈은 집으로 돌아갔다. 카마르가 대문을 열어주었을 때 그녀의 얼굴표정이 그를 불안하게 만들었다.

그가 무슨 일이냐고 묻자 그녀가 말했다.

"통치자가 당신을 부르러 사람을 보내왔어요."

카셈의 심장은 두근거렸다.

"언제?"

"마지막 다녀간 게 십분 전이었어요."

"마지막이라니!"

"한 시간 동안 세 번씩이나 사람을 보냈어요."

그녀의 눈에 눈물이 가득 고였다.

그가 말했다.

"당신한테 이런 걸 기대하진 않았소."

그녀가 울부짖었다.

"가지 마세요."

그는 조용히 몸을 돌렸다.

"피하는 것보다 가는 게 더 안전하오. 그 날강도들이 제 집에 온 사람은 해치지 않는다는 걸 기억해요."

아이산이 집안에서 울어대자 세키나가 급히 달려갔다.

카마르가 말했다.

"제가 아미나 부인을 만날 때까지 가지 마세요."

그러나 그는 단호하게 말했다.

"소용없는 일이오. 난 곧 떠나겠소. 아무도 날 모르니 두려워할 이유가 없소."

그녀가 그에게 매달렸다.

"그는 아그라마가 아닌 당신을 데리러 왔어요. 누군가가 배신을 한 것 같아요."

그가 살며시 그녀를 떼어놓았다.

"처음부터 평온한 나날은 지나갔다고 말했잖소. 우린 조만간 고통을 당해야 한다는 걸 모두 알고 있소. 너무 상심 말아요. 돌아올 때까지 잘 있어요."

78

문지기가 통치자의 집에서 나와 카셈에게 퉁명스럽게 말했다.

"들어와."

그가 앞장을 섰고 카셈은 최대한 자신의 감정을 억제하며 그를 따라갔다. 정원의 신선한 향내가 풍겨 나왔지만 카셈은 그걸 느끼지 못했다. 그들이 접견실 입구에 도착하자 문지기는 옆으로 비켜섰고 카셈은 그 어느 때보다도 침착하게 안으로 들어갔다. 카셈은 그 방의 맨 끝에 있는 낮고 긴 의자에 앉아있는 통치자와 정면으로 마주쳤다. 그의 양 옆으로 한사람씩 두 남자가 앉아 있었지만 카셈은 그들이 누구인지 잘 알 수 없었다. 그리고 그들을 자세히 살펴보려고 하지도 않았다. 카셈은 통치자가 앉아 있는 곳에서 약간 떨어진 곳까지 다가서서 손을 들어 인사를 표하고 정중하게 말했다.

"안녕하십니까."

카셈은 통치자의 오른쪽에 앉아 있는 남자를 힐끔 쳐다보았다. 그 자는 바로 레히타라는 것을 알았으며 다른 또 한쪽의 남자를 바라보고는 눈을 뗄 수가 없었다. 그 자는 바로 율법가 샤나프리였다. 카셈은 너무나 놀라서 온몸이 산산이 부서지는 것 같았다. 카셈은 사태의 심각성을 깨닫고, 자신의 비밀이 폭로되고 그 비열한 율법가가 자신의 신뢰를 배신해서 그의 함정에 걸려들었음을 깨달았다. 카셈의 가슴 속에선 실망과 분노가 함께 뒤범벅이 되었다. 그는 그 교활한 사기꾼이 자기를 구해줄 수 없다는 것을 알았기 때문에 그들에게 반항하기로 결심했다. 후퇴해도 아무 소용이 없었으므로 카셈은 전진히든지 아니면 최소한 그 자리만은 지켜야 했다. 나중에 그는 이 사건을 자신이 상상도 못했던 새로운 인격체로 다시 태어난 생일로 기어하게 되었다.

통치자의 거친 목소리에 카셈은 정신을 차렸다.

"네가 카셈이냐?"

카셈의 목소리는 태연스러웠다.

"그렇습니다."

통치자는 카셈에게 앉으라는 말도 하지 않고 질문을 계속했다.

"이 자들을 보고 놀랐겠지?"

"아닙니다. 전혀 그렇지 않습니다."

"너는 목동이지?"

"저는 목동 일을 그만둔 지 벌써 2년이 넘었습니다."

"현재는 뭘 하지?"

"저는 제 아내의 재산 관리자로 있습니다."

통치자는 경멸하듯이 고개를 끄덕이며 율법가에게 말하라고 몸짓을 했다.

율법가는 카셈에게 일장연설을 늘어놓았다.

"아마 당신은 내가 당신의 율법가라는 것을 염두에 두고 현재의 내 위치에 놀랐겠지만 존경하는 통치자가 그런 모든 고려할 사항들보다 우선이오. 내 행동은 당신에게 소송을 취하할 기회를 주는 것이며 그것이 당신을 파멸로 이끌 번거로운 반항보다는 더 나을 것이오. 존경하는 통치자께서 만일 당신이 소송을 취하한다면 내가 중재를 해서 당신을 관대히 용서해주기로 허락하셨소. 나는 당신이 내 의도를 선의로 받아들여주길 바라오. 여기 내가 당신에게 되돌려 줄 소송비가 있소."

카셈은 차갑게 그를 노려보았다.

"왜 당신은 내가 당신에게 찾아갔을 때 사실대로 말하지 않았소?"

그 율법가는 뜻밖의 일을 당한 듯 당황했지만 통치자가 대신 도와주었다.

"너는 질문을 하려고 이곳에 온 게 아니라 질문에 대답하려고 이곳에 온 것이야."

그 율법가는 일어서서 그곳에서 나가게 해달라고 통치자에게 요청했다. 그는 자신의 당황한 모습을 감추려고 겉옷을 매만지며 밖으로 나갔다.

그런 후에 통치자는 카셈을 쏘아보면서 내뱉듯이 말했다.

"어떻게 너는 감히 나를 상대로 소송을 제기할 생각을 했나?"

카셈은 함정에 걸려들었고 이제 싸우거나 그렇지 않으면 죽는 수밖에 없었다. 하지만 그는 무슨 말을 해야 할지 몰랐다.

통치자가 말했다.

"네가 의도하는 바가 무엇인지 말해 봐라. 미쳤느냐?"

카셈은 나지막이 말했다.

"저는 제정신입니다. 하느님 감사합니다."

"도무지 이해가 가질 않아. 어떻게 너는 너의 부정행위를 나에게 떠맡기려고 하지? 너는 그 미친 여자가 너를 남편으로 택한 후엔 가난하게 보낸 적도 없지 않느냐. 네 행동은 도대체 무엇을 원하는 거지?"

카셈은 마치 자기의 분노를 억제하려는 듯이 한숨을 내쉬었다.

"저는 제 자신을 위한 그 어떤 것도 원하지 않습니다."

통치자는 고개를 돌려 레히타를 바라보다가 다시 카셈을 노려보며 소리쳤다.

"그렇다면 왜 이런 짓을 하느냔 말이야?"

"전 다만 평등을 원했습니다."

통치자는 두 눈을 가늘게 떴다.

"너는 네 아내와 나와 관련이 있다고 해서 그것이 너를 보호해 줄 것으로 생각하는가?"

카셈은 아래쪽으로 내려다보았다.

"그건 아닙니다."

"너는 고을의 수장들을 네 편으로 삼을 수 있는 능력이 있는가?"

"전혀 그렇지 않습니다."

통치자는 비명에 가까운 소리를 질렀다.

"너는 미쳤고 미친 짓을 했다고 말해라."

"저는 제정신입니다. 하느님께 감사드립니다."

"누구를 위한 평등을 바라는 것이냐?"

카셈은 대답하기가 무척 어렵다고 생각했다.

"모든 사람을 위해서입니다."

통치자는 어처구니가 없다는 듯이 카셈을 노려보며 말했다.

"그게 너와 무슨 관계가 있지?"

카셈은 용기에 도취된 듯이 응답했다.

"그래야만이 창시자의 계율이 실현될 수 있기 때문입니다."

통치자는 고함을 질렀다.

"바보 같으니! 너는 지금 창시자의 계율에 대해서 말한 거냐?"

"그는 우리 모두의 조상입니다."

통치자는 벌떡 일어나 권위의 상징인 그의 말총으로 만든 파리채로 카셈의 얼굴을 세차게 갈겼다.

그리고 그는 소리쳤다.

"너희들의 선조라니! 네 놈들 중 자기 아버지를 아는 놈은 한 놈도 없는데 너는 뻔뻔스럽게 '우리의 선조'라고 말하다니. 인간쓰레기들 같으니! 너는 그런 너의 선조들이 너와 네 아내를 보호해 줄 것이라고 생각하기 때문에 그렇게 집요하지만, 개도 먹을 것을 가져다주는 주인의 손을 물어뜯었을 땐 더 이상 보호를 받게 될 수가 없어."

레히타가 통치자의 분노를 진정시키려고 일어서서 말했다.

"저 놈이 당신을 흥분시키도록 내버려두지 마세요. 파리새끼 한 마리 때문에 그렇게 흥분하는 것은 당신에게도 좋지 못합니다."

리파트는 입술을 부르르 떨면서 앉았다.

그는 소리쳤다.

"심지어 제르보아 사람들까지도 영지를 탐내고 부끄러움 하나 없이 '우리의 선조'라고 말하는구나."

레히타가 다시 앉으면서 말했다.

"분명 제르보아 사람들에 관한 말들은 사실이로군. 불행히도 이 고을은 파멸로 치닫고 있어."

그러다가 카셈에게 고개를 돌려 말했다.

"네 아버지도 일찍이 내 동료 중의 한명이었다. 난 너를 죽이고 싶지 않아."

통치자가 으르렁거렸다.

"그 놈의 행동은 극형에 처해야 마땅해. 내 아내만 아니었다면 그 놈은 지금 당장 죽어 없어졌어."

레히타가 심문을 계속했다.

"들어봐, 젊은이. 네 뒤에는 누가 있지?"

카셈은 아직까지 말총에 찔린 따끔한 통증을 느끼면서 말했다.

"무슨 말씀을 하시는 겁니까?"

"누가 너에게 소송을 제기하도록 부추겼냐구?"

"저 혼자서 했습니다."

"너는 목동이었고 행운도 얻었어. 더 이상 무얼 원하지?"

"평등을 원합니다."

통치자는 이를 갈며 소리쳤다.

"평등이라구? 개새끼! 독종! 그게 네가 도둑질과 약탈을 일삼을 때 쓰던 암호인 모양이구나."

그러고 나서 레히타에게 말했다.

"자백을 받아내시오."

레히타는 협박조로 말했다.

"네 뒤에 누가 있지?"

야릇한 반항심에서 카셈이 말했다.

"우리의 선조입니다."

"우리의 선조?"

"그렇습니다. 그가 물려준 계율을 보십시오. 그러면 그가 바로 나에게 그런 행동을 하게끔 만든 분이라는 것을 알게 될 것입니다."

리파트가 다시 펄쩍 뛰며 소리쳤다.

"그 놈을 내 눈앞에서 치워버려. 밖으로 던져 버리라구."

레히타가 일어서서 카셈의 팔을 붙잡고 문 쪽으로 데리고 갔다. 카셈은 용감하게 쇠로 된 손잡이를 꼭 붙들었다. 그러자 리히타가 카셈의 귀에 대고 꾸짖듯이 말했다.

"너 자신을 위해서도 생각해 봐. 내가 너의 피를 마실 수밖에 없도록 만들진 말라고."

79

카셈은 집에 와서 그곳에 쩨차리아, 오와이쓰, 핫산, 사데크, 아그라마, 샤반, 아보우 파사다 및 햄로우쉬가 있는 것을 보았다. 그들은 궁금해서 침묵을 지킨 채 카셈을 바라보았다.

카셈이 그의 아내 옆에 앉자 오와이쓰가 말을 꺼냈다.

"내가 경고하지 않았니?"

카마르가 오와이쓰를 비난했다.

"아저씨, 그가 좀 쉴 수 있도록 기다리세요."

하지만 오와이쓰는 큰 소리로 말했다.

"화를 스스로 자초했어."

쩨차리아가 카셈의 얼굴을 살펴보기 시작하더니 말을 꺼냈다.

"그들이 너에게 모욕을 주었구나. 애야, 나는 나 자신만큼이나 너를 잘 알아. 네가 그런 모욕을 당하지 않을 수도 있었을 텐데."

오와이쓰가 말했다.

"아미나 부인이 아니었더라면 너는 이렇게 돌아올 수도 없었을 거야."

카셈은 친구들의 얼굴을 둘러보면서 말했다.

"그 비열한 율법가가 우리를 배반했어."

그들의 표정은 굳어졌고 서로의 화난 얼굴을 번갈아가며 쳐다보았지만 그들 중 오와이쓰가 먼저 말했다.

"이제 조용히 흩어지자. 그리고 카셈이 무사히 빠져나온 데 대해서 하느님께 감사하자."

핫산이 말했다.

"삼촌은 지금 무슨 말씀을 하시는 겁니까?"

카셈이 잠시 생각에 잠겨 있다가 말했다.

"나는 죽음이 우리들을 위협하고 있다는 걸 너희들에게 숨길 수가 없다. 나를 더 이상 돕고 싶지 않은 사람은 이제 가도 좋아."

그러자 쩨차리아가 말했다.

"더 이상 일을 확대시키지 말아라."

"나는 결과가 어떻든지 간에 이 문제를 포기하지는 않겠어. 나는 우리 선조들의 뜻을 더 이상 거역할 수 없고 가발과 리파아의 마을보다 더 충성스런 마을을 만들려고 해."

오와이쓰가 화가 나서 일어나 방안을 성큼성큼 걸으면서 말했다.

"너는 미친 것 같구나. 조카 너에게 하나님의 가호가 있기를 빈다."

사데크가 벌떡 일어나서는 카셈의 이마에 키스했다.

"네가 한 말이 나에게 새로운 용기를 북돋아 주었어."

핫산이 말했다.

"이곳에 모인 사람들은 피에스터(중동의 화폐단위)를 없애버리려는 이유 외에는 아무런 다른 이유가 없어. 우리가 이렇게 정당한 이유를 갖고 있는데 왜 죽음을 두려워해야만 하지?"

쩨차리아를 부르는 사와리스의 목소리가 뒷길에서 들리자 쩨차리아는 창밖으로 몸을 내밀어 그를 불러들였다. 곧 사와리스가 그 방에 들어와서 얼굴을 험하게 찌푸리며 앉았다.

그는 카셈을 보고 말했다.

"나는 나 외에 다른 수장이 있다는 것을 몰랐었다."

쩨차리아가 초조한 듯이 말했다.

"사태는 당신이 들은 것과는 달라요."

"내가 들은 것은 더욱 심각한 것이야."

쩨차리아는 한탄하듯이 말했다.

"사탄이 우리 젊은 애들의 마음을 유혹했소."

"레히타가 당신 조카에 대해서 나에게 일장연설을 했소. 나는 저 애를 상당히 영리한 아이로만 여겼는데 실상은 포악한 미친 녀석으로 판명되었소. 이 시점에서 생각건대 만일 내가 너희들 모두에게 너무 가볍게 대한다면 리히타 그가 와서 직접 너희들을 다룰 것이야. 하지만 나는 너희 중 어느 누구에게도 내 얼굴에 먹칠을 하도록 내버려 두지 않을 것이니 알아서들 행동하고 누구든지 완강한 녀석은 하늘이 돕겠지."

사와리스는 카셈의 추종자들을 감시하기 시작했으며 어느 누구도 그의 집 가까이 가는 것을 허락하지 않았다. 그 중 한 가지 방법으로 그는 사데크에게 모욕을 주었고 보우 파사다를 괴롭혔다. 그는 쩨차리아에게 폭풍이 완전히 지나갈 때까지 카셈이 집에만 머물도록 말하라고 부탁했다. 카셈은 자기 집에 갇힌 몸이 되었고 그의 사촌인 핫산만이 방문했다. 하지만 사태의 진전에 대한 소식을 막을 만한 힘은 어느 곳에도 없었다. 소문은 가발과 리파아 마을에까지도 퍼져서 제르보아 마을에서 무슨 일이 일어났는지가 알려졌다. 내용인즉슨 그것이 거의 통치자에 대항하는 것이었으며 그들은 열 가지 계율의 실행을 주장하였다는 것 그리고 가발라위의 하인인 킨딜과 카셈 사이의 관계 등등이었다. 가발과 리파아의 마을에서도 엄청난 흥분과 수많은 회의론 및 냉소가 감돌았다.

어느 날 핫산이 말했다.

"소문이 사방에 퍼졌어. 그들은 소굴에서 너에 관한 이야기만 하고 있어."

카셈은 근심에 사로잡힌 초췌한 모습으로 핫산의 얼굴을 바라보며 말했다.

"우리는 갇힌 몸이 되었고 아무런 행동도 실천에 옮기지 못한 채 하루하루가 흘러가고 있어."

카마르가 말했다.

"부탁할 만한 사람도 없어서 불가능해요."

핫산이 말했다.

"우리 동지들은 아주 열심이야."

카셈이 물었다.

"가발과 리파아 마을에서도 나를 거짓말쟁이와 미친놈으로 모는 게 사실이야?"

핫산은 힘없이 고개를 떨구었다.

"비겁함이 사람들을 망쳐놓고 있어."

카셈이 고개를 끄덕였다.

"왜 가발과 리파아 마을에도 그들 가운데 가발라위와 말을 했던 사람이 있는데 왜 나를 거짓말쟁이로 모는 거지. 다른 누구보다도 그들이 먼저 나를 믿고 후원해줘야 할 텐데 어째서 나를 거짓말쟁이라고 하는 거야."

"우리 고을에도 비겁함이 전염되어 있어. 그래서 그들이 수장들에게 굽실대며 아첨하는 거야."

바깥쪽에서 사와리스가 욕설과 저주를 퍼붓는 소리가 들려왔다. 가족들은 창밖을 내다보았다. 밖에선 사와리스가 샤반의 목을 움켜잡고 그에게 큰소리를 치고 있었다.

"이놈, 왜 여기에 왔어?"

그 젊은이는 사와리스의 손아귀에서 벗어나려고 안간힘을 썼다. 사와리스는 왼손으로 그의 목을 붙잡고 오른손으로 그의 얼굴과 머리에 주먹질을 했다. 카셈은 분개해서 그 창가를 떠나 카마르의 저지도 무시한 채 급히 문밖으로 나갔다. 순식간에 그는 사와리스와 마주쳤다.

"사와리스 씨, 그를 놓아주세요."

"너나 몸조심 해, 그렇지 않으면 너의 적들이 널 위해서 울도록 만들어 줄 테니까."

카셈은 사와리스의 오른손을 꽉 붙잡고 화가 나서 외쳤다.

"당신이 무슨 짓을 하든 내가 당신이 그를 죽이려는 것은 막겠어요."

사와리스는 샤반을 놓아주었고 샤반은 정신을 잃은 채 땅바닥에 쓰러졌다. 사와리스는 지나가던 여자가 머리 위에 지고 가던 흙이 담긴 양동이를 낚아채서 카셈의 머리에 덮었다. 핫산이 사와리스에게 막 덤벼들려고 할 때 쩨차리아가 때맞춰 도착해 팔로 안으며 그를 저지했다. 카셈이 머리의 양동이를 벗기자 흙으로 덮인 머리가 드러났다. 옷도 전부 흙으로 뒤범벅이 되어 있었다. 그는 몸서리치며 기침을 했다. 카마르와 세키나는 비명을 질렀고 오와이쓰와 다른 남녀들이 모여들었다. 아이들도 구경하려고 문밖으로 몰려나왔다. 그곳은 온통 혼잡해졌다. 쩨차리아는 온힘을 다해서 핫산의 팔을 붙들면서 애원하듯이 그의 커다란 두 눈을 바라보았다.

오와이쓰가 사와리스에게 다가서서 말했다.

"사와리스 씨, 나를 봐서라도 저 애를 용서해주시오."

다른 목소리들도 울부짖듯이 들려왔다.

"제발, 수장님!"

사와리스는 고함을 쳤다.

"친척과 친구들이 무슨 소용이야! 이건 마치 사와리스가 너희들의 수장이 아니라 여자인 것 같구나."

쩨차리아가 소리쳤다.

"제발 용서해줘요, 수장님, 당신은 우리의 지배자이며 군주입니다."

사와리스는 카페 쪽으로 가버렸고 몇몇 사람이 샤반을 부축해 일으켜 세웠다. 핫산은 카셈의 머리와 옷에서 흙을 털어내기 시작했다. 사와리스가 길에서 보이지 않자 사람들은 그때서야 비통함을 나타낼 수 있었다.

그 날 저녁 제르보아 사람들의 한 집에서 누군가가 죽었다는 것을 알리는 통곡소리가 들려왔다. 그 소리는 수십 명이 울부짖는 것이었다. 카셈은 창밖을 내다보며 참외 씨를 팔러다니는 파틴에게 무슨 일이냐고 물었다.

파틴이 대답했다.

"영원히 살리라! 샤반이 죽었소"

카셈은 기겁해서 그 집에서 뛰쳐나와 두 집 건너에 있는 샤반의 집으로 달려갔다. 그는 안뜰의 어둠 속에서 아래층 방에 살고 있는 사람들이 빽빽이 모여서 서글퍼하고 분개하며 함께 이야기를 나누는 모습을 보았다. 위층에서는 흐느낌과 통곡소리가 들려왔다. 카셈은 한 여자가 원통해서 내뱉는 소리를 들었다.

"그는 그냥 죽은 게 아니라 사와리스가 살해한 거라구."

"악마가 사와리스를 잡아가야 해."

세 번째 여자가 반발했다.

"그를 죽인 건 카셈이야. 그가 거짓말을 해서 우리 쪽 사람이 죽은 거야."

카셈은 몹시 침통해져서 어둠을 뚫고 일층으로 갔다. 그곳에 시신을 안치한 방이 있었다. 벽에 부착된 불빛을 통해서 카셈은 그의 친구들을 보았으며 그 중엔 핫산, 사데크, 아그라마, 아보우 파사다, 그리고 햄로우쉬도 있었다. 사데크는 그를 보자 울부짖었고 두 사람은 아무 말 없이 서로를 부둥켜안았다.

핫산의 얼굴은 희미한 불빛 속에서 무섭게 보였으며 말을 꺼냈다.

"그의 피가 헛되이 뿌려지진 않을 거야."

아그라마가 카셈에게 다가와서 귓속말을 건넸다.

"그의 아내가 아주 심각한 상태야. 그녀는 심지어 우리를 살인죄로 고소하려고까지 하고 있어."

카셈이 귓속말로 응답했다.

"괜찮아지겠지."

핫산이 말했다.

"살인자를 꼭 죽여야 해."

아보우 파사다가 투덜거렸다.

"그에 대항할 힘을 누가 줄까?"

핫산이 말했다.

"하지만 다른 모든 사람들처럼 우리도 죽일 수 있어."

카셈이 그에게 조용히 하라고 소리치며 말했다.

"너희들 모두 그의 장례식 때는 참석하지 않는 게 좋을 거야. 하지만 우리는 카라파 묘지에서 만나기로 하자."

카셈이 시신이 안치된 곳으로 가려고 하자 사데크는 그의 길을 막으려고 했다. 그래도 카셈은 그를 밀쳐버리고 안으로 들어갔다. 카셈은 과부가 된 샤반의 아내를 불렀고 충혈된 눈을 한 그녀가 나와서 놀란 듯이 카셈을 쳐다보았다.

그녀의 표정은 굳어 있었고 카셈에게 물었다.

"뭘 원하죠?"

"당신에게 애도의 뜻을 표하려고 왔습니다."

"당신이 그를 죽였지요. 우리는 영지가 없이도 살아갈 수 있고 또한 그를 너무나 필요로 해요."

"하나님이 당신에게 견뎌낼 수 있는 힘을 주실 것이며 사악한 무리들에게는 벌을 내리실 겁니다. 당신이 필요로 한다면 언제든지 우리는 당신의 가족입니다. 그가 흘린 피는 결코 헛되지 않을 겁니다."

그녀는 카셈을 곁눈질로 흘겨보더니 몸을 돌려서 들어가 버렸다. 그녀가 안쪽으로 들어갔을 때 그곳에서는 울분과 통곡의 소리가 터져 나왔다. 카셈은 비통한 심정으로 그곳을 떠났다. 다음 날 아침 사람들은 사와리스가 동굴의 카페 입구에 앉아서 무례하고 험악한 표정으로 지나가는 사람들을 쳐다보고 있는 것을 보았다. 사람들은 자신들의 분노를 숨기느라 그에게 더욱 굽실거리며 인사를 건넸다. 그들은 활보하고 다니길 피하고 자신들의 가게나 땅바닥에 앉아 있었다. 잠시 후에 관이 들려나오고 가족과 친지들이 따라 나왔으며 카셈은 수장의 성난 표정을 무시한 채 그곳에 끼어 있었다.

죽은 샤반의 처남이 화가 나서 카셈에게 말했다.

"당신은 이 사람을 죽여 놓고 장례식에 참석했군요!"

그는 누군가 다른 사람이 질문을 할 때까지 묵묵히 참고 있었다.

"왜 여기에 왔어?"

"내 친구의 죽음보다 더 잔인한 살인은 없습니다. 하나님이 그의 영혼을 편히 쉬게 하실 겁니다. 그는 용감했어요. 당신은 그와는 다르군요. 당신은 그를 죽인 자가 누구인지 알면서도 화풀이를 나에게 하고 있습니다."

모든 사람들이 침묵을 지켰다. 남자들의 뒤쪽으로 까만 옷을 입은 여자들이 서둘러서 맨발로 모여들었다. 장례행렬은 가말리아를 지나서 바브 알 나스르로 향했다. 장지에서의 예식이 끝나자 카셈을 제외한 다른 사람들은 모두 돌아갔다. 카셈은 그 일행들과 멀리 떨어질 때까지 천천히 걷다가 다시 그 묘로 돌아와 그를 기다리고 있는 친구들과 만났다. 그의 두 눈은 눈물로 흥건했으며 그들 모두가 흐느끼기 시작했다.

카셈이 두 눈을 비비면서 말했다.

"누구든지 안전하길 원하는 사람은 가는 게 좋아."

햄로우쉬가 말했다.

"우리가 만일 안전하길 원했다면, 너는 이곳에 모인 우리들을 발견하지 못했을 거야."

카셈은 손을 묘비에 올려놓았다.

"나는 그가 간 것이 무척 섭섭하다. 그는 용감하고 열정적이었는데 우리가 가장 필요로 할 때 가버렸어."

사데크가 말했다.

"그는 악당에게 살해당했어. 우리들 중 몇몇은 고을에서의 마지막 수장의 죽음을 보게 될 것이다."

햄로우쉬가 말했다.

"하지만 우리는 친구 일에만 사로잡혀서는 안 돼. 우리는 내일쯤 어떻게 우리가 승리를 얻을 수 있는가, 어떻게 대응할 것인지에 대해서 생각해 봐야 해."

카셈이 말했다.

"내가 감금상태에 있으니 별다른 생각을 할 수는 없어. 그래서 나는 결정을 내렸어. 쉽지는 않지만 다른 길이 없어."

그들은 카셈의 결정에 귀를 기울였다. 카셈이 말을 계속했다.

"고을을 떠나는 거야. 각자 준비를 해서 떠나자. 우리는 오래 전에, 가발이 그리고 가장 최근에는 에히아가 그랬던 것처럼 이곳을 떠나는 거야. 우리는 우리의 힘과 수를 충분히 확보할 때까지 사막의 안전한 곳에 정착해야만 해."

사데크가 환호했다.

"그게 바로 해결책이다."

"우리는 고을의 수장들을 제거하거나 창시자의 계율을 수행하기 위해선 무력밖에 다른 길이 없고, 평등과 자비 그리고 평화도 무력에 의해서만 얻을 수 있어. 우리의 힘은 독재적인 것이 아니며 우리에게 필요한 것은 무엇보다도 정당한 무력이다."

그들은 마치 샤반이 그들의 말을 듣고 그들에게 축복을 빌고 있는 것처럼 느끼며 귀를 기울였다.

"그래. 문제는 무력에 의해서 해결될 수 있어. 정당한 무력에 의해서만. 샤반은 사와리스가 그를 불렀을 때 그냥 모른 체하고 지나갔어. 만일 우리가 그와 함께 있었다면 그놈도 그렇게 쉽게 우리를 다룰 순 없었을 거야. 더럽고 치사한 놈."

카셈은 안도와 기쁨의 한숨을 내쉬었다.

"우리의 선조는 우리에게 신뢰감을 심어주었고 그 자손들 중에도 몇 명은 아직도 쓸모가 있다는 확신이 들 거야."

81

카셈은 자정까지 집에 도착하지 못했지만 그는 카마르가 잠들지 않고 그를 기다리고 있는 것을 알았다. 그녀는 평상시보다 더욱더 그를 걱정해 주며 그에게 애정을 퍼부었다. 카셈은 그렇게 오랫동안 깨어있어야만 하는 것이 슬펐다. 그리고 나서 그는 몹시 지쳐서 충혈된 그녀의 눈을 보았다.

"당신 울었소?"

그녀는 마치 그를 위해 우유를 데우느라 정신이 팔린 듯이 아무런 대답도 없었다.

카셈이 다시 말했다.

"하나님이 샤반의 영혼을 편히 쉬게 하시겠지만 우리 모두에게는 너무나 큰 슬픔이었소."

"저는 처음엔 샤반의 죽음 때문에 울었지만 그 다음엔 당신에 대한 그 남자의 증오 때문에 울었어요. 당신이야말로 그 자의 머리에 흙을 쏟아 부을 자격이 있는 최후의 사람일 거예요."

"우리의 가엾은 친구에게 일어난 일에 비하면 그것은 아무 일도 아니오."

카마르는 카셈에게 우유가 담긴 컵을 건네주며 그의 옆에 앉아 중얼거렸다.

"그리고 저는 사람들이 당신에 대해서 하는 이야기를 듣고 당황했어요."

카셈은 별일 아니라는 듯이 미소를 지으며 컵을 입술에 갖다 댔다.

그녀는 분개하여 계속 말을 했다.

"갈타가 당신은 혼자만을 위해서 영지를 원한다고 가발 사람들에게 말했대요. 그리고 하가그가 똑같은 이야기를 리파아 사람들에게 말했고, 그들이 모든 사람에게 당신은 가발이나 리파아보다는 훨씬 아래에 있다고 말했대요."

카셈은 자신의 실망을 감추지 않았다.

"나도 알아. 그리고 나는 만일 당신이 없었다면 오늘 내가 이렇게 살아있지도 못했으리라는 것도 알고 있소."

그녀는 그의 어깨를 부드럽게 쓰다듬으면서 아무런 이유 없이 한없는 대화와 행복이 가득 찼던 지난 날들과 아이산이 태어나기 전의 빛나던 밤들을 떠올려 보았다. 그런데 지금은 그녀가 그의 어떤 부분도 점유하고 있지 않으며 사실 그는 자신도 점유하고 있지 못했다. 심지어 그녀는 때때로 그녀를 괴롭히는 고통도 그에게 숨겨 왔다. 그는 그 자신도 돌보지 않는데, 어떻게 그녀의 문제로 그를 괴롭힐 수 있단 말인가. 카마르는 그에게 부담을 주고 싶지 않았고 자기도 모르는 사이에 적들을 도울까 걱정했다. 행복했던 시절처럼만 인생이 흘러간다면 누가 그녀에게 그에 대한 확신을 심어줄 수 있었겠는가? 하나님이 당신을 용서하실 것이다.

　카셈이 말했다.

　"나는 심지어 이렇게 암울한 시기에도 희망을 잃지 않고 있소. 내가 외로워 보일지 모르지만 나에겐 많은 좋은 친구들이 있소. 그들 중 한 명은 사와리스에게 덤벼들었으니 전에는 누가 감히 그런 엄두를 냈겠소? 다른 친구들도 그와 마찬가지고 만일 영원히 독재 하에서 살려는 것이 아니라면 용기야말로 우리 고을에서 가장 필요로 하는 것이오. 나에게 안전하게 행동하라는 충고는 하지 말아요. 죽은 샤반은 우리 집으로 오던 중이었소. 당신도 남편이 추악한 겁쟁이가 되는 것은 좋아하지 않을 것이오."

　카마르는 빈 우유잔을 쥐고 미소를 지으며 말했다.

　"수장의 아내들은 싸움이 끝난 듯이 기뻐 날뛰고 있어요. 어떻게 제가 좋은 일에 대해서 덜 기뻐할 수 있겠어요."

　카셈은 그녀가 겉보기보다는 훨씬 더 불행하다는 것을 깨달았다.

그는 그녀의 뺨을 토닥거리며 말했다.

"당신은 나에게는 이 세상에서 모든 것이오. 당신이야말로 내 인생의 최고의 동반자요."

카마르는 미소를 지으며 평화로운 마음을 되찾았다. 그녀가 잠자기 위해서는 그런 편안한 마음이 필요했다.

대장장이 샨타 씨는 사데크가 사라진 것에 깜짝 놀랐다. 그는 사데크의 집에도 가보았지만 그와 가족들의 흔적은 찾아볼 수도 없었다. 마찬가지로 건어물상인 압델 파타도 그의 종업원인 아그라마가 사라진 것에 대해서 흔적도 찾아낼 수 없었다. 아보우 파사다는 아무런 사전 연락 없이 함도운의 가게를 그만두었다. 그리고 햄로우쉬는 어디에 있을까? 빵 굽는 사람인 하수나는 그가 마치 빵 연기에 휩싸여 사라지듯이 감쪽같이 없어졌다고 말했다. 다른 몇몇도 감쪽같이 사라졌다. 그 소식은 제르보아의 전 지역에 퍼졌고 그 소문은 다른 마을에까지도 번졌다. 가발과 리파아 마을에서는 제르보아 사람들이 모두 떠나버려서 사와리스에게 보호세를 내는 사람이 얼마 안 가 한 사람도 없을 것이라고 비꼬았다.

사와리스는 쩨차리아를 동골의 카페로 불러서 그에게 기분 나쁘게 말했다.

"당신의 조카가 우리에게 사라진 자들에 대한 비밀을 알려주기에 가장 적합한 인물이오."

"사와리스 씨, 그에겐 아무런 잘못도 없어요. 몇 날, 몇 주, 몇 달 동안 그 애는 한 발짝도 집 밖을 나가본 적도 없습니다."

수장은 고함을 쳤다.

"어리석은 짓이야! 하지만 나는 당신이 당신 조카에게 무슨 일이 일어날지 경고하도록 돌려보내겠소."

"카셈은 당신의 혈육이오. 그의 적들을 기쁘게 할 짓을 하지 말란 말이오."

"그 애는 자기 자신에게도 나에게와 마찬가지로 적이오. 그는 자기가 오늘날의 가발인 줄로 착각하고 있는데 그것은 바로 바브 알 나스르의 묘지로 가는 가장 빠른 길이지."

"제발 사와리스 씨, 우리 모두는 당신의 보호를 받고 있습니다."

쩨차리아가 집에 돌아왔을 때 그는 카셈의 집에서 돌아온 핫산을 만났으며 사와리스에게 화가 난 분풀이를 핫산에게 하려고 했지만 핫산은 퉁명스럽게 잘라 말했다.

"자제하세요, 아버지. 카마르가 몹시 아파요."

고을 전체에 카마르가 아프다는 소문이 퍼졌으며 통치자의 집에까지도 그 소식이 들렸다. 카셈은 슬픔을 참아가며 그녀의 옆에 머물렀다.

그는 고개를 힘없이 저으며 말했다.

"갑자기 당신이 이렇게 드러눕다니."

한번은 그녀가 나약한 목소리로 말했다.

"저는 당신의 다른 어려운 일들에 방해가 될까봐 제 건강상태를 숨겼어요."

"당신은 처음부터 이 고통을 나와 함께 나누어야만 했었소."

그녀의 창백한 입술이 살며시 미소를 짓느라 벌어졌다.
"저는 예전의 건강상태를 회복할 거예요."
그것은 바로 카셈도 기도하던 것이었다. 하지만 그녀의 눈에 덮인 흐릿한 것은 무엇인가? 왜 그녀의 얼굴이 그렇게 건조한 것인가? 숨겨온 고통이 얼마나 심했겠는가?
'그 모든 것이 나 때문이다. 오! 하나님, 자비로 그녀를 돌봐주소서. 저를 위해서 그녀를 보존해 주시고 어린 것의 눈물에 동정을 베푸소서.'
"당신이 나를 용서하기 때문에 나는 내 자신을 용서할 수가 없소."
카마르는 꾸짖는 듯한 미소를 다시 지어 보였다.
옴무 살렘은 그녀를 위해서 향을 피웠고 옴무 아테야는 연고를 발랐으며 이브라힘은 그녀에게 부항을 냈지만 카마르는 그런 모든 치료들을 견뎌내는 것 같았다.
카셈이 그녀에게 말했다.
"내가 당신 대신에 그 고통을 느낄 수 있다면 좋겠소."
그녀의 응답은 간신히 들릴 정도였다.
"오, 당신에겐 어떤 해도 미치지 않기를 바랄 뿐이에요."
카셈은 마음속으로 생각했다.
'그녀의 시야엔 온 세상이 검게 보일 텐데.'
남자와 여자들이 그녀를 방문했지만 카셈은 그곳에서 더 이상 견딜 수가 없어서 지붕 위에 안식처를 잡았다. 그는 집에서 새어나오는 여자들의 목소리를 들을 수 있었고 길거리에서 들려오는 욕설과 소음을 느낄 수도 있었다. 그는 울음소리도 들었는데 옆집 지붕 위의 먼지 속을 뒹굴고 있는 어린애를 발견하기 전까지는 그걸 아이산의 울음소리로 생각했었다. 어둠이 서서히 깔리고 비둘기 떼도 다시 둥지로 찾아 날아들었다. 멀리 지평선 위에는 별 하나가 쓸쓸히 반짝이고 있었다. 그는 카마르의 눈에 보였던 이상한 표정을 생각해 보면서 그녀의 눈이 보이지 않는 게 아닌가 하는 생각도 들었으며 한 번씩 경련을 일으키는 것과 푸르스름한 그녀의 입술 그리고 침울한 그녀의 모습을 헤아려 보았다. 카셈은 몇 시간을 지붕 위에서 머물다가 내려갔다. 그는 복도에서 아이산을 안고 있는 세키나를 만났다.

그녀는 그에게 속삭였다.

"카마르가 깨지 않도록 조용히 들어가세요."

그는 창문 선반 위의 희미한 불빛 아래서 침대의 반대쪽에 있는 낮고 긴 소파에 가서 앉았다. 밖에서 들려오는 소리라고는 바이올린의 구슬픈 소리뿐이었다. 그리고 이야기꾼 타짜의 이야기가 시작되었다.

그의 할아버지가 나지막이 말했다.

"내가 외부로부터 온 다른 누구에게도 베풀지 않았던 기회를 너에게 주기로 결정했다. 그것은 바로 네가 이 집에서 살아야 하고 이곳에서 결혼해서 새로운 삶을 시작하는 것이야."

함맘의 가슴은 기쁨에 도취되어 뛰기 시작했다.

함맘이 말했다.

"감사합니다."

"너는 그럴 만한 가치가 있어."

소년은 할아버지를 보다가 바닥을 보며 궁금한 듯이 물었다.

"그리고 제 가족도요?"

가발라위는 꾸짖으며 말했다.

"내 의도를 나는 분명히 밝혔는데."

함맘은 그 할아버지에게 애원했다.

"제 가족들도 할아버지의 자비와 관용을 받을 만합니다."

자고 있던 카마르가 깜짝 놀라 깨어났다. 카셈은 그 낮고 긴 소파에서 황급히 침대 옆으로 왔다. 그는 그녀의 흐릿한 눈동자에서 새로운 밝은 면을 보았다.

그가 무슨 일이냐고 묻자 그녀가 소리쳤다.

"아이산! 아이산이 어디 있어요?"

그는 황급히 나가서 자고 있는 아기를 안고 있는 세키나를 데리고 들어왔다. 카마르는 아기에게 키스할 수 있도록 세키나에게 가까이 오라고 지시했고 그동안 카셈은 침대의 모서리에 앉아 있었다.

그녀는 아이산의 볼에다 키스를 하고 나서 카셈을 보며 속삭였다.

"나는 더욱 나빠졌어요."

"도대체 무슨 말이오?"

"제가 당신에게 많은 고통을 안겨주긴 했지만 이젠 더욱 심한 것 같아요."

카셈은 입술을 깨물고 나서 말했다.

"카마르, 나는 어쩌란 말이오."

"제가 가면 당신이 걱정이에요."

"내 이야기는 하지 말아요."

"카셈, 가서 당신 친구들과 합류하세요. 당신이 이곳에 머물면 죽게 될 거예요."

"우리는 같이 가야만 하오."

"우리는 같은 길을 갈 수 없어요."

"당신이 그랬던 것처럼 나에게 동정을 베풀고 싶지 않소?"

"오, 모두 지난 일이에요."

그녀는 마치 어떤 끔찍한 힘과 대항하고 있는 것처럼 보였다. 그녀는 카셈에게 손짓을 했다. 그는 카마르에게 가까이 가서 내려다보았다. 그녀는 몸부림을 치며 목을 길게 뻗었다. 그녀의 가슴은 크게 오르락내리락했고 호흡이 가빠졌다.

세키나가 소리쳤다.

"일어나 앉으시도록 부축하세요. 앉고 싶으셔서 그래요."

그는 그녀의 어깨 밑으로 손을 넣어 일으켜 앉히려고 했지만 그녀는 나지막이 신음소릴 내며 머리를 자기 가슴 위에 떨구었다. 세키나는 아이를 데리고 황급히 밖으로 나갔고 밖에서는 그녀의 통곡소리가 적막을 흔들어 깨웠다.

다음날 아침 카셈의 집과 그의 집 앞의 길에는 조문객들로 가득 찼다. 그 고을은 그들의 어떤 이해관계와는 상관없이 혈연을 가장 중요하게 여겼다. 사와리스도 올 수밖에 없었고 전에 없이 모든 제르보아 사람들이 그 뒤를 따랐다. 심지어 통치자 리파트도 참석했으며 그 뒤로 갈타, 레히타, 그리고 하가그가 줄을 섰고 곧 모두가 그 뒤를 따랐다.

그 장례식에는 수장의 장례를 제외하면 예전에 본 적이 없을 만큼 많은 인파가 참석했다. 카셈은 강인한 인내심을 보였다. 입관하는 중에도 그는 마음속으로만 울었지 밖으로는 눈물을 보이지 않았다.

사람들이 모두 돌아가고 묘에는 카셈과 쩨차리아, 오와이쓰, 그리고 핫산만이 남았다.

쩨차리아는 카셈의 어깨를 두들기며 말했다.

"애야, 너무 상심하지 말아라. 하나님이 도우실 거다."

카셈은 몸을 앞으로 구부리며 울먹였다.

"제 마음도 역시 같이 묻혔어요, 삼촌."

핫산의 얼굴이 일그러졌다. 묘지에는 깊은 침묵이 감돌았다.

쩨차리아가 한두 발짝 움직이며 말했다.

"이제 돌아가야 할 시간이다."

하지만 카셈은 그 자리에 그대로 머물렀다.

그는 분노하듯이 말했다.

"그들이 왜 왔죠?"

쩨차리아는 카셈이 무슨 말을 하는 것인지 눈치 챘다.

"어쨌든 그들에게 감사해야지."

오와이쓰가 용기를 내어 말했다.

"그들과 새로이 관계를 갖자. 그들이 오늘 보인 행동은 너의 마음을 동요시켜 보려는 것이 아니야. 다행히 우리의 마을 밖에서 그들이 너에 관해서 한 말은 심각한 게 아니야."

카셈은 오와이쓰와 논쟁을 하기보다는 그냥 침묵만을 지키고 있었다. 잠시 후 사데크가 이끄는 한 무리가 모습을 나타냈다. 그들은 마치 사람들이 사라지길 기다리고 있었던 것 같았다. 그들은 카셈과 부둥켜 안으며 눈에는 눈물이 가득 고여 있었다. 오와이쓰는 그들을 화난 듯이 바라보았지만 어느 누구도 오와이쓰를 쳐다보지 않았다.

사데크가 카셈에게 말했다.

"이제 더 이상 자네도 고을에 있을 이유가 없다."

하지만 쩨차리아가 심하게 반박했다.

"어린 딸과 집, 그리고 재산이 그곳에 있어."

카셈이 말했다.

"나는 남아 있어야 할 필요가 있어요. 그리고 내가 남아있을 수 있도록 수주일간 많은 분들이 곁에 있어 준 데 대해서 고맙게 생각합니다."

카셈은 자신의 말에 담겨 있는 진의를 확인이라도 하듯이 그를 바라보고 있는 눈길들을 응시했다. 그들 대부분은 카셈이 야밤을 이용해서 떠나도록 권장해서 그의 친구들과 합류한 사람들이었다.

아그라마가 카셈에게 말했다.

"우리가 오래 기다려야 하니?"

"너희들이 적당할 때까지야."

사데크가 몸을 기울여 속삭였다.

"슬픔을 금할 수가 없구나. 나는 너의 불행이 얼마나 큰 것인지 어느 누구보다도 잘 안다."

카셈이 속삭였다.

"네 말이 맞아. 고통은 끔찍하다."

"이제 너도 혼자니 서둘러서 우리와 합류하자."

"적당한 시기가 오면."

오와이쓰가 큰 소리로 말했다.

"우리는 돌아가야겠다."

친구들은 카셈과 작별인사를 했고 카셈은 일행과 함께 돌아왔다. 그는 집에서 홀로 슬픔에 잠겨 며칠을 보냈다. 그가 슬픔에 겨워 무슨 일을 저지를지 세키나는 걱정하기 시작했다. 하지만 그는 밤에 젊은이들을 도망가게 하는 일을 꼬리도 잡히지 않고 계속 해나갔다. 고을에서 사라진 숫자가 계속 늘어만 가자 사람들은 그들에 대해서 궁금해 하기 시작했다. 계속 제르보아 마을에서는 재미있는 일이 벌어지고 있었다. 사람들은 만일 오늘이 아니면 내일 쯤엔 사와리스가 도망갈 것이라고 말하곤 했다.

쩨차리아가 어느 날 카셈에게 말했다.

"이건 상당히 긴박한 상황이고 더욱 심각한 사태를 초래할지도 모르겠다."

하지만 카셈은 기다려야만 했다. 활동과 위험이 공존하는 나날들이었다. 아이산만이 카셈에게 웃음을 짓게 하는 유일한 상대였다. 그 애는 의자의 다리를 잡고 일어서는 법을 배워가고 있었고 그녀의 천진난만한 얼굴로 카셈의 얼굴을 물끄러미 바라보곤 했으며 그에게 옹알거리기도 했다. 그는 그 애의 얼굴을 바라보는 것이 즐거웠다.

'이 애는 예쁠 거야. 하지만 무엇보다도 나는 이 애가 그녀의 어머니처럼 착하고 사랑스럽기를 원한다.'

아이산의 둥근 얼굴에 박혀 있는 검은 두 눈동자는 두 사람 사이의 운명을 연결시키는 마지막 상징이었다. 그는 그녀가 아름다운 신부가 될 때까지 살 수 있을지 아니면 그녀가 태어난 집에서 고통스런 기억만 간직한 채 그것을 운명으로 여기고 혼자 살아가게 될지 궁금했다.

어느 날 문을 두드리는 소리가 들리자, 세키나가 나가서 누구냐고 물었다.

"문을 열어요, 세키나."

그녀가 문을 열자 무슨 이유에서인지 여자용 목도리를 두르고 얼굴을 망사천으로 가린 열두 살쯤 되어 보이는 소녀가 그곳에 있었다. 세키나는 깜짝 놀라서 무엇을 원하느냐고 물었지만 그 여자애는 카셈의 방으로 황급히 달려가서 숨을 헐떡이며 말했다.

"안녕하세요."

그녀는 망사천을 벗고 불그스레한 얼굴을 내보였다.

카셈은 깜짝 놀랐다.

"안녕! 어서와! 앉아라!"

그녀는 의자의 가장자리에 앉았다.

"전 바드리아예요. 저희 오빠 사데크가 보내서 왔어요."

"사데크가!"

"네."

그는 궁금하다는 듯이 그녀를 쳐다보았다.

"무슨 일이기에 이렇게 위험한 일을 시켰지?"

그녀의 말하는 모습이 더욱더 그녀를 예뻐 보이게 만들었다.

"아무도 이 목도리를 두른 제 얼굴을 알아보지 못했어요."

그는 그녀가 실제보다 나이들어 보이는 것을 알았다.

그는 고개를 끄덕였고 그녀는 보다 열심히 말을 계속 했다.

"오빠가 말하기를 당신은 즉시 이곳을 떠나야 한대요. 그리고 레히타와 갈타, 하가그와 사와리스가 함께 짜고 오늘 밤 당신을 죽일 생각이래요."

그는 그 말을 듣는 순간 섬찟해졌다.

세키나는 신음소릴 냈다.

"어떻게 그걸 알았을까?"

"에히아 씨가 알려줬대요."

"하지만 에히아 씨가 어떻게 알았지?"

"제 오빠 말로는 에히아 씨의 친구였던 사람이 술집에서 술에 취해 그 비밀을 말했대요."

그는 그녀가 일어서서 목도리로 예쁜 몸을 두를 때까지 묵묵히 그녀를 바라보고 있었다.

카셈도 일어서면서 말했다.

"고맙다, 바드리아. 조심해 가거라. 그리고 오빠에게 안부도 전하고, 안녕!"

그녀는 망사천으로 얼굴을 가리고 물었다.

"오빠에게 꼭 전해야 할 말은 없어요?"

"아침이 되기 전에 만나게 될 것이라고 말해라."

두 사람이 악수를 나누고 나서 그녀는 떠났다.

83

세키나의 얼굴은 창백했고 두 눈엔 공포가 가득했다. 그녀가 소리쳤다.

"지체 말고 집을 떠나요."

그리고 그녀는 이리저리 바쁘게 뛰어다녔다.

카셈이 말했다.

"아이산을 싸서 너의 긴 목도리 아래 감추고 마치 심부름 가듯이 밖으로 나가라. 카마르의 무덤으로 가서 기다려라."

"주인님은요?"

"적당한 시간에 그곳에서 너와 합류하겠다."

그녀가 걱정스런 표정을 나타내자 그가 침착하게 말했다.
"핫산이 우리가 머무르게 될 곳으로 너를 데리고 갈 거야."
곧 그녀는 준비를 끝냈다. 그는 아이산에게 몇 번 키스를 하고 나자 세키나가 문 쪽으로 가면서 말했다.
"무사하시길 빌어요."
그는 창가에 서서 길을 내려다보며 세키나가 언덕 너머로 보이지 않을 때까지 가말리아 쪽을 향해 걸어가는 것을 바라보았다. 그는 그녀가 겨드랑이 밑에 숨겨가고 있는 귀중한 짐을 바라보며 가슴이 울렁거렸다. 그가 주위를 둘러보자 몇몇 수장의 부하들이 눈에 띄었는데 어떤 사람은 동골의 카페에 앉아 있었고 다른 사람들은 이곳 저곳에 모여 있었다. 그들의 모습은 밀려드는 어둠으로 희미하게 보였다. 그들은 모든 준비가 되어 있는 것처럼 보였지만, 만일 그들이 카셈을 오늘밤 탈주시킬 사람들을 발견하면, 그가 밤에 나갈 때까지 기다리고 있을지, 아니면 저녁 늦게 그의 집을 포위할지 모르는 일이었다. 그들은 이제 자기들의 비밀을 눈치 채지 못하도록 뿔뿔이 흩어졌다. 그들은 야행성 벌레들처럼 어둠 속에서 기어 나오려고 몸을 숨기고 있었다. 그는 리파아나 가발의 운명을 따르게 될 것인가? 리파아도 어느 어두운 밤에 그와 같은 위치에 있었을 것이다. 그도 가슴속에 선의를 품고 아래층으로 피에 굶주린 놈들이 기어드는 동안 그의 집에 숨어 있었을 것이다.
카셈은 그의 방으로 내려가서 기다리다가 핫산이 문을 두드리며 부르는 소리를 들었다. 크고 건장한 핫산이 안으로 들어왔다. 그의 눈은 걱정으로 가득 차 있었다.

그가 말했다.

"뭔가 이상한 일이 벌어지고 있어. 뭔가 의심쩍은 일이……."

카셈은 그의 말에 별다른 관심을 보이지 않았다.

"삼촌은 산택 갔다 돌아오셨니?"

"아니, 하지만 뭔가 수상쩍은 일이 벌어지고 있어. 창밖을 내다봐."

"나도 네가 걱정하고 있는 것을 보고 있었어. 그리고 그 뒤에 무슨 음모가 도사리고 있는지도 알고 있어. 사데크가 알맞게 그의 여동생을 내게 보내서 알려줬어. 만일 그 소식이 사실이라면 수장들이 오늘 밤 나를 죽이려고 하는 거야. 그래서 세키나에게 아이산을 데리고 도망치게 했지. 그들이 카마르의 묘지에서 널 기다리고 있을 거야. 그녀에게 가서 우리 친구들이 있는 곳으로 그녀를 데려가."

"자네는?"

"내 차례가 되면 나도 탈출해서 자네와 만나게 될 거다."

핫산은 결심을 굳힌 듯이 말했다.

"자네를 혼자 두고 떠나진 않겠어."

"다시 말하지만 주저하지 마. 나는 힘을 이용해서가 아니라 꾀를 써서 탈출할 테니 자네의 힘은 내가 싸움을 벌이는 한이 있더라도 나에겐 아무런 소용이 없어. 하지만 자네가 그곳에 가는 즉시 내 딸을 보호하고 우리 동료들 중 몇 명을 가말리아에서 가발까지 통하는 길에 배치해서 내가 필요로 할 때면 나를 도울 수 있도록 조치를 취해주게."

핫산은 할 수 없다는 듯이 고개를 무겁게 끄덕였다.
"너는 너무 영리하니 자네가 세운 계획이 아마 최고일 거야."
카셈은 묵묵히 미소로 답하자 핫산은 얼굴을 찌푸리며 떠났다. 얼마 되지 않아서 쩨차리아가 숨을 가쁘게 몰아쉬며 들어왔다. 카셈은 그가 에히아에게서 소식을 듣고 먼저 자기에게 들른 것이 분명하다고 생각했다.
"사데크가 저에게 소식을 전했어요."
"나는 그 소식을 우연히 에히아의 집 앞을 지나치다가 조금 전에 들었는데, 네가 그 소식을 못 들었을까봐 이렇게 달려왔다."
카셈은 그를 자리에 앉게 하고 사과의 말을 전했다.
"삼촌에게 너무나 심려를 끼쳐드려 죄송합니다."
"나도 오랫동안 이런 일이 있을 걸로 예상해 왔다. 나는 얼마 전부터 나에 대한 사와리스의 태도가 달라진 것을 알고 세심하게 경계하기 시작했다. 오늘 나는 그 악한 무리들이 몇 명씩 무리지어 여기저기 있는 것을 보았는데 너는 이곳에서 홀로 거의 불가능한 도주를 계획하고 있었구나."
카셈은 더욱더 결심을 굳힌 듯이 말했다.
"저는 시도를 할 것입니다. 만일 제가 실패하더라도 결코 패하지 않을 사람들이 가발에 모여 있어요."
쩨차리아가 화를 내며 말했다.
"네 인생과 네 자식에 비해서 그게 무슨 소용이 있겠냐?"
"저는 삼촌이 우리들의 앞장을 서지 않는데 놀랐어요."
쩨차리아는 무슨 소리인지 못 들은 것처럼 말했다.

"나와 함께 사와리스에게 가자. 그와 흥정을 해서 그가 원하는 대로 따르자."

카셈은 잠깐 경멸스런 미소를 띠었다. 쩨차리아는 창가로 가서 창틀 사이로 어둠이 깔린 거리를 내려다보고 있었다.

카셈이 말했다.

"왜 그들이 하필이면 오늘 밤을 택했을까요?"

"그저께 한 가발 사람이 네가 한 고소는 모든 사람의 복지를 위한 것이라고 선언했고 리파아 쪽에서도 같은 주장이 나왔었다. 어쩌면 그것이 그들을 서두르게 만들었는지도 모르겠다."

카셈은 밝게 미소지었다.

"삼촌도 아시죠? 저는 통치자와 수장들의 적이지만 고을 사람들의 친구예요. 그리고 모두가 곧 그걸 알게 될 겁니다."

"너를 기다리고 있는 운명에 대해서 이제 생각해 봐라."

"제 계획을 말씀드리죠. 제 방에는 전등을 켜놓아 그들이 오해하도록 만들어 놓고 삼촌집 지붕을 건너 탈출하려고 해요."

"누가 너를 볼지도 모르는데."

"저는 사람들이 밤이 깊어 지붕 위에 나와 있지 않게 될 때까지는 출발하지 않겠어요."

"그러면 그들이 네 집을 먼저 공격하면 어떡하려구?"

"고을 사람들이 모두 잠들 때까지는 그런 일은 벌어지지 않을 거예요."

"그들은 네가 생각하는 것보다 더 무모한 생각을 하고 있을지도 몰라."

카셈은 미소를 지어 보였다.

"그럴 경우엔 제가 죽게 되겠지요. 운명적인 죽음의 날을 연기시킬 수 있는 사람이 어디 있겠어요?"

쩨차리아가 애원하듯이 그를 바라보았지만 카셈의 표정은 단호했다.

그가 실망해서 말했다.

"어쩌면 그들이 내 집을 수색할지도 모르겠구나."

"다행히 그들은 우리가 자기들의 계획을 미리 알았다는 것을 몰라요. 그러니 재수만 좋으면 저는 그들이 나를 저지하기 전에 빠져나갈 수 있어요."

두 사람은 서로 오랫동안 묵묵히 바라보았는데 그것에는 눈물만으로 다할 수 없는 의미가 담겨 있었다. 이어 두 사람은 부둥켜안았다. 다시 혼자의 몸이 되었을 때 카셈은 자신의 감정을 억제하고 길을 살펴보려고 창가로 갔다. 바깥은 평상시와 마찬가지로 보였다. 아이들은 전등불빛 아래에서 놀고 있었고 카페에는 이야기를 나누는 사람들로 가득했으며 구슬픈 바이올린 소리가 퍼져 나왔다. 지붕 위에서는 여자들의 잡담과 웃음소리 그리고 하쉬시를 피우는 사람들의 욕설과 농담으로 시끄러웠다. 하지만 사와리스가 카페의 문간에 서 있었고, 죽음의 사신들이 구석구석마다 몸을 숨기고 있었다.

'나쁜 놈! 이드리스가 잔인한 웃음을 터뜨린 이래로 네놈이 그 사악함을 물려받아 우리 고을을 어둠 속으로 몰아넣었어. 이젠 새장에 갇혔던 새도 자유의 몸이 될 때가 되지 않았을까?'

시간은 천천히 그리고 숨 막힐 듯이 흘렀다. 잡담의 시간은 이미 막을 내린 지 오래였다. 지붕은 조용해지고 골목길은 몇몇 아이들을 제외하곤 적막이 감돌았다. 카페도 텅 비고 잠시 동안 집으로 돌아가는 사람들의 소리가 들려왔다. 술 취한 사람들도 모두 사라지고 하쉬시를 피우는 불빛도 보이지 않았다. 오직 살인자들만이 어둠속에 남아 있었다.

그는 급히 계단을 뛰어올라 지붕으로 기어 올라가서 옆집 지붕과 경계를 이루고 있는 벽에 이르렀다. 그가 쉽게 그 벽을 넘어서 막 빠른 행동으로 옮겨가려 할 때 "멈춰라!"하는 소리가 들려왔다. 그는 그 살인마들이 지붕 위에도 자리 잡고 있었다는 것을 깨달았으며 그가 생각했던 것보다 더욱 철저하게 자신이 포위당했다는 것을 알았다. 그는 돌아가려고 했지만 그의 뒤쪽에서 한 명이 펄쩍 뛰어서 힘센 팔로 그를 붙들었다. 카셈은 두려움에 한층 배가 된 힘으로 그에게 대항했다. 그의 복부에 강한 타격을 먹이고 그에게서 벗어나 그를 걷어찼다. 그는 신음소릴 내며 쓰러져 다시 일어나지 못했다. 서너 집 건너에서 기침소리가 들려와서 카셈은 계속 가려던 마음을 바꾸었다. 그는 다시 아주 조심스럽게 자기 집 지붕으로 왔다. 그는 계단 옆에 서서 가까이 오는 발자국 소리를 들었다. 몇 사람이 그의 문앞에 몰려와 문을 때려 부수고 열었다. 그들이 안으로 몰려들어오자 카셈은 황급히 안뜰로 뛰어내렸다. 그는 대문으로 가서 바깥의 동태를 살폈다. 그는 한 명을 덮쳐서 그의 목을 휘감고 무릎으로 복부를 강타했다. 그 자는 바닥에 쓰러져 아무런 움직임도 없이 쭉 뻗어 버렸다.

카셈은 서둘러 가말리아 쪽으로 향했다. 그의 심장이 빠르게 뛰고 있었다. 지금 쯤 그들은 그의 집이 비어있는 것을 알고 아마 지붕으로 올라가서 그들의 동료 한 명이 뻗어있는 것을 발견했을 것이다. 아니 어쩌면 벌써 내려와서 그를 쫓고 있을지도 몰랐다. 카셈은 삼촌이 살고 있는 집 앞을 그대로 지나쳐 그 고을의 끝에 이르자 달리기 시작했다. 하지만 가말리아의 입구에 이르렀을 때 한 남자가 그의 길을 가로막으며 뛰쳐나와 다른 동료들에게도 알리듯이 큰 소리로 외쳤다. "서라, 이놈!" 그 자는 카셈이 그를 피해서 달아나기도 전에 몽둥이를 치켜들었지만 바로 그 찰나 또 다른 한 사람이 모퉁이에서 돌아 나와 그의 머리에 몽둥이를 내리쳤다. 그 자가 비명을 지르며 쓰러졌다.

핫산이 카셈에게 말했다.

"안전한 곳까지 쉴 새 없이 달려야 해."

두 사람은 어둠을 뚫고 길에 있는 돌이나 웅덩이는 신경도 쓰지 않은 채 달려갔다.

84

와 타위트 고을이 시작되는 지점에서 사데크가 그들과 합류했다. 그 고을의 끝에서 아그라마, 아보우 파사다 그리고 햄로우쉬가 바퀴가 네 개 달린 마차 주위에 서 있는 것을 발견했다. 그들은 마차에 뛰어올라 말을 재촉해서 어둠 속을 끊임없이 질주했다. 마차 소리가 밤의 적막을 꿰뚫었다. 그들은 계속해서 두려운 듯이 뒤를 돌아보았다.

사데크가 안심시키려는 듯이 그들에게 말했다.

"그들은 자네가 그 묘지 주위의 벌판에 숨어 있는 줄 알고 바브 알 나스르로 가겠지."

카셈이 의심스러운 듯이 말했다.

"하지만 그들은 자네가 묘지 주위에 살고 있지 않다는 것을 알고 있어."

마차의 속도는 믿을 만했고, 그들은 이제는 정말 위험에서 벗어났음을 느끼기 시작했다.

카셈이 말했다.

"자네는 아주 계획을 잘 세웠군. 고맙다, 사데크. 자네의 정보가 없었더라면 지금쯤 나는 죽었을 거야."

사데크는 말없이 카셈의 손을 꼭 잡았다. 마차는 그들이 수끄무까땀을 벗어날 때까지 별빛 아래를 질주했다. 에히아의 오두막에서 새어나오는 불빛을 제외하고 사방이 깜깜하고 황량했다. 만일의 사태에 대비해서 그들은 마차를 광장 가운데 세우고 그 오두막으로 걸어갔다. 그들은 에히아가 거기 누구냐고 묻는 소리를 듣고는 카셈이 대답했다. 카셈의 목소리는 감사의 뜻을 표하느라 높아졌다. 두 사람은 서로를 따뜻하게 얼싸안았다.

카셈이 말했다.

"당신은 제 생명의 은인입니다."

그 노인은 웃음을 터뜨렸다.

"우연한 기회였지만 꼭 살아야 할 사람의 생명을 구하게 되었구만. 이제 서둘러서 가발로 가거라. 그 산이 너에게는 최적의 요새가 될 테니까."

카셈은 그의 손을 꼭 쥐었다. 희미한 불빛 아래 그의 얼굴에는 사랑과 감사의 표정이 역력했다.

에히아가 말했다.

"오늘 너는 마치 리파아나 가발 같구나. 네가 승리를 쟁취하면 그땐 나도 고을로 되돌아가야겠다."

그들은 오두막에서 동쪽을 향해 사막을 지나 가발로 가기로 했다. 사데크가 길을 가장 잘 알기 때문에 앞장을 섰다. 어둠속의 불빛들이 새벽이 가까워 오고 있음을 암시했다. 멀리서 닭 울음소리가 들려왔다. 그들은 산기슭에 도착해서 남쪽으로 방향을 바꾸어 그들의 새로운 안식처인 가발로 통하는 험난한 길을 만났다. 그들은 그 길이 너무 좁았기 때문에 한 줄로 사데크의 뒤를 따랐다.

사데크가 카셈에게 말했다.

"우리 집들 사이에 자네의 오두막도 만들어 두었어. 아이산이 지금 그곳에서 자고 있다."

아그라마가 말했다.

"우리의 오두막은 양철과 부대자루로 만들었어."

핫산이 즐겁게 말했다.

"고을에 있는 우리들 집보다 그다지 못하진 않아!"

카셈이 말했다.

"우리에겐 통치자나 수장이 없는 것으로도 충분해."

그들은 위쪽에서 사데크가 말하는 것을 들었다.

"우리의 새로운 고을이 깨어나서 자네를 기다리고 있다."

그들은 고개를 들어 첫 새벽의 불빛을 보았다.

사데크가 목청껏 소리쳤다.

"저기야!"

이곳 저곳에서 남녀의 머리가 보였다. 함성과 환호가 어우러졌고 그들은 노래를 부르기 시작했다.

"새 꼬리에 물감을 들여서 노래 부르게 하리라……"

카셈은 너무나 감격했다.

"저렇게 많은 사람이 모이다니!"

사데크가 자랑스럽게 말했다.

"가발의 새로운 고을이야. 거주자들의 숫자가 날이 갈수록 증가하고 있어. 에히아의 안내로 모든 이주자들이 우리에게 합류하고 있어."

햄로우쉬가 말했다.

"문제는 우리가 고을 사람들과 만날까 두려워 멀리 떨어진 곳에 우리의 터진을 마련해야만 했던 것이야."

카셈이 정상에 오르자 남자들은 그를 부둥켜 안았고 여자들은 그와 악수를 나누었으며 이곳저곳에서 인사와 축하의 소리와 '하나님 감사합니다!'라는 소리가 터져 나왔다. 세키나도 그를 반기는 사람들 중에 끼어 있었는데, 그녀는 카셈에게 그들이 만들어 준 오두막에서 아이산이 자고 있다고 말했다. 그들은 모두 함께 어울려 흥이 나서 노래를 부르며 산기슭을 타고 형성된 오두막촌인 새로운 고을을 걸었다. 지평선은 새벽녘의 장밋빛 같은 붉은 빛으로 가득했다.

한 남자가 소리쳤다.

"우리의 새로운 수장인 카셈을 환영합니다!"

카셈은 얼굴을 찌푸리며 말했다.

"빌어먹을 수장들. 그들이 있는 곳엔 어떤 평화나 안전도 없습니다. 우리는 가발이 했던 것처럼 우리의 몽둥이를 치켜들었지만, 그것은 리파아가 주장했듯이 자비를 위한 몽둥이가 되어야 합니다. 그리고 우리는 아담의 꿈을 실현시키기 위해서 영지를 공통의 이익을 위해서 사용해야 할 것이며 그것은 우리가 할 일이지 수장들이 할 일이 아닙니다."

핫산이 그를 그의 오두막으로 데리고 가서 군중들에게 말했다.

"그는 밤새 한숨도 못 잤습니다. 그에게 잠잘 시간을 줍시다."

그는 짚으로 채워진 자루 위에 쓰러져 곧바로 잠에 빠졌다. 그는 오후 이른 시간에 무거운 머리와 지친 몸으로 일어났다. 세키나가 아이산을 데려오자 그는 아기를 받아 무릎 위에 올려놓고 아이산에게 사랑스럽게 키스했다.

세키나가 그에게 물 한 잔을 건네주며 말했다.

"공동 우물에서 나온 이 물을 사람들이 날라다 줘요. 마치 가발의 아내가 물을 날라다 주었듯이요."

그는 가발이나 리파아에 관한 기억이면 무엇이건 좋아했으므로 미소를 지었다. 그는 오두막을 둘러보고 부대자루로 된 벽을 보았다. 그는 아이산을 더욱더 다정하게 껴안았다가 일어서서 아이를 세키나에게 맡기고 오두막을 나섰다. 그는 사데크와 핫산이 그를 기다리고 있는 것을 보고 그들과 아침인사를 나눈 후 함께 앉았다. 카셈이 야영지를 돌아보니 여자들과 어린애들만 보였다.

사데크가 설명했다.

"남자들은 먹을 것을 얻기 위해 사이이다 자이나브와 자인홈으로 갔어. 그들이 자넬 안심시키라고 우리들을 남겨두었어."

그는 오두막 앞에서 음식을 만들거나 빨래를 하는 여자들을 둘러보았다. 아이들이 여기저기서 놀고 있는 것도 보였다.

카셈이 깊이 생각한 듯이 말했다.

"저들이 과연 행복할까 걱정이 된다."

사데크가 말했다.

"저들은 영지를 소유하고 아미나 부인이 좋아했던 것 같은 좋은 물건들을 꿈꾸고 있어."

카셈은 활짝 웃으며 두 사람을 번갈아 쳐다보면서 말했다.

"자네들 두 사람은 다음 단계로 어떤 것을 생각하고 있지?"

핫산은 그의 넓은 어깨를 으쓱거렸다.

"우리는 우리가 원하는 것을 알고 있잖아."

"하지만 어떻게 그걸 획득하지?"

"우리는 그들의 경계가 소홀해질 때 그들을 공격할 기회를 포착하는 거야."

그러나 사데크가 말했다.

"안 돼. 우리는 고을에서 온 사람들이 더 많이 모일 때까지 기다리다가 그 다음에 공격해야 해. 그래야만 우리가 확실히 승리할 수 있고 희생자를 줄일 수 있어."

카셈이 소리쳤다.

"멋지다!"

그들은 꿈을 꾸듯이 조용해졌다.

그때 부끄러운 듯한 목소리가 들려왔다.

"뭣 좀 드시겠어요?"

카셈은 고개를 들어 삶은 콩과 빵이 담긴 접시를 들고 있는 바드리아를 보았다. 그녀는 카셈을 초롱초롱한 눈매로 바라보고 있었다.

카셈은 어쩔 수 없이 미소를 지으며 말했다.

"내 생명의 사신, 반가워요!"

그녀는 그의 앞에 접시를 내려놓고 말했다.

"무사하셨군요!"

그리고 바드리아는 카셈의 오두막 옆에 있는 사데크의 오두막으로 들어갔다. 카셈은 만족스럽게 맛있는 음식으로 배를 채웠다.

그가 말했다.

"나에겐 유용하게 쓸 수 있는 돈이 상당히 있어."

잠시 멈추었다가 다시 말을 이었다.

"우리는 우리가 알고 있는 모든 사람이 우리와 합류할 수 있도록 해야 해. 우리의 승리를 기다리며, 공포에 떨고 있는 많은 불쌍한 사람들이 있어."

핫산과 사데크가 떠나자 카셈은 혼자 남게 되었다. 그는 일어서서 주위를 살펴보려고 돌아다녔다. 아이들은 무심하게 그를 지나쳤지만 여자들은 그를 알아보고 인사를 건넸다. 몹시 나이가 든 한 할머니가 그의 관심을 끌었다. 그 할머니의 머리는 백발이었고 눈은 나이 때문에 흐릿했으며 턱을 떨고 있었다. 그는 그 할머니에게 다가가서 인사를 했다. 할머니가 그에게도 인사를 건네자 그가 말했다.

"할머니는 누구세요."

그녀의 목소리는 마른 잎처럼 거칠었다.

"햄로우쉬의 어머니야."

"우리 모두의 어머니로 환영합니다. 어떻게 집을 떠나오실 생각을 하셨어요?"

"내 아들이 멀리 떨어진 좋은 곳이 있다고 해서 집을 떠나왔지."

그런 뒤에 카셈의 미소에서 용기를 얻었는지 말했다.

"내가 어렸을 때 리파아를 보았지."

"정말입니까?"

"정말이고 말고. 그는 점잖고 잘 생겼지만 그가 한 마을의 이름이 되고 그의 이야기가 바이올린 소리에 맞춰 얘기될 줄은 꿈에도 몰랐지."

그는 보다 호기심을 갖고 질문했다.

"다른 사람들처럼 그에게 가지 않으셨어요?"

"못 갔지! 우리가 살던 곳에서는 우리를 아는 사람이 아무도 없었고 우리도 우리들 자신을 거의 몰랐지. 네가 아니었더라면 제르보아 사람들에 관한 이야기는 얘기되지도 못했을 거야."

그는 몹시 놀라운 듯 그녀를 쳐다보며 생각했다.

'오늘날 우리의 선조는 어떻게 되었을까?'

하지만 그는 계속해서 그녀에게 미소를 지어보였다. 그녀는 그를 위해서 그가 그곳을 떠날 때까지 몇 가지 기도를 계속 했다. 카셈은 가발 옆길의 꼭대기에 이를 때까지 계속 걸었다. 그는 아래쪽에 보이는 사막을 내려다보았으며 그런 후엔 지평선을 바라보았다. 그는 멀리에 지붕들이 서로 어우러져 있는 것을 볼 수 있었다. 그는 마음속으로 생각했다.

'단 하나만이 필요해. 이곳에서 보니 너무 작게 보이는군. 그리고 통치자 리파트와 레히타 수장은 아주 하찮은 것처럼 보인다. 이곳에서는 리파트와 쩨차리아 삼촌간에 아무런 차이가 없는 것 같다. 이곳으로부터 그렇게 말썽 많았던 그 고을로 되돌아가는 것은 몹시 어려울 것처럼 생각되고, 우리의 선조들이 살았던 훌륭한 담과 높은 나무들이 있는 우리 선조들의 집과는 시간적 공간적으로 단절되어있는 듯하다. 그러나 그도 늙어서 이제 그의 권위도 지는 해나 마찬가지가 되어버렸다. 당신은 어디에서 어떻게 지내며 왜 당신이 더 이상 존재하지 않는 것처럼 여겨집니까? 당신의 의지와는 다른 길을 가는 사람들이 당신이 살았던 집 가까이서 아직 살고는 있지만 당신과는 멀리 떨어진 이곳 가발의 여자와 아이들이 당신의 가슴에 가장 가까이 있는 사람들입니다. 선조들의 유산인 계율이 실행될 때는 선조님들도 적절한 장소를 다시 얻게 될 것이고 내일이 되면 또 다시 태양은 밖에 떠오르듯이 당신 없이는 우리는 더 이상 나아갈 수도 없고 집도 없이 지내야 하며 어떤 토지나 희망도 가질 수 없습니다.'

달콤한 목소리가 그를 정신 차리게 했다.

"카셈 씨, 커피 드시겠어요?"

그는 고개를 돌려 바드리아가 그에게 커피가 담긴 잔을 들고 오는 것을 보았다. 카셈은 그것을 받아들었다.

"힘들었지?"

"당신을 위해서라면 힘든 일을 하는 것도 즐거워요."

그는 마음속으로 카마르의 영혼을 위해서 기도하며 커피를 조용히 마시기 시작했다. 커피를 한 모금 마신 후에 그의 눈은 미소를 짓고 있는 바드리아의 눈길과 마주쳤다. 사막이 내려다보이는 가발의 기슭에서 마시는 커피맛은 정말 기가 막혔다.

"바드리아는 몇 살이지?"

"몰라요."

"하지만 너는 왜 우리가 가발로 왔는지 알겠지?"

그녀는 부끄러운 듯이 머뭇거렸다.

"당신."

"나?"

"당신은 통치자와 수장들을 쳐부수고 우리를 위한 영지를 얻으려고 해요. 그게 아버지가 들려주신 말씀이에요."

그는 미소를 지었다. 그리고 나서 그는 커피를 다 마시고 빈 잔을 그녀에게 돌려주는 것을 잊고 있었다는 깨닫고는, 빈 잔을 그녀에게 건네주었다.

"난 너에게 정말로 고마움을 느낀다."

그녀는 미소를 지으며 얼굴을 붉히고 돌아서서 가버렸다. 그는 '안녕'이라고 중얼거리듯이 속삭였다.

85

늦은 오후시간은 검술시간이어서 남자들은 각자 지팡이를 하나씩 들고 어려운 검술 연습을 하곤 했다. 그것은 힘든 하루 일과를 끝내고 남자와 여자들이 약간의 돈을 벌어와 장만한 하찮은 음식으로 식사를 한 후에 시작되곤 했다. 카셈은 훌륭한 검사였다. 그는 자기 동료들의 열성과 그 어려운 시기에 임하는 성실한 태도에 몹시 감복했다. 그들은 크고 강인했지만 고을 사람들 사이에서는 느껴본 적이 없는 그런 사랑을 카셈에게 쏟았다. 지팡이들을 치켜올렸다가는 함께 맞부딪쳤다 떨어졌다. 소년들은 그것을 구경하거나 흉내 냈으며 그동안 여자들은 휴식을 취하거나 저녁을 준비했다.

오두막이 늘어선 줄은 더 많은 사람들이 합류함에 따라 차츰 길어져 갔다. 사데크, 핫산, 그리고 아보우 파사다는 능숙한 사냥 솜씨를 과시했다. 그들은 고을 사람들이 다닐 만한 장소에 숨어서 기다리다가 그 사람들을 설득해서 무리에 합류시킬 때까지 그들을 붙잡고 놓아주지 않았다. 그러면 그 사람들은 그들이 전에 알지 못했던 희망을 품고 몰래 그 고을을 떠나오곤 했다.

사데크는 카셈에게 말하곤 했다.

"이런 이주가 계속되어 가면서 우리의 적들이 우리 진지를 찾아낼까 걱정스럽군."

"우리 쪽과 통하는 유일한 통로는 그 좁은 길밖에는 없어. 만일 그들이 그 길을 통해서 온다면 목숨을 포기한 거나 다름없지."

아이산은 카셈에게 행복을 주었다. 그는 아이산과 장난을 치고 그녀를 안아 올려 흔들어주든가, 이야기를 나눌 때면 행복에 가득 찼다. 하지만 그녀가 카셈의 죽은 아내를 생각나게 할 때면 외로움이 그를 엄습했고, 언젠가 어떤 길의 입구에서 그를 낚아채듯이 데려갔다가 이젠 고독 속에 혼자 파묻히도록 버리고 간 아내를 갈망했으며, 때로는 산기슭까지 커피를 날라다주곤 하는 얌전한 바드리아의 모습을 생각하면서 양심의 가책을 느끼곤 했다. 어느 날 밤, 카셈은 잠을 이루지 못하고 컴컴한 오두막 속에서 심한 고독감에 휩싸여 있었다. 그는 일어서서 밖으로 나가 오두막들 사이의 공간을 별빛 아래서 걸으면서 가발에서의 상쾌한 여름밤의 공기를 만끽하고 있었다.

그에게 물어오는 소리가 들렸다.

"이렇게 늦은 밤에 어딜 가나?"

그가 돌아보자 사데크가 다가오고 있었다.

카셈이 물었다.

"자네도 아직 자지 않고 있었나?"

"내 오두막 앞에 누워 있다가 자네 모습을 보았어. 잠자는 것보다 나에겐 자네가 더 소중한 걸."

그들은 나란히 산기슭으로 걸어가서 그곳에 멈춰 섰다.

카셈이 말했다.

"고독은 정말 견디기 힘들어."

사데크가 웃음을 터뜨렸다.

"빌어먹을 놈의 고독이야!"

두 사람은 지평선 쪽을 바라보았다. 캄캄한 지면 위쪽에는 반짝이는 별들의 세계가 펼쳐져 있었다.

사데크가 말했다.

"대부분의 이곳 사람들은 결혼을 했거나 가정을 갖고 있어. 그래서 그들은 외로움을 느끼지는 않지."

카셈은 부인하려는 듯이 반문했다.

"그게 무슨 뜻이지?"

"자네 같은 남자는 아내 없이는 살 수가 없어."

사데크의 말이 옳다고 느끼면 느낄수록 카셈의 반발은 더욱 심해졌다.

"카마르가 죽었는데 어떻게 내가 다시 결혼을 할 수 있겠나?"

"만일 그녀가 자네에게 말을 할 수만 있었다면 나와 똑같은 말을 했을 거야."

카셈의 마음은 혼란스러워 어찌할 줄을 몰랐다.

그는 마치 자신에게 얘기하듯 말을 꺼냈다.

"그건 아무래도 배신 같은데."

"죽은 자에게 충성할 필요는 없어."

카셈은 생각에 잠겼다. '이게 진실일까, 또는 바로 내가 듣고 싶어 하던 바인가? 진실은 쓰디 쓸 수도 있지. 고을의 상태에 직면했을 때처럼 그렇게 솔직하게 자기 자신을 직면할 수가 없구나. 세상의 일을 이렇게 만드신 것은 저 하늘에 별을 만드신 바로 그 분이야. 가장 간단한 진실은 언제나처럼 지금도 내 심장이 뛰고 있다는 것이지.' 그가 깊은 신음소리를 내었다.

사데크가 말했다.

"자네는 그 누구보다도 친구가 필요해."

자신의 오두막으로 돌아온 그는 세키나가 문 앞에 서 있는 것을 발견했다. 그녀는 간절한 눈길로 그를 올려다보았다.

"금방 잠이 든 줄 알았더니 나가고 안 계시더군요."

카셈은 자기 생각 때문에 너무나 혼란스러워 아무런 예고도 없이 불쑥 말을 꺼냈다.

"사데크가 날더러 결혼하라고 마구 우겨대더군."

그녀로서는 하늘이 내려주신 것과도 같은 기회였다.

"내가 먼저 그런 말씀을 드렸더라면 좋았을 텐데요."

"네가!"

"그래요. 당신이 그렇게 생각에 잠긴 채 거기 외롭게 앉아 있는 것을 보니 너무나 마음이 아팠어요."

그는 조용히 잠들어 있는 다른 오두막들을 가리켰다.

"저 모든 사람들이 나와 함께 있소."

"그래요. 하지만 집에 돌아오면 아무도 없잖아요. 나는 이미 무덤에 한쪽 발을 들여 놓고 있는 늙은이인 걸요."

그는 자신의 머뭇거림이 곧 그녀의 생각을 받아들이고 있는 증거라는 사실을 깨달았다. 하지만 그는 선뜻 오두막으로 들어가지 않고 고통스러운 듯이 말했다.

"난 그녀 같은 아내를 어디서도 찾을 수 없을 거야."

"그건 사실이에요. 하지만 참한 아가씨들이 있잖아요."

캄캄한 어둠 속에서 그들의 시선이 교환되었다. 그녀는 잠시 입을 다물고 있더니, 더듬거리며 다시 말을 이었다.

"바드리아도 얼마나 참한 아가씬지……."

그의 심장이 뛰기 시작했다.

"그렇게 어린 소녀를!"

"음식이나 커피를 가져올 때의 그녀 모습은 꽤나 아름다웠어요."

그는 등을 돌려 버렸다.

"무슨 소릴 하고 싶은 거지!"

온 산의 야영지에서 그 소식을 기쁘게 받아들였다. 사데크는 춤이라도 추고 싶을 지경이었고, 그의 어머니가 내지르는 환호성은 저 아래의 사막에서도 들릴 것만 같았다. 카셈은 많은 축하인사를 받았다. 그들은 전문적인 가수나 춤꾼도 없이 결혼을 축하했다. 바드리아의 어머니를 비롯한 몇몇 여인들이 춤을 추었고 아보우 파사다가 달콤한 목소리로 노래를 불렀다.

신부의 행렬은 별빛을 받으며 오두막 주위를 돌았다. 세키나는 아이산과 함께 핫산의 오두막으로 옮겨가, 신랑 신부를 위해 카셈의 오두막을 비워 주었다.

    그는 오두막 앞의 가죽에 앉아 바드리아가 밀가루를 반죽하는 모습을 지켜보는 것이 정말이지 너무나도 즐거웠다. 그녀가 무척 젊다는 것은 결코 부정할 수 없었지만, 한 여인이 그토록 정열적이고 성숙해 보이는 것은 도대체 무엇 때문이란 말인가? 그녀는 팔을 뻗어 손등으로 이마 위에 흘러내린 머리칼을 쓸어 올렸다. 세상에 그녀보다 더 매력적인 여인은 없을 듯 했다. 그녀의 뺨에 떠오른 홍조는 그녀가 그의 시선을 의식하고 있다는 뜻이리라. 그녀가 애교스럽게 동작을 멈추자, 그는 웃음을 터뜨리며 그녀에게 다가가 몇 번 키스를 퍼부은 다음 도로 자리에 앉았다. 그는 동료나 자신의 생각 때문에 머리가 복잡하지 않을 때면 언제나 그랬듯이 무척이나 행복하고 또 느긋했다. 그때, 그리 멀지 않은 곳에서 종종걸음을 치며 달려오는 아이산의 모습이 바위 위에 앉아 쉬고 있던 세키나의 눈에 띄었다.
    고을 위쪽에서 조그만 소란이 일고 있었다. 곧 그의 눈에 리파아 마을의 화부 코르다인 듯 싶은 한 사나이를 에워싸고 사데크와 핫산, 그리고 그 밖에 다른 친구 몇몇이 자신을 향해 다가오고 있는 모습이 보였다. 카셈은 그들을 반기기 위해 벌떡 일어났고, 가발의 여인들은 그 고을로 새로운 사람이 들어올 때면 언제나 그랬듯이 기쁨의 환호성을 질렀다.

사나이는 카셈을 끌어안으며 말했다.

"나는 당신과 함께 있습니다. 여기 몽둥이도 가지고 왔어요."

카셈은 기뻐하며 말했다.

"잘 왔소, 코르다. 우리는 우리 마을과 다른 마을을 구별하지 않습니다. 다 똑같은 하나의 고을일 뿐이지요. 그리고 영지는 우리 모두의 소유입니다."

리파아 마을 사람이 웃음을 지었다.

"그들은 당신네 은신처가 어디에 있는지를 무척 궁금해 하고 있습니다. 그들은 당신에게 끔찍한 일이 벌어지기를 기대하고 있지만, 많은 다른 사람들은 당신이 승리하기를 진심으로 원하고 있습니다."

코르다는 오두막과 사람들을 둘러보며 놀라운 듯이 말했다.

"이 모든 사람들이 당신과 함께!"

사데크가 말했다.

"코르다가 중요한 정보를 가지고 왔어."

카셈이 궁금한 듯이 그를 바라보자 코르다가 말했다.

"사와리스가 오늘 다섯 번째 신부를 맞아들입니다. 신부의 행렬이 오늘 저녁에 벌어질 예정이지요."

핫산이 급히 덧붙였다.

"그를 공격하기에 오늘보다 더 좋은 기회는 두 번 다시 찾아오지 않을 거야."

사람들이 모두 흥분하기 시작하자 사데크가 말했다.

"언젠가 우리는 그 고을을 공격해야 해. 하지만 그 이전에 가능한 한 많은 수장들을 처치해야만 우리의 싸움이 보다 쉬워질 뿐만 아니라 그로 인한 수확도 더욱 확실해질 거야."

잠시 생각에 잠겨 있던 카셈이 말했다.

"우리는 그들과 똑같은 방법으로 행렬을 공격합시다. 하지만 우리의 공격은 그들을 끝장내기 위해서라는 점을 명심하시오."

한밤중이 되기 조금 전, 사람들은 가발 주위로 모여들었다. 그들은 각기 몽둥이를 움켜쥔 채 카셈을 따랐다. 하늘은 맑았고, '바드르'라 불리는 보름달이 하늘 높이 걸린 채 꿈같은 아름다움을 발산하고 있었다. 그들은 사막에 이르러 길을 잃지 않기 위해 무까땀 절벽을 따라 북쪽으로 계속 전진했다. 그들이 '힌드 바위' 근처에 다다르자 그들을 향해 한 사람이 접근해 왔다. 그는 염탐하러 간 척후병이었다.

그 척후병이 카셈에게 말했다.

"행렬은 바브 알 나스르 쪽으로 향할 것 같습니다."

"하지만 신부의 행렬은 대개 가말리아 쪽으로 가지 않소."

"아마도 당신들이 기다리고 있을 만한 장소는 피하려는 생각인 듯 합니다."

카셈은 재빨리 생각을 정리한 후 말했다.

"사데크는 대원들을 데리고 바브 알 오투후로 가시오. 아그라마와 다른 한 조는 바브 알 나스르 옆의 사막으로 가고, 핫산과 나는 나머지 사람들과 함께 바브 알 나스르 대문 바깥에서 기다리겠소. 내 명령이 있으면 공격을 시작하도록 하시오."

사람들은 세 조로 흩어졌다. 그들이 각기 떠나기 전에 카셈이 한 마디 덧붙였다.

"사와리스와 그의 부하들을 공격 목표로 삼도록. 나머지는 내일 이면 우리의 형제가 될 것이오."

두 조가 각기 다른 방향으로 흩어지고 나자 카셈과 핫산은 나머지 사람들을 이끌고 가발 북단을 따라 이동했다. 묘지 도로에 도착하자 왼쪽으로 방향을 꺾은 그들은 대문 뒤에 몸을 숨겼다. 카셈과 그의 부하들은 도로를 경계했고, 그의 오른쪽에는 사데크가, 왼쪽에는 아그리마가 각각 대기하고 있었다.

핫산이 말했다.

"행렬은 파다키 카페에서 멈출 거야."

카셈이 말했다.

"우린 그들이 거기까지 도착하기 전에 공격해야 해. 그렇지 않으면 우리와 아무런 관계도 없는 사람들에게 피해를 줄지도 몰라."

그들은 어둠 속에 몸을 숨긴 채 바짝 긴장하고 있었다.

핫산이 불쑥 말했다.

"샤반의 살인이 무척 생생하게 기억나는군."

"수장들은 그후로도 수많은 희생자들을 냈을 거야."

사데크의 신호에 이어 아그리마가 거기에 응하는 소리가 들렸다. 한층 더 긴장감이 고조되었다.

핫산이 말했다.

"만약 사와리스가 죽는다면 우리 쪽 사람들은 금방 우리에게 가담할 거야. 그리고 나머지가 우리를 공격해 오면 산길에서 그들을 해치울 수 있을 거구."

이러한 꿈은 마치 달빛과도 같은 것이었다. 한 시간이 채 지나지 않아 그들은 승리를 쟁취할 것이었다. 그렇지 않으면, 그들의 희망은 그들의 목숨과 함께 사라져 버릴지도 모른다. 카셈은 마치 킨딜의 모습이 보이는 듯했고 카마르의 목소리가 들리는 듯했다. 잠깐 사이에 수많은 세월들이 흘러가 버린 것 같았다. 그는 자신의 몽둥이를 한층 더 세게 움켜쥐고 혼자 중얼거렸다. '우린 결코 질 수 없어.' 핫산의 목소리가 그의 귀에 들려왔다.

"무슨 소리 안 들려?"

희미한 음악소리가 들려왔다.

"준비해. 행렬이 다가오고 있어."

음악소리는 점점 더 가까이, 점점 더 또렷이 들려왔다. 피리소리, 북소리와 함께 사람들의 환호성과 고함소리가 뒤섞여 있었다. 마침내 횃불을 밝힌 행렬의 모습이 시야에 들어왔다. 막대기를 휘두르는 춤꾼들 가운데 둘러싸인 사와리스의 모습도 보였다.

핫산이 말했다.

"아그라마에게 신호할까?"

"행렬의 정면이 마을 가게 앞에 도착할 때까지 기다려."

행렬은 점점 더 가까워오고 있었고 춤과 요술은 점점 더 요란해지고 있었다. 황홀경에 빠진 듯한 한 춤꾼이 자신의 머리 위에서 지팡이를 빙글빙글 돌리며 허공으로 치솟아 오르기 시작하더니, 믿기 힘든 빠른 속력으로 행렬의 정면에서 원을 그리며 돌았다. 그는 한 바퀴를 돌 때마다 한 걸음씩 전진하고 있었고, 마침내 그가 마을 가게 앞을 통과했다. 바로 그 순간, 세 번에 걸친 핫산의 휘파람 소리가 울려퍼지자 아그라마와 그의 부하들이 아트파트 엘 타마인에서 우르르 쏟아져 나와 행렬의 후미를 덮쳤다. 삽시간에 엄청난 혼란이 일어났다. 핫산이 다시 한 번 휘파람을 불자, 행렬이 첫 번째 기습에서 초래된 혼란을 채 수습하기도 전에 사마케인에 숨어 있던 사데크와 그의 부하들이 행렬의 중간 부분을 향해 돌진해 나왔다. 숨 돌릴 틈도 없이 이번에는 대문 뒤에 있던 카셈과 그의 부하들이 행렬의 정면으로 일사불란하게 공격해 들어갔다. 재빨리 정신을 가다듬은 사와리스와 그의 부하들이 몽둥이를 휘두르며 전투에 가세했다. 이내 처절한 싸움이 벌어졌다. 대부분의 무고한 사람들은 재빨리 몸을 피했다. 몽둥이들이 난폭하게 허공을 가르며 쏟아져 내렸고, 누군가의 머리와 얼굴에서는 피가 튀어 올랐다. 횃불은 모두 꺼지고 흩어진 꽃잎들이 발길에 짓밟혔다. 주위의 창문들에선 비명소리가 울려 퍼졌고 카페들은 얼른 문을 닫아걸었다. 사와리스가 죽을 힘을 다해 휘두르는 지팡이가 미친 듯이 여기저기 내려꽂혔다. 폭력은 더욱더 거세지고 싸우는 사람들은 온통 분노에 사로잡혔다.

사와리스는 문득 자신이 사데크를 마주보고 있음을 깨달았다.

"개자식!"

외마디 소리와 함께 목표물을 포착한 사와리스의 몽둥이가 허공을 갈랐다. 사데크는 비틀거리며 한 걸음 물러섰다. 사와리스가 몽둥이를 치켜들어 두 번째 공격을 노렸으나, 사데크는 두 손으로 들고 있던 자신의 막대기로 간신히 그의 공격을 막아냈다. 하지만 사데크는 그 충격으로 말미암아 무릎을 꿇지 않을 수 없었다. 사와리스가 다시 세 번째이자 마지막이 될 치명적인 일격을 가하려는 순간, 그는 친구를 구하기 위해 화난 짐승처럼 자신을 향해 돌진하는 핫산을 발견했다. 그러자 사와리스는 공격 목표를 바꿔, "개 같은 녀석!"하고 외치며 핫산을 향해 성난 몽둥이를 휘둘렀다. 핫산이 옆으로 몸을 날려 아슬아슬하게 그 공격을 피하지 못했더라면 피투성이가 되어 쓰러지고 말았을 것이다. 번개처럼 몸을 날린 사데크는 몽둥이 끝으로 잽싸게 사와리스의 목을 찔렀다. 사와리스는 그 일격으로 잠시 주춤거리며 새로운 공격을 준비했다. 그 순간, 몸의 균형을 회복한 핫산이 온 힘을 다해 사와리스의 이마를 내리쳤다. 피가 사방으로 튀어오르고, 마침내 사와리스의 손에서 몽둥이가 흘러내렸다. 그는 몇 걸음 비틀거리며 뒤로 물러나더니 이내 땅바닥에 쓰러져 꼼짝도 하지 못했다.

누군가가 소란을 뚫고 큰소리로 외쳤다.

"사와리스가 죽었다."

아그라마의 몽둥이가 정확하게 그의 콧잔등 위로 떨어지자 그 역시 더 이상 견디지 못하고 쓰러졌다. 카셈의 부하들은 사기가 올라 한층 격렬하게 몽둥이를 휘두르는 반면, 사와리스의 부하들은 널브러진 동료들의 숫자가 점점 늘어감에 따라 겁에 질리기 시작했다. 마침내 그들은 등을 돌려 후퇴하고 말았다.

카셈의 부하들이 숨을 헐떡이며 그 주위로 모여들었다. 그 중에는 피를 흘리는 사람도 있었고 동료의 부축을 받고 있는 자도 있었다. 그들은 카페의 창문에서 새어나온 불빛에 비친 시체들의 모습을 바라보았다. 정말로 숨이 끊어진 자들도 더러 있었으나 기절한 사람들도 있었다.

햄로우쉬가 사와리스의 시체 앞에 서서 소리쳤다.

"이제 너의 육신도 안식을 취할 수 있겠구나, 샤반."

카셈이 그를 옆으로 이끌며 말했다.

"승리의 그날이 다가오고 있어. 이제 머지않아 다른 수장들도 스스로의 운명을 맞게 될 거야. 우리는 고을의 주인이 될 것이고, 우리의 재산을 나누어 가발라위의 충성스런 자손이 되게 할 거야."

그들이 가발로 돌아오자 여인들은 기쁨의 환호성을 올리며 그들을 맞았고, 승리의 소식이 널리 퍼져나갔다.

카셈이 자신의 오두막으로 들어가자 바드리아가 말했다.

"먼지와 피로 뒤범벅이 되었군요. 잠자리에 들기 전에 먼저 좀 씻어야겠어요."

몸을 씻고 자리에 든 그는 고통스러운 신음 소리를 내뱉었다. 그녀가 약간의 음식을 가져와 그가 일어나 먹기를 기다리고 있었지만, 그는 반쯤만 깨어 있고 반은 잠든 상태였다. 그는 거의 행복감에 가까운 안도를 느꼈지만, 동시에 그것은 일말의 슬픔과 뒤섞인 것이었다.

바드리아가 말했다.

"음식 좀 드세요."

그는 무거운 눈길을 들어 그녀를 바라보았다.

"머지않아 나의 승리를 보게 될 것이야, 카마르."

하지만 그는 대번에 자신이 말을 잘못했다는 사실을 알아차렸다. 그녀의 고개가 힘없이 떨어졌다. 그는 침대 위에서 일어나 앉아 사랑스러운 목소리로 말했다.

"당신의 음식 솜씨는 정말 입맛이 당기는군."

하지만 그녀는 미간을 찌푸린 채 아무런 대답도 하지 않았다.

"이번에는 내가 좀 먹어보라고 권해야겠군."

그녀는 얼굴을 옆으로 돌린 채 중얼거렸다.

"그녀는 늙었고, 이젠 아름답지도 않아요."

그는 슬픔에 사로잡혀 몸을 잔뜩 수그렸다.

"그녀를 나쁘게 말하지 마시오. 그녀 같은 여인이라면 충분히 아름답게 기억될 수 있을 것이오."

그녀는 재빨리 눈길을 돌려 그의 얼굴에 가득한 슬픔을 바라보았다. 그녀는 아무 말도 하지 않았다.

81

전투의 패자들은 몹시도 부끄러워했다. 그들은 가능한 한 사와리스 집에서 새어나오는 불빛을 피해 멀리 돌아갔다. 그 집에선 아직도 즐거운 웃음소리가 들려오고 있었다. 사람들은 각기 자신의 집으로 기어들어갔다. 슬픈 소식은 마른 산불처럼 퍼져나갔고, 결혼 향연은 무겁게 잦아들어갔다. 사와리스를 비롯한 다른 사망자들을 애도하는 울음소리가 길게 울려 퍼졌다. 재난은 행렬에 참가했던 리파아 사람들과 가발 사람들에게도 미쳐 있었다. 그렇다면 죄인은 누구인가? 양치기인 카셈이었다. 카마르가 아니었다면 거지로 머물러 있어야만 했던, 바로 그 카셈이었던 것이다. 누군가의 말에 의하면 그는 카셈 일당을 따라 가발 위의 그들의 은신처로 돌아갔을 것이다. 많은 사람들은 그들이 고을의 모든 사람들을 해치울 때까지 계속 산 속에 진을 치고 있을 것인지 궁금해 했다. 잠들어 있던 사람들이 깨어나 거리로 몰려나왔다.

가발 마을의 한 사람이 뛰어나와 소리쳤다.

"제르보아의 생쥐들을 죽여 버리자."

하지만 갈타의 고함 소리가 이내 그의 목소리를 덮어버렸다.

"그들은 잘못한 게 하나도 없어. 그들의 수장과 그들 마을 사람들도 많이 죽음을 당했어."

"무까땀에 불을 질러 버려."

"카셈의 시체를 가져와 개들이 뜯어먹게 하자."

"난 그의 피를 마셔 버리겠어. 그러지 못하면 난 내 아내와 이혼할 거야."

"생쥐! 악당! 겁쟁이!"

"그는 가발이 자신을 지켜줄 거라고 생각해."

"그는 나에게서 일 밀리암을 받아들고는 땅바닥에 입을 맞추곤 했어."

"그는 우리에게 그렇게 친근하게 구는 척했어. 이제 그는 우리를 배신하고 사람을 죽이고 있어."

다음 날엔 장례식 행렬이 거리를 가득 메웠다. 그 다음 날엔 수장들이 잔뜩 화가 치민 통치자 리파트의 집에서 회의를 열고 있었다.

그는 비꼬는 듯한 말투로 말했다.

"죽지 않으려면 고을에다 우리 손으로 바리케이트를 치는 게 차라리 나을 것 같소."

레히타는 그 자리에 참석한 그 어떤 사람보다도 더 큰 분노를 느끼고 있었으나, 자신의 책임을 줄이기 위해서는 냉정해야 한다고 생각하며 스스로를 억제했다.

그가 말했다.

"그건 그들 마을의 한 수장과 몇몇 부하들 사이의 싸움이었을 뿐입니다."

갈타가 그 말에 반대했다.

"우리 쪽 사람 한 명이 죽고 세 명이 부상을 입었소."

하가그가 말했다.

"우리 마을 사람 하나도 죽었소."

리파트가 교활한 말투로 레히타에게 말했다.

"그것은 고을 수장으로서의 당신의 위신에 대한 일격이었소."

그의 얼굴은 분노로 벌겋게 달아오르기 시작했다.

"양치기! 제기랄, 무슨 농담을 하고 있는 거요!"

"당신이 굳이 고집한다면 양치기임에 틀림없소. 하지만 그는 이제 위협적인 존재가 되었소. 우리는 한때 그의 헛소리를 귀담아듣지 않았고, 그의 아내 때문에 그를 눈감아 주었소. 하지만 이제 그의 사악함은 다스리기가 힘들 정도요. 그는 사람들을 파멸시킬 수 있을 정도의 힘을 갖추기 전에는 무척 가난한 척 했었소. 이제 그런 그가 가발에 진을 쳤고, 그의 야심은 결코 멈추지 않을 것이오."

그들은 분노의 시선을 서로 교환했다.

통치자가 말을 이었다.

"그는 사람들을 유혹하고 있소. 그것이 바로 비극이오. 우린 그걸 모르는 척 할 필요가 없소. 그는 사람들에게 토지소유권을 약속해 주고 있소. 토지는 자기 친구들에게만 나눠 주기에도 부족할 테지만 아무도 그걸 믿지 않고 있소. 대부분의 거지들은 그런 사실을 믿지 않소. 그는 수장들을 해치우겠다고 약속하고 있고, 대부분의 겁쟁이들은 그 말에 기뻐 날뛰고 있소. 사람들은 언제나 이기는 편으로 몰리기 마련이오. 만약 우리가 움직이지 않는다면 우린 지고 말 것이오."

레히타가 소리쳤다.

"그는 배신자들에 둘러싸여 있소. 그들을 죽여 버리는 것은 그렇게 어려운 일이 아닙니다."

하가그가 말했다.

"하지만 그들은 가발에 진을 치고 있소."

갈타가 말했다.

"우린 그 통로를 발견할 때까지 산을 샅샅이 뒤져야 합니다."

리파트가 그들을 부채질했다.

"바로 그거요. 우린 움직이지 않으면 패할 것이오."

레히타는 한층 더 화가 치밀어 통치자에게 말했다.

"당신은 그의 아내가 살아 있었을 때 그를 해치우려고 했던 나의 계획을 기억하고 있습니까? 그걸 당신의 아내가 반대하지 않았습니까?"

통치자는 자신을 향해 고정되어 있는 그의 눈을 바라보았다.

"우리들의 실수를 파헤치는 것은 아무런 도움이 안 됩니다."

"우리들의 혈연 관계는 이 고을에서 오랜 세월을 두고 경애되어 왔었소."

그때, 갑자기 바깥이 소란스러워졌다. 뭔가 새로운 재앙이 발생했음을 예고해주는 듯했다. 그들은 모두 바짝 긴장해 있었고, 통치자가 보초를 불러 무슨 일이 일어난 것인지를 물었다.

보초가 대답했다.

"양치기가 양들을 몰고 카셈에게 가버렸다고 합니다."

레히타는 펄쩍 뛸 듯이 소리를 질렀다.

"개만도 못한 자식들!"

통치자가 물었다.

"어느 마을에서 온 양치기인가?"

"제르보아 출신의 자클라라고 불리는 사람이었어요."

카셈이 그를 껴안았다.
"어서 오시오, 자클라!"

양치기도 기쁜 듯이 말했다.

"나는 한 번도 당신에게 반대한 적이 없습니다. 내 마음은 언제나 당신과 함께 있었어요. 만약 내가 조금만 더 용기가 있었더라면 맨 처음으로 당신을 찾아왔을 겁니다. 사와리스가 죽었다는 이야기를 듣자마자 서둘러 놈들의 양을 데리고 달려왔습니다."

카셈은 오두막 사이의 공간에 서 있는 양떼를 바라보았다. 여인들이 그 주위에 둘러서 있었고, 다들 몹시 기뻐하고 있었다.

카셈은 웃음을 터뜨렸다.

"그들에게 빼앗겼던 재산을 되찾아오는 것은 너무나도 정당한 일이야."

그날은 평소보다 더 많은 사람들이 카셈에게 모여들었다. 그들의 목적은 더욱 굳건해졌고 희망은 한층 더 고양되었다. 하지만 바로 그 다음 날 아침, 카셈은 바깥에서 들려오는 소란 때문에 일찍 눈을 떠야 했다. 얼른 오두막을 뛰쳐나온 그는 부하들이 허둥지둥 자신을 향해 달려오고 있는 것을 발견했다.

사데크가 말했다.

"그들이 복수를 하러 나왔어. 고을 밑에 집결해 있어."

코르다가 말했다.

"내가 제일 먼저 일을 하러 나갔었는데, 사말 몇 발짝 앞에 가서야 그들을 발견했어요. 나는 서둘러 도망치려 했지만 놈들 몇이

서 쫓아왔어요. 내가 사데크와 핫산을 소리쳐 불렀더니 사람들이 위험을 깨닫고 달려 나와 돌을 던져서 그들을 쫓았어요."

카셈이 고을 위쪽을 바라보니 핫산이 다른 사람들과 함께 돌멩이를 손에 쥐고 서 있었다.

"열 명만 있으면 그들을 쫓아 버릴 수 있소."

햄로우쉬가 말했다.

"그건 자살 행위나 다름없으니 올테면 오라고 내버려 둬."

사람들이 오두막을 비워둔 채 카셈 주위로 모여들었다. 남자들은 몽둥이를 들고 있었고, 여자들은 만일을 위해 준비해 놓은 돌바구니를 가지고 있었다. 맑게 갠 하늘에서 아침 햇살이 비쳤다.

카셈이 말했다.

"마을로 가는 다른 길이 있나?"

사데크가 침울한 표정으로 대답했다.

"가발 남쪽으로 두 시간 걸리는 길이 있어."

아그라마가 덧붙였다.

"아마 우리가 가진 물로는 기껏해야 이틀밖에 견디지 못할 걸."

대번의 사람들, 특히 여자들 사이에서 수군거림이 일었다.

카셈이 말했다.

"그들은 복수를 하러 온 것이지 포위를 하러 온 것은 아니오. 만약 그들이 우리를 포위한다면, 다른 고을을 이용해 포위망을 뚫을 수 있을 것이오."

그는 생각에 잠겼다. 하지만 모든 사람들이 뚫어지게 응시하고 있는 그의 얼굴은 침착함을 잃지 않고 있었다. 만약 그들이 봉쇄

된다면 남쪽 마을을 통해 물을 공급받는 데 커다란 어려움을 겪게 될 것이었다. 만약 카셈과 그의 부하들이 공격을 시도한다면, 레히타와 갈타, 그리고 하가그가 이끄는 적들로부터 승리를 얻어낼 수 있겠는가? 오늘이 지나면, 그들의 운명은 어떻게 되어 있을 것인가? 자신의 오두막으로 들어가 몽둥이를 들고 나온 카셈은 고을 꼭대기의 핫산과 그의 부하들에게로 다가갔다.

핫산이 말했다.

"아무도 감히 접근하려 들지 않는군."

카셈은 꼭대기로 올라가 돌멩이 하나 없는 사막에서 초승달 대형으로 포진해 있는 적들을 바라보았다. 카셈으로서도 두려움을 느낄 만큼 많은 병력이었으나 그들 사이에서 수장을 식별해낼 수는 없었다. 카셈은 사막을 건너 가발라위의 집인 '큰 집'을 바라보았다. 자신 때문에 자신들의 후손이 서로 싸우고 있는 것을 전혀 모르는 듯 침묵 속에 잠겨 있을 뿐이었다. 지난 날, 이곳을 차지하기 위해 얼마나 절실하게 그들은 그의 괴력을 필요로 했는가! 카셈은 아마 자신의 선조의 집 근처에서 리파아가 죽었다는 사실을 기억하고 있지 않았더라면, 그렇게까지 분노하지는 않았을 것이다. 그는 마을 사람들이 때때로 그러하듯, 젖먹던 힘을 다해 '가발라위!'를 외쳐보고 싶은 강렬한 욕구를 느꼈다. 하지만 그때, 여인들의 목소리가 들려와 카셈은 뒤를 돌아보았다. 그는 적들을 바라보며 가발을 따라 늘어선 남자들과 위험지대로 접근하고 있는 여인들을 바라보았다. 그는 그들을 향해 돌아가라고 소리쳤다. 그들이 머뭇거리는 눈치를 보이자 카셈의 고함소리는 한층 더 커졌다. 그들은 아마 여느 때처럼 음식을 준비해서 일을 나가려는 것처럼 보였다. 그는 그들이 물러갈 때까지 계속해서 고함을 쳤다.

사데크가 그에게 다가와 말했다.

"잘 했어! 내가 가장 두려워하는 것은 우리들에게서 레히타라는 이름이 들먹여지는 거야."

핫산이 말했다.

"유일한 방법은 선제공격밖에 없어."

그는 자신의 몽둥이를 흔들어 보였다.

"이제 이런 식으로 계속 살아갈 수는 없어. 놈들이 우리의 은신처를 알아버렸으니까. 유일한 방법은 공격이야."

카셈은 고개를 돌려 '큰 집'을 바라보았다.

"네 말이 맞아. 사데크, 자네는 어떻게 생각해?"

"밤이 될 때까지 기다려야 될 것 같아."

핫산이 말했다.

"기다린다고 해서 우리에게 득될 것은 하나도 없어. 밤이 되면 싸우기가 힘들어질 뿐이야."

카셈이 말했다.

"놈들이 어떤 계획을 세우고 있는지 궁금하군."

사데크가 말했다.

"우리를 유인하려는 작전일 거야."

카셈은 잠시 생각에 잠겼다가, 다시 말을 꺼냈다.

"만약 레히타가 죽는다면 승리는 우리의 것이다."

카셈은 그들 둘을 가만히 바라보며 덧붙였다.

"만일 그가 쓰러지면 갈타와 하가그가 그의 자리를 놓고 다툼을 벌일 거야."

태양이 좀 더 높이 솟아올랐다. 이미 뜨거운 열기가 돌멩이를 달구어 놓기 시작하고 있었다.

핫산이 말했다.

"어떻게 하면 되는지 말해 줘."

그 질문은 분명 포위를 염두에 둔 것이었지만, 그가 대답을 망설이고 있는 동안에 오두막 쪽에서 한 여인의 비명소리가 울려 퍼지더니 곧이어 찢어질 듯한 비명소리들이 허공을 메웠다.

누군가가 외치는 소리가 들려왔다.

"놈들이 반대쪽에서 쳐들어온다."

그들은 꼭대기를 버리고 오두막의 남쪽 끝으로 내달았다. 카셈은 마을을 경계하고 있는 사람들에게 절대 한눈을 팔지 말라고 당부했다. 그는 코르다에게 건강한 여자들을 데리고 가서 마을 경비를 도와주라고 명령했다. 그런 다음, 그는 핫산과 사데크와 함께 오두막 쪽을 향해 달렸다. 그들은 레히타가 많은 병력을 이끌고 가발의 남쪽을 공격해오는 모습을 발견할 수 있었다.

카셈이 화난 목소리로 말했다.

"놈들은 남쪽 길을 돌아서 여기까지 오는 동안 우리들의 주의를 흐트려 놓은 거야."

핫산이 그 커다란 몸집을 부르르 떨며 소리쳤다.

"죽으려고 제 발로 걸어 들어오는군."

카셈도 큰 소리로 고함쳤다.

"우린 반드시 이겨야 한다. 이기고 말 것이다."

그의 부하들이 그를 가운데 두고 양쪽으로 갈라섰다. 적들은 몽둥이를 휘두르며 공격해오고 있었다.

사데크가 말했다.

"갈타도, 하가그도 보이지 않는군."

카셈은 갈타와 하가그가 포위대를 이끌고 마을 밑에 포진하고 있음을 알아차렸다. 그는 적들이 필사적으로 공격해 오리라는 사실을 알 수 있었지만, 그런 자신의 생각을 아무에게도 말하지 않았다. 그는 몽둥이를 치켜들고 한 발 앞으로 나섰다. 그의 부하들도 제각기 몽둥이를 고쳐 쥐었다.

레히타의 고함 소리가 들려왔다.

"네 놈들은 뼈도 추리지 못할 것이다!"

카셈이 부하들과 함께 공격을 시작했다. 적들도 앞으로 내달으며 마침내 함성과 몽둥이가 서로 부딪치는 소리가 울려 퍼졌다. 동시에 마을을 지키고 있던 여인들은 아래쪽을 향해 돌멩이 세례를 퍼붓기 시작했다. 하지만 남자들은 하나도 빠짐없이 카셈과 전투에 참여하고 있었다. 카셈은 동골과 맞붙어 과격하면서도 약삭빠르게 싸웠다. 레히타가 일격에 햄로우쉬의 어깨뼈를 분질러 버렸다. 제인홈과 맞붙어 싸우던 사데크에게 핫산이 가세하여 그를 쓰러뜨렸다. 레히타가 다시 자클라를 공격하자 그는 맥없이 쓰러지고 말았다. 카셈은 간신히 동골의 한쪽 귀를 강타하여 그를 쓰러뜨렸다. 제인홈은 괴성을 지르며 사데크에게 달려들었으나, 사데크는 날렵하게 그의 복부를 두들겨 쓰러뜨렸다. 코르다도 하프

나위를 맞아 잘 싸웠으나, 그는 승리의 기쁨을 맛보기도 전에 레히타의 일격을 당하고 말았다. 핫산이 레히타를 겨냥하여 공격을 퍼부었으나 이내 반격을 가하려 했다. 바로 그때 카셈이 레히타의 몽둥이를 붙잡고 그를 후려쳤다. 아보우 파사다가 세 번째 공격을 가하기 위해 그에게 달려들었으나, 레히타는 머리로 그의 얼굴을 들이받아 그의 코뼈를 주저앉혀 버렸다. 레히타는 정말이지 당할 자가 없을 것만 같았다.

전투는 점점 더 격렬해져 인정사정없이 몽둥이가 허공을 갈랐으며, 중간 중간에 엄청난 욕설들이 튀어나왔다. 타오르는 태양 아래 붉은 피가 흘러내렸고 사람들이 하나하나 쓰러지기 시작했다. 레히타는 예상 외의 강한 저항에 내심 깜짝 놀랐으면서도 더욱 거세게 상대방을 몰아붙였다. 카셈은 핫산과 아그라마에게 이 주민의 요새를 구하기 위해 기회를 엿보아 레히타에 대한 공격에 합세하라고 말해 두었다.

바로 그때, 마을을 지키고 있던 한 여인의 날카로운 고함소리가 들려왔다.

"놈들이 널빤지를 방패삼아 올라오고 있어."

가발의 사람들이 움찔했다.

레히타가 다시 소리쳤다.

"네 놈들은 뼈도 제대로 추리지 못할 것이다!"

카셈이 부하들을 향해 소리쳤다.

"악당들이 꼭대기까지 올라오기 전에 이 싸움을 끝내야 한다."

그는 핫산과 아그라마의 도움을 받으며 레히타와 맞섰다. 수장이 먼저 그를 공격했으나 그는 자신의 몽둥이로 그의 공격을 막아 냈다. 아그라마가 불의의 기습을 노리고 돌진했으나 오히려 그는 상대방의 역습을 받아 턱을 한 대 얻어맞고 말았다. 핫산이 다시 레히타를 향해 돌진하여 접전을 벌이던 끝에, 죽기를 각오하고 몸을 던져 선제공격을 가했다. 마을 꼭대기의 여인들은 계속해서 비명을 질러대고 있었고, 그들 가운데 몇몇은 아예 도망을 치기 시작했다. 그곳은 결정적인 위치였다. 카셈은 급히 사데크를 수장의 끝으로 보내 놓고 다시금 레히타를 향해 덤벼들었으나, 제리파가 그의 앞을 가로막는 바람에 둘 사이에 격렬한 싸움이 시작되었다. 핫산은 온 힘을 다해 레히타를 밀어붙여 마침내 그를 한발 물러서게 만든 다음, 몸을 숙여 그의 정강이를 냅다 걷어차고 번개처럼 머리로 그의 배를 들이받았다. 레히타가 균형을 잃고 쓰러지자, 핫산은 그 위에 올라타고는 몽둥이를 양손에 쥐고 그의 목을 졸라댔다. 레히타의 부하들이 수장을 구하기 위해 달려들었지만, 카셈을 비롯한 그의 부하들이 그들을 막았다. 레히타는 다리를 버둥거리며 눈을 부릅떴다. 그의 얼굴은 벌겋게 달아올랐다가 차츰차츰 창백해졌다. 그때 갑자기 핫산이 몽둥이를 치켜들고는 사력을 다해 괴성을 지르며 레히타를 내리쳤다.

이윽고 핫산의 천둥 같은 고함소리가 터져 나왔다.

"레히타는 죽었다. 너희들의 수장은 죽었다. 이 시체를 보라!"

레히타의 예기치 못한 죽음은 커다란 효과를 불러일으켰다. 한쪽 편에는 새로운 희망을 심어준 반면 다른 한쪽을 좌절시켰던 것이다. 핫산이 카셈에게 가세하여 미친 듯이 몽둥이를 휘둘러댔고,

그때마다 적들이 한 명씩 쓰러져갔다. 전장에서는 모두들 사력을 다해 싸움을 벌이고 있었다. 흙먼지가 자욱이 피어올랐고, 전사들은 모두 피로 범벅이 되어 있었다. 신음 소리, 고함 소리, 욕설, 비명 소리, 울부짖는 소리…… 하지만 마침내 적들은 서서히 물러서기 시작했다. 죽은 자들만이 땅바닥에 쓰러져 있었고, 붉은 피가 햇살을 받아 반짝거렸다.

카셈은 몹시 걱정스러워 하고 있던 마을 꼭대기를 바라보았다. 사데크와 그의 부하들이 부리나케 돌멩이를 쏟아 붓는 걸 보니 적들이 코앞에까지 접근해 있는 모양이었다. 그는 도움을 부르짖는 여인들의 비명소리를 들었다. 그 속에는 자신의 아내도 끼어 있을 것이었다. 사데크의 부하들이 몽둥이를 움켜쥐고 이제 곧 모습을 드러낼 적과의 백병전을 준비하고 있었다. 커다란 위기가 눈앞에 닥쳤음을 직감한 그는 재빨리 적들이 물러간 전장에 버려져 있는 레히타의 시체가 있는 곳으로 달려갔다. 그는 핫산과 힘을 합쳐 그 시체를 마을 꼭대기까지 끌고 와서는 밑으로 내던졌다. 공격자들의 발밑에 그들의 수장인 레히타의 시체가 굴러 떨어졌다. 금방 혼란이 일어났다.

하가그의 목소리가 위에까지 울려 퍼졌다.

"계속 전진하라! 놈들을 끝장내야 한다!"

카셈은 놀라우리만치 침착한 목소리로 비웃듯이 소리쳤다.

"어디 올라와 보라! 그것이 바로 너희들 수장의 시체이다. 내 등 뒤는 나머지 부하들의 시체가 즐비하게 누워있다. 어서 올라와라! 기다리고 있을 테니."

카셈이 신호를 보내자 일제히 돌멩이들이 쏟아져 내리기 시작했고, 적들은 하가그와 갈타의 재촉에도 불구하고 서서히 물러서고 있었다. 반역의 수군거림과 불평의 고함 소리를 확인한 카셈이 다시 소리쳤다.

"갈타! 하가그! 어서 올라오너라! 도망치는 거냐!"

증오에 가득 찬 갈타의 목소리가 되돌아왔다.

"만약 네 놈이 남자라면 어디 이리로 내려와라!"

하가그가 퇴각하는 부하들 사이에 서서 소리쳤다.

"내가 네 피를 마시지 못한다면 스스로 목숨을 끊고 말겠다. 이 더러운 양치기 놈아!"

카셈은 돌멩이 하나를 집어 들고 그를 향해 있는 힘을 다하여 집어던졌다. 다시금 소나기 같은 돌멩이 세례가 퍼부어지자 적들의 퇴각 속도는 한층 더 빨라졌다. 그때, 핫산이 이마 위에 흘러내리는 피를 닦으며 카셈을 향해 다가왔다.

"싸움은 끝났어. 살아남은 놈들도 남쪽을 향해 도망치고 있어."

카셈이 소리쳤다.

"얼른 사람들을 데리고 그들을 추격해."

하지만 사데크가 그의 말을 가로막았다.

"자네도 입과 턱에서 피가 흐르고 있어."

카셈은 손으로 입을 닦았다. 새빨간 피가 묻어났다.

핫산이 슬픈 듯이 말했다.

"우리 편 여덟 명이 목숨을 잃었어. 살아남은 사람들도 모두 심한 부상을 입어서 더 이상 움직일 수가 없어."

카셈은 쏟아져 내리는 돌멩이와 마을 밑에까지 퇴각한 적들을 바라보았다.

사데크가 말했다.

"만약에 놈들이 여기까지 올라왔더라면 단 한 사람도 대항해 싸울 수가 없었을 거야."

그는 아직도 피가 흐르고 있는 카셈의 턱에 입을 맞추었다.

"자네의 현명한 결정이 우리를 구한 거야."

카셈은 마을 꼭대기에 두 명의 보초를 세우고, 다른 몇 명은 정보 수집을 위해 퇴각하는 적의 뒤를 쫓게 했다. 그런 다음 그는 평지로 돌아왔다. 핫산과 사데크가 그 뒤를 따랐다. 셋 다 녹초가 되어 있었다. 평지에는 죽은 시체들만 널브러져 있었다. 정말 참혹한 광경이었다. 여덟 명의 아군과 레히타를 제외한 열 명의 적이 목숨을 잃었다. 카셈의 부하 중에서 살아남은 자들도 어딘가 다치지 않은 사람이 하나도 없었다. 그들은 각기 자신의 오두막으로 돌아갔고, 여인들이 그들의 상처를 치료해 주었다. 사망자가 난 오두막에서는 울음소리와 울부짖는 소리가 새어나왔다. 슬픈 표정을 지은 바드리아가 그들을 오두막으로 데려가 상처를 씻어주었다. 그때, 세키나가 미친 듯이 울부짖는 아이산을 데리고 들어왔다. 하늘에 걸린 태양은 뜨거운 빛을 발했고, 솔개와 까마귀가 하늘가를 맴돌았다. 피 냄새와 먼지가 뒤섞인 공기는 무척이나 무거웠다. 아이산은 울음을 그칠 줄 몰랐지만 아무도 그녀를 달랠 엄두를 내지 못했다. 심지어 그 거대한 핫산조차도 조금씩 울먹이고 있었다.

사데크가 중얼거렸다.

"죽은 자들에게 신의 은총이 내려질 거야."

카셈이 말했다.

"신의 은총은 살아남은 자들에게도 역시 필요하지."

핫산이 금세 본연의 모습을 되찾았다.

"우린 이제 곧 승리를 이룩할 거야. 그러면 이 마을은 피나 공포와 작별할 수 있겠지."

카셈이 말했다.

"아, 이 지겨운 피!"

고을로서는 처음 맛보는 재앙이었다. 사람들은 고개를 힘없이 늘어뜨린 채 지친 몸을 이끌고 말없이 돌아왔다. 그들보다도 패전 소식이 먼저 도착해 있었고, 가슴을 치는 통곡 소리가 이집 저집에서 새어나오고 있었다. 그들이 지고 말았다는 소식은 마을마다 퍼져 있었고, 사람들은 고을을 서서히 비난하는 쪽으로 돌아서고 있었다. 제르보아 일가는 보복을 두려워한 나머지 도망을 쳐버렸음이 확인되었다. 그들의 집과 가구는 텅텅 비어 있었고, 그들이 자신의 자랑스러운 형제들과 가세해 그들의 수와 힘을 더욱 키워 주리라는 사실을 의심하는 사람은 아무도 없었다. 남은 사람들은 모두 슬픔에 잠겨 있었지만, 아직도 분노와 복수에 대한 일념은 사라지지 않고 있었다.

몇몇 가발 사람들이 고을의 다음 수장이 누가 되어야 할 것인가에 대한 이야기를 나누고 있었다. 리파아 고을에서도 똑같은 후문이 제기되고 있었다. 사람들의 분위기가 심상치 않음을 간파한 통치자 리파트는 하가그와 갈타를 부르러 사람을 보냈다. 그들은 가장 힘이 센 부하들을 각기 데리고 나타났다. 그들로 인해 통치자의 거실이 가득 차고 말았다. 그들은 이웃끼리긴 하지만 서로 뒤섞여 있는 것은 더 이상 안전하지 못하다고 생각하고 있기라도 한 듯 각기 방의 절반씩을 차지했다. 이를 본 통치자는 한층 더 걱정이 되었다.

그가 말했다.

"여러분도 아시다시피 우리는 커다란 재앙을 만났소. 하지만 그렇다고 모든 것이 끝난 것은 결코 아니오. 우린 우리의 단결을 유지하는 한 아직도 승리를 쟁취할 힘을 가지고 있소. 그렇지 않을 때야말로 모든 것이 끝장나는 것이오."

가발 사람 가운데 한 사람이 말을 꺼냈다.

"우린 이제 최후의 공격을 감행해야 합니다. 그건 낮이 지나면 밤이 오는 것만큼이나 명백한 것입니다."

하가그가 투덜거렸다.

"만약 놈들이 가발에 진을 치지만 않았다면 지금쯤 한 놈도 살아남지 못했을 거요."

누군가가 그 말을 받았다.

"레히타는 길고 힘든 행로 끝에 완전히 지친 상태에서 놈들과 맞섰을 것입니다."

통치자가 다시 한 번 침착하게 질문을 던졌다.

"우리가 어떻게 단결해야 할지를 말해 보시오."

갈타가 대답했다.

"우린 모두 형제들이오. 앞으로도 영원히 그렇게 남을 겁니다."

"그건 말뿐이지 않소. 당신네들이 서로를 의심하고 있지 않다면 절대 그렇게 떼를 지어 오지는 않았을 것이오."

하가그가 말했다.

"그건 아닙니다. 그건 우리가 그만큼 복수심에 불타고 있기 때문입니다."

"좀 솔직해지시오! 당신들은 한쪽 눈으로는 서로를 감시하면서 다른 한 눈으로는 레히타의 빈자리를 노리고 있소. 이런 상태가 계속되는 한 결코 안전을 확신할 수 없습니다. 내가 무엇보다도 우려하는 것은 당신들이 그 몽둥이를 서로에게 겨누어 이 고을을 카셈에게 그저 내주고 마는 결과가 초래되는 것이오."

수많은 목소리가 일제히 소리쳤다.

"신의 가호가 있기를."

통치인은 크고 분명한 목소리로 말했다.

"이제는 가발 마을과 리파아 마을밖에 남지 않았소. 그들이 각각의 수장을 가질 필요는 더 이상 없습니다. 우리, 그 점에 합의하고 배신자들에 대해 하나의 힘으로 뭉치는 게 어떻겠소."

잠시 엄숙한 침묵이 흘렀다. 그런 다음, 몇몇 목소리가 그다지

달갑지 않은 목소리로 말했다.
"좋소! 그렇게 합시다!"
갈타가 말했다.
"우린 비록 오랫동안 우리 마을의 수장이었지만, 거기에 동의하겠소"
하가그가 힘차게 말했다.
"그렇게 합시다. 하지만 고마워할 필요는 없소. 특히 제르보아 사람들이 떠나고 난 후에는 주인도 노예도 없지 않았소. 리파아가 우리 고을에서 가장 고귀한 사람이라는 데에는 별다른 이견의 여지가 없을 듯하오."
갈타가 격노하여 소리쳤다.
"하가그! 난 당신의 깊은 속마음을 다 알고 있소."
리파아 사람 가운데 한 사람이 뭐라고 말하려는 순간, 통치자가 소리쳤다.
"당신네들이 사나이인지 아닌지를 먼저 말해 보시오! 당신네가 이렇게 분열되고 있다는 소문이 퍼지면 제르보아 사람들은 당장에 성난 늑대들처럼 몰아쳐올 겁니다. 어디 말해 보시오, 단결하겠소, 아니면 내가 다른 곳을 찾아보아야 하겠소?"
여기저기 흩어져 있던 몇몇 사람이 더듬거리며 소리쳤다.
"조용히 하시오……. 부끄러운 줄을 알아야지……. 우린 이제 모든 것을 다 잃게 생겼소……."
그들은 모두 체념한 눈길로 통치자를 바라보았다.
그가 말했다.

"당신들은 아직도 수나 힘에 있어서 우세합니다. 하지만 다시는 가발을 공격하지 마시오."

그들은 혼란스러운 표정들을 짓고 있었다.

그가 말을 이었다.

"우린 그들을 포위해야 합니다. 두 군데의 통로를 감시하고 있으면, 놈들은 굶어죽거나 아니면 내려올 것입니다. 그러면 그들을 해치우는 건 시간문제요."

갈타가 말했다.

"바로 그겁니다. 내가 레히타에게 얘기했던 것도 그것이었어요. 하지만 그는 그따위 비겁한 짓은 안 하겠다며 공격을 주장했습니다."

하가그가 말했다.

"바로 그겁니다. 하지만 우린 일단 우리 부하들에게 충분한 휴식 시간을 주어야 합니다."

통치자가 그들을 불러 서로 형제임을 확인시키고 단결을 약속하는 뜻으로 악수와 맹세를 하게 했다.

그 이후로 갈타와 하가그가 자신들의 패배가 초래한 영향을 감추기 위해 부하들을 한층 더 급하게 몰아붙인다는 사실은 누가 보아도 알 수 있었다. 그들은 레히타의 무모함 때문에 카셈이 손쉽게 그들을 무찌르고 말았다는 소문을 퍼뜨렸다. 가발을 기어오르라는 레히타의 명령은 부하들을 혼란스럽게 했고, 따라서 힘과 용기를 모두 잃어버린 후에야 최악의 상태에서 적들과 맞섰다는 것이었다. 사람들은 그런 소문을 그대로 믿었고, 거기에 의문을 나타내는 사람들은 누구 할 것 없이 모욕을 받거나 두들겨 맞기까지 했다. 고을의 새로운 수장에 대해서는 공공연히 그에 대한 이야기를 주고받는 것이 금지되었다. 하지만 그럼에도 불구하고 레히타의 뒤를 과연 누가 계승할 것인가에 대한 논란이 알게 모르게 그치질 않았다.

굳센 맹세와 과거의 경험에도 불구하고 조심스럽게 은폐된 불신의 분위기는 점점 더 커져갔다. 각각의 수장들은 부하들에게 둘러싸여 있었고, 추종자들을 이끌지 않고 나타나는 사람은 아무도 없었다. 하지만 승리의 그날을 위한 준비만은 단 한순간도 멈춰지지 않았다. 그들은 갈타와 그의 부하들이 수끄 무까땀 반대편에, 하가그와 그의 부하들은 시타델 마을 반대편에 포진해야 한다는 점에 동의했다. 그들은 시간이 아무리 오래 걸린다 해도 그 위치를 벗어나지 않을 예정이었다. 장사는 모두 여인들이 맡아 했고, 그들에게 음식을 날라다 주는 것도 그 여인들이었다.

출발하기 전 날 저녁, 그들은 밤늦게까지 모여서 술을 마시고 초조한 듯이 하쉬시를 피웠다. 하가그의 부하들은 잔뜩 취한 그를 리파아의 본부에 남겨두고 인사를 한 뒤 물러갔다. 그는 문을 열고 비틀거리며 복도를 걸어갔다. "무엇보다 먼저……"하는 콧노래를 흥얼거리고 있었다. 하지만 그는 그 노래를 마칠 수 없었다. 그의 등 뒤에서 소리 없이 나타난 누군가가 한 손으로 그의 입을 막고는 다른 한 손에 든 칼로 그의 심장을 눌러 버린 것이다. 자객의 두 팔 사이에서 잠시 부르르 떨리던 그의 몸은 캄캄한 어둠 속에 소리 없이 쓰러져 뻣뻣하게 굳어갔다.

90

다음 날 아침, 사람들은 엄청난 소란 때문에 일찍 잠을 깼다. 열려진 창문으로 빠져나온 사람들의 머리는 일제히 리파아의 수장, 하가그가 살던 집 쪽을 향하고 있었다. 사람들은 서로 묻고 대답하며 수군거렸지만, 울다 지쳐 붉게 충혈된 많은 사람들의 눈들은 뭔가 무척 좋지 않은 일이 있었음을 말해 주고 있었다. 모든 집에서 사람들이 쏟아져 나왔고, 잠시 후 갈타가 부하들을 데리고 도착했다. 군중들이 길을 열어주자 그들은 복도에 도착했다.

갈타가 소리쳤다.

"아, 세상에 이런 변이! 내가 당신의 죽음을 대신할 수만 있다면······."

울음과 통곡과 질문 소리가 뚝 그쳤다. 하지만 갈타는 따뜻한 말 한마디 들을 수 없었다.

그가 다시 입을 열었다.

"비겁한 음모야! 카셈이 아니면 이런 짓을 할 사람은 아무도 없어. 그 놈은 수장도 아닌 한낱 양치기에 불과해. 아, 그 놈의 살을 개들에게 던져주지 못하고서는 난 결코 행복해질 수 없어."

한 여인이 화난 목소리로 소리쳤다.

"마을의 수장이 된 걸 축하해요, 갈타!"

그는 미간을 찌푸렸다. 근처에 있는 사람들은 아무 말도 없었지만 거리가 멀어질수록 수군대는 군중들이 많았다.

갈타가 소리쳤다.

"여자들은 집구석에나 처박혀 있는 것이 나을 거요."

여인이 다시 말했다.

"더 큰 소리로 말해 보세요."

다시금 소란이 일었다. 잠시 조용해진 틈을 타 갈타가 말했다.

"간사한 음모야. 이건 우리를 이간질하려고 놈들이 꾸민 음모에 불과해."

또 다른 여인이 소리쳤다.

"정말이지 이건 음모야! 카셈과 제르보아 사람들은 가발에 있어요. 하가그는 자신의 부하들과 충성스런 이웃들의 한복판에서 살해당했구요."

갈타가 소리쳤다.

"저 여인은 미쳤소! 그녀의 말을 믿는 사람은 모두 미친 사람이오. 만약 여러분들이 이런 식으로 나온다면, 우린 카셈의 계획대로 서로 싸울 수밖에 없게 됩니다."

항아리 하나가 날아와 갈타의 발밑에서 깨졌다. 갈타와 그의 부하들은 황급히 몸을 피했다.

그가 말했다.

"그 교활한 녀석은 우리를 이간질시키는 방법을 알고 있어."

그는 당장 통치자의 집으로 달려갔다. 그가 떠나고 나자 소란은 더더욱 커졌다. 리파아 마을의 한 사람과 가발의 한 사람이 서로 싸우기 시작한 것이다. 두 명의 여인이 거기에 합세했고, 일단의 소년들이 저희끼리 싸움을 벌였다. 창문을 사이에 두고 말다툼이 시작되더니, 양 지역의 병사들이 몽둥이를 준비하고 양측에 모여들 때까지 소란이 잦아들지 않았다.

　통치자는 하인들을 이끌고 집을 나섰다. 두 마을이 서로 만나는 지점에 도착한 그는 한껏 목청을 돋궈 소리쳤다.

　"이성을 찾으시오. 분노는 우리의 진짜 적, 하가그의 살인자를 도와주는 것 이외의 아무것도 아니오."

　리파아 사람 가운데 한 사람이 소리쳤다.

　"당신은 그걸 어떻게 압니까? 어떤 미친 제르보아 놈이 감히 여기까지 들어온단 말이오?"

　리파트가 소리쳤다.

　"가발 마을에서 어떻게 요즘처럼 중요한 시기에 하가그를 죽인단 말이오?"

　"우리에게 묻지 말고 죄인에게 물어보시오."

　"리파아는 결코 가발의 수장에게 복종하지 않을 것이오."

　"그들은 그가 흘린 피의 대가를 치러야 하오."

　통치자는 다시 소리쳤다.

　"말도 안 되는 소리 그만하시오. 그렇지 않으면 카셈이 전염병처럼 소리도 없이 여러분을 덮쳐올 것이오."

　"흥, 마음대로 하라지. 하지만 갈타는 죽어도 우리의 수장이 될 수 없소."

통치자는 절망에 사로잡혔다.

"우린 끝장이야, 우린 이제 모두 파멸이야."

다시금 함성이 울려 퍼졌다.

"갈타보다는 파멸이 훨씬 낫소."

리파아 마을에서 날아온 벽돌 하나가 가발 마을 한 가운데 떨어졌다. 가발 진영에서 그 벽돌을 도로 집어들었다. 통치자는 황급히 몸을 피해 버렸다. 이제 양쪽에서 걷잡을 수 없이 돌들이 날아다니기 시작했다. 양 마을은 삽시간에 피 튀기는 싸움에 돌입했고, 여인들은 지붕 위에까지 올라가 서로 돌멩이를 집어던졌다. 싸움은 오랫동안 계속되었다. 리파아는 수장도 없이 싸운 탓에 갈타의 정확한 강타 앞에 수도 없이 쓰러졌다.

여인들이 창문을 열고 고함을 지르기 시작했지만, 그들의 고함은 분쟁의 소용돌이 속에 쉽게 묻혀 버렸다. 하지만 그들의 겁에 질린 시선은 앞뒤를 번갈아가며 쳐다보지 않으면 안 되었다. 몽둥이를 휘두르는 부하들을 거느린 카셈이 '큰 집' 앞으로 진군해오고 있었던 것이다. 반대쪽에서는 핫산이 다른 병력을 이끌고 나아오고 있었다. 여기저기서 고함소리가 터져 나왔다. 정말 눈 깜짝할 사이에 벌어져 버린 사태였다. 싸움이 중단되었다. 이긴 편이나 진 편이나 본능적으로 서로 대열을 합쳐 앞뒤의 공격자들과 마주섰다.

화가 머리끝까지 치밀어 오른 갈타가 소리쳤다.

"아무도 내 말을 믿지 않은 결과가 바로 이것이오."

그들은 피로와 절망에 지친 몸을 추슬러 전투태세에 들어갔다.

그러나 갑자기 카셈이 행군을 멈추자, 반대쪽의 핫산도 약속이나 한 듯이 정지했다.

카셈이 온 힘을 다해 소리쳤다.

"우리는 아무도 해칠 생각이 없습니다. 우리들에겐 승자도, 패자도 없어질 것입니다. 우린 모두 한 조상의 후손들이며, 영지는 모든 사람들의 것입니다."

갈타가 소리쳤다.

"사기다!"

카셈이 분노의 목청을 드높였다.

"당신의 권력을 지키기 위해 사람들을 전장으로 내몰지 마시오. 정 그러길 원한다면 당신 스스로의 힘으로 그 자리를 지키시오."

갈타가 소리쳤다.

"공격하라!"

그는 카셈의 진영을 향해 돌진했다. 한 무리는 그를 따라 나섰고, 다른 한 무리는 핫산과 그의 부하들을 공격했다. 하지만 많은 사람들은 제자리에서 멈칫거리고 있었다. 다치고 지친 대부분의 사람들은 슬금슬금 자신들의 집으로 빨려 들어갔고, 그때까지 망설이고 있던 다른 사람들도 그 뒤를 따랐다. 갈타와 그 일당밖에는 남지 않았다. 그런 상황에서도 그들은 몽둥이와 주먹, 발과 머리를 총동원하여 질풍처럼 공격을 시작했다. 갈타는 분노에 눈이 먼 사람처럼 카셈을 향해 맹목적으로 돌진해갔다. 그들은 순식간에 격렬한 접전을 펼쳤지만, 카셈측이 그 수적 열세에도 불구하고 갈타 일당을 몰아붙였다. 핫산과 사데크가 카셈과 싸우고 있던 갈타에게로 덤벼들었다. 사데크의 몽둥이가 허공을 가르는 순간, 핫산의 지팡이가 갈타의 머리를 향해 정확하게 내리꽂혔다. 갈타는 자신의 몽둥이를 떨어뜨리고는 마치 도살당한 소처럼 그 자리에 쓰러졌다. 그것으로 전투는 막을 내렸고, 몽둥이 소리와 비명 소리도 잦아들었다. 승리자들은 숨을 헐떡이며 얼굴과 팔에 묻은 피를 닦아냈다. 하지만 흘린 피에도 불구하고 그들은 승리와 평화의 기분에 젖어 미소를 짓고 있었다. 많은 창가에서 울음소리가 흘러나왔다. 갈타의 부하들이 타오르는 태양 아래 여기저기 쓰러져 있었다.

사데크가 카셈에게 말했다.

"네가 이겼어. 신이 너에게 승리를 주셨어. 우리의 선조들은 선택의 실수를 하지 않았어. 마을에서는 더 이상 슬픔의 탄식 소리를 들을 수 없을 거야."

카셈은 부드러운 미소를 지으며, 통치자의 집을 향해 눈길을 돌렸다. 모든 시선들이 그에게 쏠려 있었다.

91

카셈은 부하들을 이끌고 통치자의 집으로 다가갔다. 문과 창문이 모두 굳게 잠겨 있었다. 핫산이 큰 소리로 문을 두드렸지만 아무런 대답이 없었다. 몇몇 사람들이 몸으로 문을 밀어붙였다. 깨진 문짝을 뚫고 안으로 들어서도 보초나 하인의 흔적은 찾아볼 수 없었다. 그들은 서둘러 거실로 들어갔다가 다시 3층에 이르는 집안을 샅샅이 뒤졌다. 통치자는 가족과 하인들을 이끌고 도망을 쳐버렸던 것이다. 통치자를 굳이 죽이고 싶은 생각을 갖지 않았던 카셈은 별다른 아쉬움을 느끼지 못했지만, 핫산과 다른 몇몇 사람들에게 가난과 모욕을 안겨준 그 통치자가 도망쳐 버린 사실에 무척 분개해 했다.

이리하여 카셈은 완전히 승리를 쟁취했으며, 명실상부한 고을의 지도자가 되었다. 그는 토지가 신탁을 필요로 했으므로 기꺼이 그 임무를 맡았다. 제르보아 사람들은 자신들의 마을로 돌아왔으며, 그들과 함께 수장들을 피해 에히아의 지도로 그곳을 피했던 사람들도 모두 돌아왔다. 평화로운 40일이 흐르자 상처는 아물었고 사람들은 새로운 마음의 평화를 맛보게 되었다. 그러던 어느 날, 카셈이 '큰 집' 앞에 서서 남녀를 불문하고 모든 사람들을 불러 모았다. 사람들은 걱정과 호기심에 사로잡혀 온갖 상상을 다하며 하나하나 모여들었다. 제르보아 리파아 가발 사람들이 서로 뒤섞여 한자리에 모인 것이다.

카셈은 겸손한 미소를 지으며 '큰 집'을 가리키면서 이야기를 시작했다.

"저기엔 우리 모두의 조상인 가발라위가 살고 계십니다. 어떠한 마을도, 어떠한 개인도 그와 밀접한 관계를 갖지 않은 사람은 하나도 없습니다."

사람들, 특히 정복자의 연설을 기대하며 그곳에 나온 사람들의 얼굴에는 놀라움과 안도의 빛이 떠올랐다.

카셈이 말을 이었다.

"이 주위의 모든 땅은 그의 영지입니다. 그 영지는 그가 아담에게 하신 약속대로 여러분 모두의 것입니다. '영지는 네 후손들의 것이니라.' 그는 그렇게 말씀하셨던 것입니다. 우리는 아담의 소망대로 평화와 행복이 가득한 생활을 누리기 위해 저 토지를 다 같이 나눠 가져야만 합니다."

사람들은 마치 꿈이라도 꾸고 있는 듯한 표정으로 서로를 바라보았다.

"통치자는 도망쳐 버렸습니다. 다시는 돌아오지 않을 것입니다. 수장들도 모두 사라졌고 앞으로는 그런 것이 필요하지도 않을 것입니다. 여러분은 폭군을 위해 보호세를 바치거나 주정뱅이에게 충성을 다하지 않아도 좋습니다. 여러분의 생활은 사랑과 자비와 평화로 충만해질 수 있습니다. 이전의 상태로 되돌아가느냐 아니냐는 여러분의 손에 달려 있습니다. 여러분의 통치자를 지켜보십시오. 그리고 만약 그가 여러분을 배신하거든 그를 증오하십시오. 만약 여러분 가운데 누군가 권력을 탐낸다면 그에게 벌을 주십시오. 만약 누군가가 군주가 되려 하거든 그를 처벌하십시오. 이런 식으로 할 때만이 여러분은 미래를 지킬 수 있습니다. 신의 은총이 여러분과 함께 하시길!"

그 날, 어떤 사람들은 죽은 가족을, 어떤 사람들은 그들의 패배를 위안 받았다. 그들은 마치 봄날 밤에 활짝 떠오른 보름달을 바라보듯 자신들의 미래와 희망을 가지고 바라보았다. 카셈은 건설과 재건을 위한 약간의 금액만을 남겨두고는 토지에서 나오는 모든 수입을 공평하게 분배했다. 물론 각 개인은 얼마 되지 않는 지분밖에 가질 수 없었지만, 정의와 명예로 가득 찬 마음은 끝간 데가 없었다. 카셈은 건설과 개혁과 평화를 위해 전 생애를 바쳤다. 고을에서는 그의 시절에서와 같은 조화와 단결과 행복을 일찍이 맛본 적이 없었다. 물론 몇몇 가발 사람들은 다른 감정을 숨기고 있거나 서로 귓속말을 주고받기도 했다.

"만약 우리가, 우리 가발 아이들이 제르보아의 지배를 받아야 한다면?"

일부의 리파아 사람들도 그것은 마찬가지였다. 거만해지기도 했다. 하지만 그가 살아 있는 동안은 조화를 해치는 그 어떤 목소리도 터져 나오지 않았다.

제르보아는 전무후무한 한 인간의 전형을 카셈에게서 발견할 수 있었다. 그는 힘과 부드러움, 지혜와 단순함, 지도력과 인간성을 함께 지닌 인물이었으며, 경외와 사랑을 한 몸에 받는 정직한 통치자였다. 더욱이 그는 재치와 친근함과 정의감까지 가지고 있었으며, 그와 함께 담배를 나눠 피는 것은 더할 나위 없는 기쁨이었다. 그는 고상한 취미나 노래와 농담을 좋아하면서도 모두에게 있어 다정한 친구였다. 그는 몇 차례의 결혼을 제외하면 아무것도 변한 것이 없었다. 그것은 그의 토지의 확대와 더불어 진행되는 듯했다. 바드리아에 대한 그의 사랑 역시 조금의 변함이 없었음에도 불구하고 아름다운 가발 여인과 결혼을 했으며, 리파아 진영의 다른 여인과 다시 예식을 올렸다. 게다가 그는 제르보아의 한 여인에게 구혼을 하여 그녀를 아내로 맞아들이기도 했다. 어떤 사람들은 카셈이 자신의 첫 번째 아내, 카마르에게서 잃어버린 무언가를 찾으려 하고 있다고 말하기도 했다. 그의 삼촌 쩨차리아는 그가 세 진영 모두를 보다 확실하게 결속시키려는 것이라고 말했다. 하지만 사람들은 그에 대한 아무런 설명이나 정당화를 요구하지 않았다. 그들은 카셈의 인격을 높이 숭상하고 있었으며, 많은 여인들을 사랑하는 그의 남자다움을 존경하였던 것이다. 우리들의 고을에서는 여자를 사랑하는 능력이야말로 남자의 축복이었고, 그것은 수장보다도 오히려 더 큰 권세를 가져다주는 것이기도 했다.

사람들은 자신들의 재물을 약탈하는 통치자나 그들에게 모욕을 주는 수장이 없는 상태에서, 자신들의 일을 책임져 주는 주인을 가지고 있다는 느낌을 일찍이 가져본 적이 없었다. 그의 시절에 사람들이 맛보았던 형제의 유대감과 사랑과 평화는 그전에는 아예 생각조차 못하던 일이었다.

많은 사람들은 만약 이 고을에 망각의 전염병이 퍼진다면, 그것은 곧 그 전염병을 영원히 제거하는 때일 거라고 말하곤 했다.

그것이 바로 사람들이 주고받은 이야기였다.

아 라 파

92

지금 우리를 바라보는 사람이면 아무도 그런 얘기들을 믿으려 하지 않을 것이다. 가발과 리파아 그리고 카셈은 누구였던가? 카페에서 사람들이 이야기하던 업적들은 어디에 있는가? 어둠속에 잠긴 고을과 꿈을 노래하는 이야기꾼들만이 눈에 띨 뿐이다. 어떻게 일이 이 지경으로 됐지? 카셈을 위시한 그의 동료들, 그리고 모든 이를 위해 사용된 영지는 어떻게 되었지? 이 욕심 많은 통치자와 이 미치광이 수장들은 어디에서 왔지?

사람들은 하쉬시 소굴에서 파이프를 주고받으며 웃거나 탄식하는 가운데 이런 말을 하고 있었다. 사데크는 카셈의 뒤를 이어 통치권을 계승했고 그의 뒤를 따랐으나, 어떤 사람들은 핫산이 카셈과의 절친한 관계 때문에 또 그가 수장들을 죽였던 사람이기 때문에 더 많은 권리들을 가졌다고 생각했다. 사람들은 핫산으로 하여금 그의 가공할 몽둥이를 집어 들게 강요했으나 핫산은 사람들을 폭력의 시대로 되돌려 놓는 것을 거절하였다. 그러나 마을은 자체

분열이 되어 있었고 가발 사람과 리파아 사람 중 어떤 이들은 공개적으로 자신의 감정을 표출하기 시작했다. 사데크가 죽자 억압된 야심들이 터져 나왔으며 몽둥이들이 또다시 난무하였다. 집집마다, 거리마다 유혈이 낭자하였으며 마침내는 통치자 자신도 전쟁에서 살해되었다. 혼돈의 와중에서 사람들은 도리 없이 리파트의 가족 중에서 누군가를 여러 경쟁자들이 싸우고 있던 지역으로 데리고 가야 했다.

그래서 카드리는 통치자가 되었고 마을마다 도로 옛날 같이 불화 상태가 되었다. 그리고 또다시 하나의 수장이 각각의 마을을 지배하였다. 누가 마을의 수장이 되어야 하느냐 하는 문제 때문에 일련의 싸움이 있어, 마침내는 사달라가 승리했다. 그는 통치자의 추종자가 되었고 대수장의 집으로 들어가 살았다. 그들은 처음엔 영지 수입을 공평히 나눠 가졌고 건설과 재건이 계속되었다. 그러나 곧 예상했던 대로 통치자와 수장들은 욕심을 부리기 시작했다. 그래서 그들은 옛날 방식으로 되돌아갔다. 즉 통치자가 자기 몫으로 수입의 반을 차지했고 다른 반쪽은 그 외의 네 수장이 나누어 가지는 것이었다. 그들은 그 돈을 가질 권리가 있는 사람에게 그걸 주지 않고 자신들을 위해 썼다. 그들은 거기서 멈추지 않고 자신들의 불쌍한 추종자들에게 보호세를 지불하게 했다. 건설은 중단되었고 집들은 완공되지 않은 채 그대로 남아 있었다.

제르보아의 마을이 이제 카셈의 마을이 되고, 양쪽에는 헛간과 폐허물 대신에 양 옆에 집이 들어선 것을 제외하면 아무런 변화도 없는 것 같았다. 사람들은 영광과 위신도 없었던 나쁜 옛 시절로 되돌아갔다. 그들은 가난에 찌들었고 몽둥이의 위협을 받았으며 서로 밀치고 얻어맞았다. 오물과 파리가 사방에 널려있었고 거리는 거지와 절름발이들과 협잡꾼들로 우글우글했다. 가발과 리파아, 카셈은 이름뿐이거나 카페에 있는 하쉬시를 피우는 이야기꾼들이 부르는 노래였을 뿐이었다. 각 당파는 아무런 자취 없는 자신의 영웅을 자랑스럽게 여기며 토닥거리고 싸웠다. 여러 문구들이 하쉬시 소굴을 떠돌았다. '무슨 소용 있어?' 아니면 '우리 모두는 죽을 거야. 그러니 수장의 손이 아니라 신의 손에 죽기를 바라자.' '네가 할 수 있는 최상의 것은 술에 취하는 것이나 하쉬시를 피는 거야.'

그들은 반역과 가난에 관한 슬픈 노래를 부르거나 불행하다 보니 편안함을 찾는 누군가에게 추잡한 것들을 던져주곤 했다. 특별히 비참할 때는 사람들은 말하곤 했다. '운명이야. 가발이나 리파아, 또는 카셈이 무슨 소용이 있었어? 우리 운명은 이 세상에서는 파리가 되고 다음 세상에서는 먼지나 되는 거야.'

그럼에도 불구하고 이 고을이 인근에서 높은 명성을 유지한 것은 놀라운 일이었다. 근처에 사는 사람들은 그걸 가리켜 존경하듯 말하곤 했다. '가발라위 고을!' 그럴 때 우리는 구석자리에 엄숙하고 조용히 둘러앉아 마치 우리가 귀중한 옛 생각 속에 푹 싸여 있거나 어느 깊은 속에서 나오는 다음과 같은 중얼거리는 소리를 듣는 듯 했다. '어제 일어난 일이 내일 일어난다는 것은 불가능해. 이야기꾼들의 꿈은 다시 실현될 것이고 어두움은 우리 세계로부터 사라질 것이다.'

93

어느 이른 오후 한 이상한 젊은 남자가 사막에서부터 다가오고 있었는데 그 뒤를 난쟁이 같은 사람이 뒤따르고 있었다. 그는 깡마른 체구에 회색 작업복을 입었고 벨트를 맸다. 벨트 위에는 무언가로 불룩했다. 그의 신발은 낡았고 그의 머리는 빠졌으며 그의 털은 굵고 한데 얽혀 있었다. 그의 눈은 근심어린 듯 보이는 갈색의 생기 있고 날카로운 눈매를 가지고 있었다. 그러나 거동은 자신만만했다. 그는 '큰 집' 앞에 멈춰 섰다가 천천히 다가오고 있었고 그의 옆에는 친구가 따랐다. 사람들은 마치 '마을에 수상한 자가 나타났다. 뻔뻔하구나.'라고 말하려는 듯 그를 응시했다. 행상인들과 상점 주인들, 카페에 앉아 있거나 창문에서 내려다보는 사람들, 심지어는 개와 고양이의 눈에서도 그것을 읽을 수 있었다. 파리들조차도 그들을 피한다고 생각될 정도였다. 소년들은 싸움을 걸고 싶어 안달하며 그를 쳐다보았다. 어떤 사내들은 그에게로 다가왔고 다른 사내들은 새총에 총알을 재거나 바닥에서 돌을 찾기 시작했다. 그는 그들에게 다정스런 미소를 던졌고 손을 가슴에 있는 주머니에 넣고 페퍼민트를 약간 꺼내어 그것을 나눠주기 시작했다. 그들은 기분이 좋아져 껌을 씹으며 존경하듯이 그를 올려다보며 서 있었다.

그는 여전히 웃어가면서 그들에게 말했다.

"세놓을 빈 지하실이 있나? 누구든지 가르쳐주면 페퍼민트를 한 가방 줄 거야."

어떤 집 앞 바닥에 앉아 있는 여자가 말했다.

"천벌을 받을 게다! 우리 마을에 살려는 당신은 누구야?"

그는 웃었다.

그리고는 말했다.

"나는 아라파요. 당신에게 봉사하고 있지. 나는 누구 못지않게 이 마을에 속해 있소. 나는 오랫동안 이곳을 떠나 있다가 돌아왔소."

그 여자는 그를 날카롭게 쳐다보았다.

"당신은 누구 아들이야? 뉘 자식이야?"

그는 막 웃어대며 소리쳤다.

"가이샤의 아들. 그 여자를 아시오?"

"가이샤라고? 점쟁이 말야?"

"바로 맞소."

그 말이 끝나자 벽을 기대고 서 있던 여자가 소년의 머리에서 이를 잡으면서 말했다.

"그 당시에 당신은 엄마를 뒤따라 뛰어 돌아다니던 작은 아이였지. 난 당신이 기억나. 그러나 눈만 빼놓고 당신은 모두가 변했어."

첫 번째 여자가 말했다.

"그래. 그런데 당신의 모친은 어딨지? 죽었나? 신이어 그녀의 영혼을 달래소서. 얼마나 자주 내가 그녀의 바구니 앞에 앉아 보이지 않는 것에 대해 물어보고 미래에 관해 속삭였던지! 그녀는 귀를 기울이고 대답을 했었지. 신이여 그녀의 영혼을 달래소서. 가이샤."

"오래도록 살기를. 아마도 당신은 빈 지하실에 관해 나에게 말해줄 수 있겠구료."

그 여자는 가느다란 눈으로 그를 응시하고 물었다.

"모든 게 끝났건만 무엇 때문에 돌아온 거지?"

그는 짐짓 현명한 척 하며 말했다.

"모든 사람이 자기 고향과 고향 사람들에게 돌아가지."

그녀는 리파아 마을에 있는 한 집을 가리켰다.

"거기엔 당신이 쓸 지하실이 있어. 그건 거기 사는 여자가 불에 타 죽은 이후로 쭉 비어 있었어. 신이여 그녀의 영혼을 달래소서. 그런 것들이 무섭지 않소?"

창문을 내다보던 여자가 웃으면서 말했다.

"이 사람이 무서워 하는 것은 마귀들이야."

그는 올려다보았다. 그의 얼굴은 웃음으로 가득 찼다.

"즐거운 마을. 매력적이고 기지에 찬 사람들. 이제 나는 우리 어머니가 왜 나에게 돌아오라고 하는지 알겠어."

그 다음 앉은 여자를 쳐다보며 말했다.

"우리는 어차피 죽어. 불로 죽든 물로 죽든 악마에 의해 죽든 몽둥이에 맞아 죽든."

그는 그녀에게 작별 인사를 하고 그녀가 가리켰던 건물을 향해 갔다. 많은 사람들이 그의 뒤를 쳐다보았다.

한 사람이 조롱하듯이 말했다.

"우리는 그의 어머니를 알았었어. 하지만 그의 아버지는 누가 알지?"

나이든 여자가 말했다.

"신만이 알겠지."

다른 누가 말했다.

"그는 자기 좋을 대로 가발 사람이나 리파아 사람 아니면 카셈 사람의 아들이라고 자처할 수 있어. 신이여, 그의 어머니의 영혼을 달래소서."

아라파의 친구가 화를 내며 그에게 속삭였다.

"왜 우리가 이곳으로 돌아왔지?"

아라파는 여전히 웃으며 말했다.

"자네는 어디서나 이런 류의 말을 듣게 될 것이야. 아무튼 이곳은 우리의 마을이야. 우리가 살 수 있는 단 한 곳이고, 우리는 지겹도록 방황하며 사막이나 폐허에서 잤어. 게다가 이 사람들은 말은 더럽지만 착하고, 몽둥이는 휘두르지만 막 하지는 않잖아. 여기서 우리는 쉽게 생계를 꾸릴 수 있어. 그걸 잊지마, 하나쉬."

하나쉬는 '두고 봐야지'라고 말하는 듯이 좁은 어깨를 움츠렸다.

술주정뱅이가 그들을 가로막고 아라파에게 물었다.

"이름이 뭐요?"

"아라파."

"아라파 뭐?"

"아라파 이븐 가이샤."

구경꾼들이 그가 모욕을 당하자 폭소를 터뜨렸다.

술꾼은 말했다.

"우리는 당신의 어머니가 언제 임신했고 당신의 아버지가 누군지 상당히 궁금했소. 어머니가 말해 주었나?"

아라파는 불쾌함을 감추려 크게 웃으며 말을 하였다.

"어머니도 알지 못하고 돌아가셨소."

그는 그들이 웃게 놔두고 가버렸다. 그가 돌아왔다는 소식이 급속히 퍼졌다.

그가 지하실을 차지하기도 전에 리파아 카페에서 온 소년이 말했다.

"우리의 수장인 아가그씨가 당신을 만났으면 해요."

그는 근처에 있는 카페로 갔다. 가장 먼저 그의 눈을 사로잡은 것은 이야기꾼이 앉아 있는 벤치 윗벽에 걸린 그림이었다. 바닥에는 말을 탄 아가그의 그림이 있었고 그 위에는 통치자의 한 사람인 카드리가 멋진 콧수염을 하고 훌륭한 의상을 입고 있었고 꼭대기에는 가발라위가 리파아의 시신을 무덤에서 꺼내어 자기 집으로 가져가려는 그림이 있었다. 그는 흥미있게 이것들을 쳐다보면서 카페로 들어갔다. 아가그가 오른쪽 벤치에 앉아 있었다. 그의 주위에는 그의 친구들과 부하들이 앉아 있었다. 아라파는 거기로 가서 그 앞에 섰다. 수장은 마치 공격하기 전 그에게 최면술을 걸려는 것처럼 오랫동안 경멸하는 시선을 보냈다.

아라파는 손을 들며 말했다.

"안녕하시오. 우리의 수장이시며 보호자이자 원조자시여."

아가그의 좁은 눈은 경멸로 가득 찼다.

"아름다운 말이야, 젊은이. 그러나 말로만은 여기서 충분치 않아."

아라파는 웃었다.

"다른 것들이 곧 있겠지요."

"우리에게는 너무 많은 거지들이 있어."

"나는 거지가 아니오, 나리. 나는 유명한 마술사요."

그들은 서로 쳐다보았다.

아가그가 찡그리며 말했다.

"무슨 뜻이지, 당신 미친 사람이야?"

아라파는 자기 작업복 가슴에다 손을 넣고 대추만한 크기의 특이한 작은 상자를 꺼내었다. 그는 온화하게 수장에게 다가가서 그것을 건네주었다. 그는 아무런 흥미 없이 받아서, 열어보고는 어떤 막대기를 보았다. 그는 뭔지 몰라서 올려다보자, 아라파는 무한한 자신감을 가지고 말했다.

"잠자리에 들기 두 시간 전에 찻잔으로 그 알맹이를 먹어보시오. 그러면 그 후에 당신은 아라파를 좋아하든가 아니면 그를 쫓아다니면서 저주할 거요."

그들은 모두 호기심에 목을 쭉 뺐다. 아가그도 흥미를 누를 수 없었다.

그러나 그는 짐짓 경멸하듯 말했다.

"그게 당신의 마술이야?"

"나는 또 비싼 향료와 귀중한 향냄새가 훌륭한 약과 마시는 약 그리고 부적을 가지고 있소. 내 진짜 힘은 사람들이 약하거나 아프거나 말랐을 때 볼 수 있소."

아가그는 위협하듯이 말했다.

"좋아, 좋아! 우리는 당신에게서 보호세를 받아야겠네."

아라파는 놀랬으나 얼굴은 더욱 더 즐거워지며 말했다.

"내가 가진 것은 다 당신의 처분에 달렸소, 나리."

수장은 갑자기 웃으며 말했다.

"그렇지만 넌 아버지가 누군지 우리에게 말 안했어."

"아마 나리가 나보다 잘 아실 텐데요?"

그들은 큰 소리로 웃으며 비꼬아댔다. 아라파는 담배 연기로 꽉 찬 카페에서 나오면서 혼자 말했다.

"아무도 나의 아버지가 누구였는지 모른다. 나도 모르고 아가그도. 빌어먹을."

그와 하나쉬는 기쁜 마음으로 지하실로 갔다.

그는 말을 하기 시작했다.

"내가 기대했던 것보다는 낫다. 아주 적당해, 하나쉬. 이 방은 사람들을 만나기에 좋을 것이고 우리는 뒷방에서 살 거야. 다른 방은 작업실이 될 거고."

하나쉬는 안달하듯이 물었다.

"어느 방에서 그 여자가 타 죽은 것 같애?"

아라파의 너털웃음이 빈 방에 울려퍼졌다.

그는 말했다.

"악마가 무섭냐, 하나쉬? 우리는 그들과 같이 일하게 될 거야. 가발이 뱀과 일했듯이."

그는 기쁜 듯이 둘러보고 말했다.

"고을 쪽에 있는 우리의 방에 창이 하나밖에 없어. 우리는 쇠창살 사이로 도로를 올려다보게 될 거야. 이 무덤은 한 가지 훌륭한 특징이 있지. 도둑을 안 맞아."

"도둑이 들어올지 모르지."

"그럴지도 모르지."

그리고는 한숨을 쉬며,

"내가 하는 모든 것은 사람들을 위한 것이야. 그러나 내 평생 난 욕만 먹었던 것 같애."

"성공만이 자네가 당한 모든 괴로움을 보상해 줄 거야. 자네나 자네의 불쌍한 어머니나."

94

여가 시간에 아라파는 낡은 의자 위에 앉아 지하실 창문으로 마을에 어떤 일이 일어나는지 바라보기를 즐기곤 했다. 그는 머리를 창문 살에 기대고 앉았다. 지하실의 창은 지면과 맞닿아 있어서 지나다니는 사람들의 발과 수레 그리고 개와 고양이, 곤충과 어린이들이 지나다니는 것을 볼 수 있었다. 그러나 잔뜩 웅크려 목을 쭉 빼지 않고서는 사람들의 머리와 어깨를 볼 수 없었다. 벌거벗은 소년이 그의 앞에 멈춰 서서 죽은 생쥐를 가지고 놀고 있었다. 앞을 못 보는 늙은 사람이 왼손에 파리가 우글거리는 콩과 참외 씨와 단 것이 든 접시를 가지고, 오른 손에는 굵은 지팡이를 들고 지나갔다. 다른 지하실 창문으로 두 남자가 으르렁대고 싸우며 다가오는 것을 볼 수 있었다.

아라파는 벌거벗은 아이에게 미소지으며 상냥하게 물었다.

"이름이 뭐냐, 영리한 아이야?"

"우나요."

"하수나 말이구나. 넌 그 죽은 생쥐가 좋으냐, 하수나?"

그 어린 소년은 그것을 그에게로 던졌다. 창살이 없었더라면 그의 얼굴에 맞을 뻔했다. 그 소년은 허둥지둥 도망가 버렸다. 아라파는 자기 발치에서 졸고 있던 하나쉬에게 몸을 돌렸다.

"이 고을 어느 구석에서나 수장들의 표시를 볼 수 있어. 그러나 가발이나 리파아, 카셈 같은 사람의 표시는 볼 수 없어."

하나쉬는 하품을 하면서 말했다.

"우리가 보는 모든 사람은 사달라와 유세프, 아가그와 산투리와 같은 사람들이야. 그러나 화제에 오르는 사람들은 가발과 리파아, 카셈뿐이지."

"그렇지만 그들은 존재했었어. 안 그래?"

하나쉬는 손가락으로 바닥을 가리켰다.

"우리 집은 리파아 집이야. 그 안에 있는 모든 사람들은 리파아의 부하들이고 이야기꾼들은 매일 밤 그가 사랑과 행복을 위해 어떻게 살고 죽었는지 이야기하지. 그런데도 매일 아침 우리가 제일 먼저 듣는 것은 그들이 싸우고 저주하는 소리지. 사람들은 다 그래, 남녀를 막론하고 말이야."

아라파는 얼굴을 찡그렸다.

"그렇지만 그들은 존재했어. 안 그래?"

"욕지거리는 리파아 사람들 사이에서는 별 거 아냐. 죽여라! 사람 살려! 바로 어제만 해도 한 사람이 눈을 잃었어."

아라파는 화가 나서 일어섰다.

"어이없는 곳이로군! 오 어머니! 예를 들어 우리를 봐. 모두가 이용만 하고 아무도 우리를 존경하지 않아."

"사람들은 아무도 존경하지를 않아."

그는 이를 갈았다.

"수장들을 빼놓고."

하나쉬는 웃으면서 말했다.

"적어도 자네만이 이 고을에서 모든 사람들, 즉 가발 사람들, 리파아 사람들, 카셈 사람들을 다룰 수 있는 단 한 사람이야."

"그들 모두를 저주해."

그는 잠시 말이 없었다. 그의 눈은 컴컴한 지하실에서 반짝거렸다.

"모든 당파가 자기 우두머리에 대해 바보같이 떠벌려. 그 사람의 이름밖에 남아 있지 않은데도 말이야. 무언가 더 잘해 보려고 하지를 않아. 겁쟁이들. 빌어먹을!"

그의 첫 손님은 그가 새로 집을 차린 첫 주에 그에게로 온 리파아 마을의 여자였는데 상기된 목소리로 이렇게 물었다.

"어떻게 아무도 모르게 한 여자를 죽일 수 없을까요?"

그는 놀라서 알 수 없다는 듯이 그녀를 쳐다보고 말했다.

"그건 내 일이 아니오. 만약 부인이 몸이나 마음을 위해 약을 원한다면 갖다 드리죠."

"당신은 마술사가 아닌가요?"

"마술사요. 사람들에게 유익한 일을 하죠. 하지만 죽이는 일은 다른 사람들의 소관이오."

"겁내고 있군요, 그렇죠? 하지만 우리는 하나의 비밀을 가진 두 공모자가 될 거예요."

그는 미묘하게 말했다.

"리파아는 그렇지 않았어."

그녀는 소리쳤다.

"리파아! 맙소사! 우리는 자비가 아무 소용없는 고을에서 살고 있어요. 만약 조금이라도 자비심이 있었다면 리파아는 죽지 않았을 거예요."

그녀는 희망을 포기하고 가버렸다. 그러나 그는 섭섭하지 않았다. 리파아 자신도 매우 좋은 사람이지만 여기서는 안전하지 못했었다. 하물며 어떻게 죄짓는 일을 했는데 안전하기를 희망할 수 있을까? 그리고 그의 어머니라! 그 누구에게도 아무런 해를 끼치지 않았는데 그녀는 너무도 고생을 많이 겪었었다. 아냐, 그는 지각 있는 상인에 맞게 모든 사람과 가장 잘 어울렸음에 틀림없다. 그는 모든 카페를 찾기 시작했다. 항상 그가 아는 손님이 있었다.

그는 여러 마을에서 머리가 완전히 혼잡해질 때까지 이야기꾼들의 이야기를 들었다.

카셈 마을에서 온 그의 손님은 노인이었다.

그 노인은 싱긋 웃으면서 그에게 속삭였다.

"우리는 당신이 리파아 마을의 수장인 아가그에게 준 선물 얘기를 들었소."

아라파는 웃으면서 주름 잡힌 얼굴을 찬찬히 보았다.

그 노인이 말했다.

"우리에게도 하나 주시오. 당신이 멀쩡한 사람이라면 놀라지 않겠지."

그들은 미소를 주고받았다.

노인이 용기가 나서 말했다.

"당신은 카셈 마을 사람이지? 사람들이 그러던데."

아라파는 경멸하듯이 그에게 물었다.

"그들이 우리 아버지를 알아? 당신네 사람들이?"

"카셈 사람은 생긴 걸 보면 알지. 당신은 카셈 사람이야. 그 고을을 발전시킨 사람들은 우리였지…… 하지만 세상에 오, 세상에, 카셈 마을은 불행한 곳이야."

그리고는 본론으로 돌아와서 말했다.

"선물 좀 안 주나?"

노인은 작은 항아리를 들고는 놀란 눈으로 가버렸다. 그의 걸음에는 새로운 열기와 희망이 있었다.

그의 마지막 손님은 기대하지 않았던 사람이었다. 아라파는 맛

있는 연기를 뿜어 대는 향냄새 버너 앞에 있는 방석 위에 앉아 있었다. 그때 하나쉬가 늙은 누비안과 함께 안으로 들어왔다.

"유네스씨야, 통치자 나리의 문지기지."

아라파는 반가워 펄쩍 뛰며 팔을 뻗었다.

"안녕하세요. 잘 오셨어요. 커다란 영광입니다. 앉으세요."

그들은 나란히 앉았다.

문지기는 단도직입적으로 말했다.

"저 통치자의 부인, 나지라 마님이 악몽 때문에 잠을 못 이뤄요."

아라파의 눈은 관심있는 듯 반짝거렸고 그의 가슴은 희망과 야심으로 보다 강렬히 고동쳤다. 그러나 그는 간단히 말했다.

"간단해요! 내가 보살펴 주겠소."

"하지만 그녀의 마님다운 품위는 완전히 혼란에 빠졌고 무언가 적절한 것을 찾으려 나를 당신에게 보낸 거요."

아라파는 무언가 심상치 않음을 느꼈다.

"내가 직접 그녀에게 얘기하는 것이 제일 낫겠군요."

"그럴 순 없소. 그녀는 당신에게 오지 않을 것이고 당신은 그녀를 방문해서는 안 되오."

아라파는 절망감을 누르고 이 황금의 기회를 잃지 않으려고 노력하였다.

"그녀의 손수건이나 그녀의 어떤 사적인 소지품이 내게 있어야 해요."

문지기는 터번을 감은 머리를 숙이고는 가려고 일어났다. 그들이 문으로 갔을 때 그는 잠시 머뭇거리더니 허리를 굽혀 아라파의 귀에다 속삭였다.

"우리는 리파아 마을의 수장인 아가그에게 보낸 당신의 선물 이야기를 들었소."

문지기가 선물을 가지고 가버렸을 때 아라파와 하나쉬는 한바탕 웃었다.

하나쉬가 말했다.

"그가 누굴 위해 그 선물을 가지고 갔는지 모르겠어, 자신을 위해선지 통치자를 위해선지 그 부인을 위해서인지."

아라파는 경멸하듯 소리쳤다.

"선물과 몽둥이 투성이로군!"

그는 밤에 고을을 보려고 창문으로 갔다. 반대편 벽은 달빛에 은색이었고 귀뚜라미들이 울고 있었다. 카페에서 리파아 마을 이야기꾼의 목소리가 흘러나왔다.

아담이 말했지.

"당신은 우리가 더 이상 아무런 인연도 없다는 것을 언제 깨달을 거야?"

이드리스는 말했다.

"자비로운 신이시여! 너는 내 형제가 아니더냐? 그것은 끊을 수 없는 끈이야."

"이드리스, 당신은 나를 괴롭힐 만큼 괴롭혔어."

"슬픔은 흉측한 거야. 그러나 우리는 둘 다 상처를 입었지. 너는 함맘과 카드리를 잃었고 나는 힌드를 잃었지. 가발라위는 요부 같은 손녀와 살인자 손자를 얻었어."

아담이 소리 질렀다.

"당신이 받은 벌이 만일 당신 행동에 비해 가혹하지 않으면 세상이 망할 걸!"

아라파는 정나미가 떨어져 창문에서 몸을 떼었다.

언제쯤이나 고을이 더 이상 이야기를 반복하지 않게 될까? 세상이 언제 망할 것인가?

아라파의 어머니는 이런 문구를 자주 반복했었다.

"당신이 받은 벌이 만일 당신의 행동에 비해 가혹하지 않다면 세상이 망할걸! 사막에서 사는 그의 불쌍한 어머니! 그러나 고을이 이 이야기로부터 무엇을 얻었단 말인가?"

95

아라파와 하나쉬는 마음을 단단히 먹고 벽에 고정된 가스 등불을 켠 채 지하실 뒷방에서 일하고 있었다. 그 방은 축축하고 어둡고 뒤편에 있어서 거주할 수가 없었다. 그래서 아라파는 그 방을 작업실로 만들었다. 바닥 위와 구석구석에는 산뜻한 종이, 부적 더미와 흙덩이, 석회석, 식물과 양념, 마른 동물과 곤충, 생쥐, 개구리, 전갈, 유리와 병조각, 이상하고 썩은 냄새나는 술단지와 석탄 스토브가 있었다. 벽에 고정된 선반에는 온갖 종류의 병과 용기, 가방들이 놓여 있었다. 아라파는 흙으로 빚은 병에 여러 가지 재료를 섞어 만든 반죽을 집어넣는 데 몰두해 있었다. 그의 얼굴에서 땀이 뚝뚝 떨어졌고 이따금씩 작업복 소매로 땀을 닦았다. 하나쉬는 옆에서 아라파의 지시에 따를 준비를 하면서 그를 흥미 있게 바라보았다. 그는 무언가 도움말을 하고자 말을 꺼냈다.

"이 비참한 고을에서 가장 열심히 일하는 사람도 이렇게까지 애쓰지는 않을 거야. 그런데 보상이 뭐지? 몇 밀리얌(화폐단위)이나 될까? 기껏해야 1피아스터(화폐단위)겠지."

'신이여 우리 어머니에게 축복을! 오직 나만이 어머니가 얼마나 착했는지 알 거야. 어머니가 나의 모든 생각을 알아차릴 수 있는 그 훌륭한 마술가에게 나를 떠넘긴 날 내 인생은 완전히 바뀌었어. 어머니가 아니었더라면 나는 기껏해야 좀도둑이나 거지가 됐을 테지.'

"돈은 자네가 진득하기만 하면 모이는 거야. 실망하지 마. 폭력을 쓰는 것만이 부자가 되는 길은 아냐. 내가 즐기고 있는 위치를 잊지 마. 나를 찾아오는 사람들은 완전히 나를 믿고 그들의 행복을 내게 맡기지. 그건 비웃을 것이 못 돼. 그리고 마술 그 자체의 기쁨을 잊지 마. 유용한 것을 순수하지 않은 것들로부터 짜내는 기쁨, 자네의 처방이 사람들을 낫게 하는 기쁨 말일세. 그리고 자네가 얻고 싶어 하는 신비한 힘이 있지 않은가."

하나쉬는 난로를 바라보았다.

갑자기 아라파의 생각을 깨뜨리며 그가 말했다.

"난로의 환기통을 열어놓는 것이 좋겠어. 안 그러면 우린 질식할 거야."

"마음대로 하게. 그러나 내 생각만은 방해하지 말아 줘. 이 고을에서 스스로가 중요하다고 자처하는 쑥맥들은 아무도 그 어둡고 지저분해서 고약한 냄새가 나는 이 방에서 만들어진 것들이 얼마나 중요한지 이해하지 못할 거야. 그들은 '선물'의 중요성은 이해하나 그 선물이 전부는 아니야. 상상할 수도 없는 놀라운 기적이 이 방에서 일어날 수 있다는 거야. 바보들은 아라파의 진정한 가치를 깨닫지 못해. 아마도 그들은 언젠가는 이해하겠지. 그 때 그들은 우리 어머니에게 용서를 빌고 지금처럼 그녀를 모욕하지는 못하게 될 거야."

하나쉬는 반쯤 일어났다가 다시 털썩 주저앉으면서 화를 냈다.

"몇몇 바보 같은 수장이 자신의 몽둥이로 이 좋은 것들을 모두 망쳐놓을 수도 있네."

"우리는 아무도 해치지 않아. 그리고 우리는 보호세를 지불하네. 우리가 어떻게 해칠 수가 있겠어. 걱정도 팔자지."

하나쉬는 웃었다.

"리파아가 뭐 잘못해서 당했나?"

아라파는 지긋이 그를 바라보면서 말했다.

"왜 그런 생각으로 날 괴롭히는 거지?"

"자네는 부자가 되기를 원하는데 여기서는 수장들을 제외하고는 어느 누구도 부자가 될 수 없어. 자네는 강력한 권력을 갖게 되기를 바라는데 그 누구도 그들을 제외하고는 강력한 권력을 허용하지 않아. 잘 해봐. 이 친구야."

아라파는 적당하게 원료를 합성했다고 믿어질 때까지는 아무 말도 하지 않았다. 그때 그는 하나쉬를 힐끔 보고 그가 여전히 걱정하고 있는 것을 알고는 웃었다.

"우리 어머니는 자네 앞에서 나에게 경고했어. 고마워, 하나쉬 이 걱정꾼아. 그러나 난 머릿속에 계획을 가지고 돌아왔어."

"마술 외에는 더 이상 아무것도 자네의 흥미를 끄는 것이 없는 것 같아."

아라파는 넋나간 듯이 말했다.

"마술은 훌륭한 것이야. 그것이 어디서 끝날지 아무도 몰라. 마술이 있는 자에게는 몽둥이도 어린애들의 장난감이지. 그걸 알게 나, 하나쉬. 바보 같은 소리 마. 이 고을에 사는 모든 사람들이 마술사라고 상상해 봐……."

"만약 모든 사람들이 마술사라면 다 굶어 죽을 거야."

아라파는 새하얀 이를 드러내면서 큰 소리로 웃었다.

"바보 같은 소리 마, 하나쉬. 그들이 무엇을 할 수 있을까. 네 자신에게 물어 봐. 지금 저주와 모욕이 난무하듯이 기적이 세상에 난무하게 될 거야."

"그들이 먼저 굶어 죽지 않는다면 그렇겠지."

"그들은 죽지 않을 거야. 만약……."

그러나 그는 말을 끝맺지 못했다. 그는 생각을 너무 많이 해서 작업을 계속할 수 없었다.

그는 말했다.

"카셈 마을의 이야기꾼들은 모든 사람이 자신이 원하는 것을 얻고 아담이 꿈꾸었던 축복받은 행복을 누리기 위해 노역을 없애기 위해 영지를 사용하고자 했다고 말하지."

"카셈이 그렇게 말했어."

"그러나 축복이 최종 목적은 아니야. 인생을 여가와 노래 속에서 지낼 수 있는 축복을 상상해 봐. 그건 아름다운 꿈이야. 그러나 웃기는 것이지. 하나쉬, 기적을 이루기 위해 일을 하지 않는 것은 얼마나 멋진 일이야!"

하나쉬는 그의 큰 머리를 흔들었다. 아무런 의미없는 말에는 동의하지 않겠다는 듯. 그 다음 그는 다시 진지한 목소리로 말했다.

"이제 난로의 환기통을 닫아줄래?"

"그렇게 해. 그리고 너 자신을 불속에 던져. 네가 가치 있다고 여기는 것은 마땅히 불에 태워져야 해."

아라파는 한 시간 후에 작업실을 떠나서 소파로 가 창문으로 밖을 보면서 자리에 앉았다. 정적이 지나가자 삶의 혼잡이 귓속을 가득 채웠고, 행상들의 외침과 여자들의 수다, 그리고 큰 소리로 질러 대는 짓궂은 말들, 끝없이 오고 가는 욕지거리들이 들려왔다. 그는 새로운 것이 담벼락의 맞은편에 놓여 있음을 알아차렸다. 낡아빠진 종이로 뒤덮인 골조로 만든 간이 카페가 있었던 것이다. 그 안에는 원두커피가 담긴 상자, 찻잎, 계피, 난로, 커피 포트, 잔, 접시와 스푼 등이 있었다. 노인이 물을 끓이려고 난로에 부채질을 하며 바닥에 앉았고 텐트 뒤에는 젊은 여자가 부드러운 목소리로 노래를 부르며 서 있었다.

"내 사랑, 부드러운 커피."

그 카페는 카셈 마을과 리파아 마을이 서로 맞닿는 데 있었다. 손님들은 많았다. 구걸하는 아이들과 가난한 사람들…… 아라파는 술집 뒤에서 오랫동안 그 여자를 바라보았다. 검은 챠도르를 두른 갈색 얼굴은 참으로 예뻤다! 커피색 옷이 그녀의 발목까지 덮었고 그 가장자리는 바닥에 닿았다. 그녀가 주문을 받으러 가거나 빈 잔을 가지고 돌아올 때마다 얼마나 정숙해 보이는지! 그리고 저렇게 가는 몸매 좀 봐! 그녀의 눈은 얼마나 사랑스러운가! 아마도 모래 때문에 왼쪽 눈꺼풀이 빨갛게 되긴 했어도, 얼굴모습으로 보아 그녀와 노인은 분명히 아버지와 딸이었다. 그는 틀림없이 이 고을에서도 흔하듯이 그녀를 늘그막에 낳았을 것이다.

아라파는 부끄러움도 잊은 채 그녀에게 소리쳤다.

"젊은 처녀! 차 한 잔만 부탁해."

그녀가 그를 건너다보았다. 그리고는 재빨리 모래에 반쯤 잠긴 포트를 꺼내 컵을 채웠다. 그녀는 골목을 지나 그것을 그에게 가져갔다.

아라파는 웃음을 머금고 말했다.

"고마워, 얼마지."

"2밀리암이에요."

"비싸구나. 하지만 네게는 비싼 가격이란 게 없겠지."

"큰 카페에서는 5밀리암이에요. 그렇지만 그것은 당신이 지금 마시는 것과 다를 게 없어요."
 그녀는 그가 말하길 기다리지 않고 가버렸다. 그는 차가 식기 전에 차를 마시면서 그녀에게서 눈을 떼지 않았다.
 저런 젊은 여자와 함께라면 얼마나 행복할까. 그녀는 한쪽 눈이 부어오른 것을 제외하고는 완벽했다. 그런 정도라면 그가 쉽게 고칠 수 있었다. 그러나 그는 여태까지 그가 가진 것보다 더 많은 돈을 필요로 할 것이다. 지하실은 모든 게 완벽했다. 하나쉬가 잠자는 데 필요한 모든 것이 준비되어 있었다.
 그는 야릇하게 중얼거리는 소리를 듣고, 사람들이 고을 꼭대기 쪽을 바라보고 있는 것을 보았다. 그들 중 누군가가 '산투리······ 산투리.'하고 말하고 있었다. 그는 창살에 바짝 다가가 수장 산투리가 한 떼의 부하들을 거느리고 다가오고 있는 것을 보았다.
 그는 간이 카페를 지나면서 그 여자를 보고 부하 중 한 사람에게 물었다.
 "저 여자 누구야?"
 "아와티프란 여잡니다. 샤끄룬의 딸이죠."
 산투리는 흥미를 느끼는지 눈썹을 치켜 올렸다. 아라파는 화가 나고 속이 상했다. 그가 빈 잔을 흔들자 그 여자는 살며시 다가와서 빈 잔을 받아들고 2밀리암을 받았다. 그는 산투리가 간 방향을 쳐다보았다.
 "조금도 걱정되지 않니?"
 "필요하면 당신의 도움을 청하겠어요. 그런데 도와주시겠어요?"
 그는 그녀의 빈정거림에 마음이 상했다. 아니 화가 났다기보다는 슬퍼졌다. 그때 하나쉬가 자기를 부르는 소리를 듣고 그는 의자에서 뛰어내려 안으로 서둘러 들어갔다.

16

아라파는 시간이 감에 따라 손님을 많이 받았다. 하지만 그들 중 아무도 아와타프가 그의 상담실로 오던 날만큼은 그를 기쁘게 해 주지 못했다. 그는 자기가 손님들에게 보여주곤 했던 거만함을 버리고 뛰어나가 그녀를 환영해 주었다. 그는 자기 앞에 있는 방석 위에 그녀를 앉히고 자신도 즐거워하며 자리에 앉았다. 그는 그녀를 위아래로 쳐다보았다. 그렇지만 그의 시선은 붓고 열이 난 눈꺼풀 때문에 거의 감겨있다시피 한 그녀의 왼쪽 눈에 고정되었다.

그가 말했다.

"너는 치료를 게을리 했구나. 내가 너를 처음 본 날에 이미 빨갰는데."

"따뜻한 물에 씻으면 될 거라고 생각했어요. 저 같은 사람들은 잊어버리기 일쑤거든요."

"건강을 소홀히 하는 것은 옳지 않아. 특히 너의 예쁜 눈처럼 소중한 것이 그럴 땐 말이야."

그녀는 칭찬을 듣자 기분이 좋아서 웃었다. 그는 선반에 손을 뻗어 찻잔을 가져왔다. 거기에서 작은 꾸러미를 꺼냈다.
 "손수건에 들어있는 내용물을 묶어라. 끓는 물에 손수건을 삶은 다음에 그것을 네 눈 위에 묶어라. 매일 밤 눈이 너만큼이나 아름다워질 때까지 그렇게 해."
 그녀는 꾸러미를 집어 들고 지갑을 꺼내면서 오른쪽 눈으로 묻는 듯 그를 바라보았다.
 그는 웃었다.
 "됐어. 우리는 이웃이고 또 친구야."
 "하지만 당신이 마신 차 값은 내요."
 "그렇지만 실은 난 네 아버지한테 돈을 내는 거지. 훌륭한 노인이시지. 내가 너의 아버지를 알면 좋으련만. 너의 아버지가 그 나이에도 계속 일을 하셔야 해서 유감이란다."
 "아버지는 건강하시지만 또 집에 계시는 걸 싫어하셔요. 나이가 드신 것 때문에 아버지는 인생에 대해 슬프게 생각하시죠. 아버지는 카셈 시절의 사건을 보았던 사람 중의 한 분이시기 때문이죠."
 아라파의 얼굴은 그녀에 대한 관심으로 달아올랐다.
 "정말. 아버지는 그 사람 중의 한 분이셨어?"
 "아, 아녜요. 하지만 아버지는 그 당시 행복을 맛보셨고 아직도 그 때문에 한숨을 쉬셔요."
 "나는 아버지를 알고 싶고, 그 분의 말씀을 듣고 싶어."
 "아버지를 그 문제에 끌어들이지 마세요. 저는 아버지가 아버지 자신의 안전을 위해서도 잊어버리셨으면 해요. 아버지는 전에 선 술집에서 아버지 친구 몇 분과 술을 마시고 계셨어요. 술에 취하셨을 때 일어나서서 큰 소리로 외쳤대요. 모든 일이 카셈 시절에 그랬던 것으로 되돌아가야 한다구요. 아버지가 밖으로 나오시자마자 산투리가 바로 앞에 있는 걸 발견하셨어요. 그 짐승 같은 놈이 아버지를 마구 때려서 아버지는 의식을 잃으셨어요."

아라파는 화가 치밀었다. 그는 아와티프를 쳐다보며 말했다.

"이런 수장들이 있는 한 아무에게도 안전이란 없다."

그녀는 슬쩍 그를 쳐다보며 그의 말뜻이 무엇인가 생각해 보았다. 그리고 말했다.

"사실이에요. 아무도 안전하지 않아요."

그는 주저했다. 입술을 물어뜯으며 말했다.

"나는 산투리가 널 그 모양으로 만드는 걸 봤다."

그녀는 미소를 감추려고 아래를 쳐다보았다.

"빌어먹을!"

"그와 같은 수장에게 신뢰를 받는다는 것은 여자에게 어떤 기쁨을 주는 것이 아니냐?"

"그는 부인이 넷이나 되는 걸요."

그의 가슴이 덜컹 내려앉았다.

"부인이 아홉이라도 놀랄 게 없지."

"나는 그가 아버지를 공격한 이후로 그를 미워해왔고 나머지 비인간적인 놈들도 마찬가지예요. 그들은 오만하게 보호세를 차지하는데 당신은 그들이 당신에게 호의나 베푸는 줄로 생각하고 계시죠?"

"아주 훌륭해. 아와티프. 그건 카셈이 그들을 없애버릴 때 생각했던 것이지. 하지만 그들은 전염병처럼 되돌아왔어."

"그래서 아버지가 카셈 시절을 생각하고 한숨을 내쉬는 거죠."

그는 갑자기 혼란이 와서 머리를 내저었다.

"그리고 다른 사람들은 리파아와 가발 시절을 생각하고 한숨을 쉬지. 그런다고 지난 일이 되돌아오지는 않아."

그녀는 뾰로통해져가지고 말했다.

"당신은 그렇게 말하시는데 그건 당신이 우리 아버지처럼 카셈을 보지 못하셨기 때문이에요."

"네가 그를 봤어?"

"아버지가 그러시는데……"

"어머니가 내게 말했지. 그렇지만 그게 무슨 소용이 있어? 그렇다고 우리가 수장들로부터 멀어지지 않는데. 우리 어머니도 그들의 희생자 중의 한분이셨어. 그런데 어머니가 돌아가신 후 사람들이 어머니 얘기 하는 것 좀 봐."

"정말이에요?"

그의 얼굴이 어두워졌다.

"그래서 난 네가 걱정돼, 아와티프. 그들은 선과 활기와 사랑과 평화를 위협했지. 네게 말하지만 그 짐승 같은 놈이 너를 뚫어지게 바라보고 있는 것을 본 이후로 난 그들을 없애 버릴 필요가 있다는 것을 확신했어."

"사람들은 그게 우리 조상의 뜻이라고 말하지요."

"하지만 우리 조상이 어딨어?"

"'큰 집'에 있어요."

그는 조용히 말했다.

"아 그래, 너의 아버지는 카셈에 대해서 얘기를 하시고 카셈은 우리 조상에 대해서 얘기를 했지. 우리가 듣기로는 그렇지. 하지만 우리가 보는 모든 이는 카드리와 사달라와 아가그, 산투리와 유세프뿐이야. 우리들이 고통에서 벗어나려면 힘이 필요해. 추억이 무슨 소용이 있어?"

그는 대화가 바뀜으로 해서 즐거운 만남을 거의 망쳐놓는 것을 깨닫고 다른 말투로 바꿔 말했다.

"마치 나에게 네가 필요하듯이 우리 고을도 힘이 필요해."

그녀는 믿을 수 없다는 듯이 그를 응시했고 그는 그녀가 꿰뚫어 보는 듯한 눈만큼 대담하게 웃었다. 그는 그녀의 찡그림 속에 나타난 불쾌감을 피하려고 진지하게 말을 했다.

"열심히 일하는 아름다운 여자는 자기 눈이 부어도 알지 못하지! 그녀는 내가 필요하다는 생각에 내게 왔지만 실은 그녀를 필요로 하는 사람은 바로 나란 것을 알지."

그녀는 일어섰다.

"저 갈 시간이에요."

"화내지 마. 제발, 알아 둬. 나는 놀랄 만한 건 아무것도 말 안 했어. 너는 지난 며칠간 내가 널 좋아한다는 것을 알아차려야 했어. 내 눈은 항상 너의 카페에 머물러 있으니까. 나 같은 총각은 영원히 혼자 못 살아. 정돈이 안 된 총각의 집은 누군가가 돌봐줘야 되고 수입은 필요 이상이라서 누군가 같이 써야 돼."

그녀는 방에서 나왔다. 그는 방 가장자리에 서서 그녀가 가는 걸 보았다. 그녀는 아무 말도 하지 않고 떠나는 것이 내키지 않아 '안녕!'이라고 더듬거리며 말했다.
그는 제자리에서 조용히 혼자 노래했다.

"그대의 볼은 벨벳처럼 부드럽고,
그대의 얼굴은 달과 같이 빛나며,
내가 본 가장 사랑스러운 생명,
곧 나의 잔 가득 기쁨을 채우리."

그는 바삐 상점으로 걸어가 하나쉬가 일에 열중해 있는 것을 보았다.
"뭘 해?"
하나쉬는 그에게 병을 보여주었다.
"꽉 찼어. 단단히 봉해져 있고 그렇지만 사막에서 마셔야 돼."
아라파는 그것을 집어 들고 마개가 닫혔는지를 확인했다.
"그래, 사막에서. 그렇지 않으면 우린 사막에서 죽게 될 거야."
하나쉬는 염려스러운 듯 말했다.
"우리는 생계비를 벌기 시작했고 삶은 우리에게 미소를 짓기 시작했다. 신이 너에게 준 행복을 내던지지 마."
하나쉬는 인생이 보다 달콤해지자 이제 인생의 가치를 느끼기 시작했다. 아라파는 이런 생각을 하며 미소를 짓고 잠시 동안 그를 본 다음 말했다.
"그녀는 나의 어머니일 뿐 아니라 너의 어머니이기도 했지."
"그래, 하지만 그녀는 너에게 복수를 생각하지 말라고 부탁했어."

"넌 달리 생각하곤 했지."

"우린 복수도 하기 전에 살해를 당할 거야."

아라파는 웃었다.

"난 오래 전에 복수에 대한 생각을 그만 두었어. 알겠나?"

하나쉬의 얼굴은 빛났다.

"병 이리 줘. 우리 그것을 비워 버리자. 응?"

그러나 아라파는 꼭 잡고 말했다.

"안 돼! 완벽할 때까지 우린 그걸 실험할 거야."

이렇게 놀리자 하나쉬는 얼굴을 찡그렸다.

아라파는 계속했다.

"정말이야, 하나쉬. 믿어줘, 난 복수한다는 생각은 포기했어. 우리들 어머니의 간청 때문이 아니라 우리가 복수하겠다는 생각을 그만두어야만 수장들을 없앨 수 있다고 확신했기 때문이야."

"자네가 그 소녀를 사랑하기 때문이겠지."

아라파는 진심으로 웃었다.

"그 여자에 대한 사랑, 인생에의 사랑, 마음대로 부르게…… 카셈이 옳았어."

"카셈이 너랑 무슨 상관있어? 카셈은 우리 조상의 소원을 수행했을 뿐인데."

그는 얼굴을 찡그렸다.

"누가 알아? 그 사람들은 자기 얘기를 하지만 이 방에 있는 우리는 결정적이고 확실한 것을 하고 있는 거야. 고을에 무슨 안전이 있나? 아가그는 우리가 번 돈을 훔치려고 내일 온다. 만약 내가 아와티프와 결혼하려 들면 산투리의 몽둥이가 가만히 있지 않을 거야. 모든 사람이 다 마찬가지야. 심지어 거지들도. 날 상하게 하는 것은 우리 고을을 상하게 하는 거야. 날 안전하게 하는 것은 그것도 안전하게 하는 것이고. 나는 수장도 아니고 가발라위 사람도 아니야. 그렇지만 난 이 방안에 가발과 리파아, 카셈을 모두 합친 것보다 열 배의 힘을 주는 훌륭한 것들을 가지고 있어."

그는 마치 병을 던지려는 듯이 들어 올리더니 도로 하나쉬에게 주었다.

"우린 오늘밤 가발에서 그걸 사용하는 거야. 힘을 내고 다시 열중하도록 해봐."

그는 작업실을 나와 창문으로 가서 소파에 앉아 간이 카페를 건너다 보았다. 점점 밤이 깊어갔다. 그녀는 자기 상품을 소리치고 있었다. 그녀는 그의 창문을 보지 않으려고 했는데, 그로써 그녀가 얼마나 그를 생각하는지 알 수 있었다. 미소가 그녀의 입술 위에 엷게 퍼졌다. 아라파도 웃었다. 온 세상도 웃었다. 그는 기뻐서 매일 아침 머리 빗기로 맹세했다. 가말리아로부터 도둑을 쫓는 사람들의 소리가 들려왔다. 카페에서 바이올린의 저음이 났다. 그리고 이야기꾼들은 노래를 하며 저녁을 시작했다.

"먼저 아! 우리의 통치자 카드리 만세!
그 다음은 아! 우리의 수장인 사달라 만세!
세 번째는 아! 우리의 산투리 만세!"

아라파의 꿈은 무참하게 산산조각이 났다. 조심스럽게 그가 혼자 말했다.

'이야기가 다시 시작되는구나. 언제 끝날까? 매일 밤마다 그 얘기를 듣는 게 무슨 소용이 있을까? 이야기꾼들은 노래하고 하쉬시 소굴은 웅성거리고. 비참한 고을.'

97

샤끄룬의 삶에 이상한 혼란이 일어났다. 때때로 그는 마치 연설을 하듯이 아주 큰 소리로 말했다. 사람들은 동정스럽게 말하곤 했다. '늙은 나이, 단지 늙은 나이 때문이야. 그는 별 것 아닌 것 갖고도 화를 내고 아무런 이유 없이 매우 화를 내. 늙은 나이 때문이겠지'하고 사람들은 말했다. 그는 절대로 말하지 않으면 안 될 때까지 오랜 기간 동안 침묵으로 보냈다. '늙은 나이 때문이겠지.' 사람들은 말했다. 그는 이 고을에서 이단으로 생각되는 말들을 하곤 했다. 그러면 사람들은 걱정스럽게 말했다. '신이여, 우리를 망령들지 않게 하소서!' 아라파는 다정한 관심을 가지고 술집 뒤에서 자주 그를 보곤 했다. 어느 날 그는 샤끄룬을 보면서 혼자 말했다. '인상적인 노인이야. 옷은 누더기 같고 더럽긴 하지만.' 그의 수척한 얼굴에는 카셈 시절 이후에 우리 고을이 겪은 쇠퇴한 모습이 박혀 있었다. 왜냐하면 카셈과 같은 시대에 살았다는 것이 그에게 운이 없었던 거고 게다가 정의와 안전함을 가질 수 있었던 것, 재산 소득의 자기 몫을 충분히 받았고 새로운 건물이 치솟는 것을 본 것, 그럼에도 불구하고 그 모든 것이 카드리의 명령에 따라 중단되는 것을 본 것도 운이 없기 때문이었다. 간단히 말해 그는 삶이 필요 이상으로 길어진 불행한 사람이었다. 그는 아와티프가 오는 것을 보았다. 그녀의 얼굴은 눈이 치료되어 이제는 깨끗했다.

그는 그녀를 바라보며 소리쳤다.

"차 좀 부탁해, 아가씨."

그녀가 그에게 차를 들고 오자 그는 차를 마시기 전에 그녀를 머물게 하기 위해서 말을 하였다.

"회복해서 축하해, 고을의 꽃인 아가씨."

"감사는 하느님께 해야 되겠죠. 그리고 당신께도 감사하고요."

그는 차를 들면서 그녀의 손가락을 만졌다. 그는 잽싸게 뛰어 달아나는 그녀의 모습에서 그녀가 이것을 환영한다는 것을 알 수 있었다.

그가 이제 결정적인 행동을 하는 것이 아주 옳은 듯 했고 그도 용기가 없지 않았다. 하지만 산투리가 그로 하여금 수차에 걸쳐 돈을 요구할 것이다. 자기 딸을 산투리 쪽으로 끌어들인 게 샤끄룬 자신의 잘못이었을까? 하지만 그는 불쌍한 사람이었다. 왜냐하면 자신의 손수레를 끌다 지쳐 결국은 어쩔 수 없이 그만하고 이 불행한 카페를 열어야만 했기 때문이다.

멀리서 시끄러운 소음이 들려왔다. 사람들은 가말리아 쪽을 쳐다보았다. 곧 노래하고 박수쳐대는 여자들을 가득 실은 수레가 나타났다. 그들 가운데에는 목욕하고 돌아오는 신부가 있었다. 사내들은 환호하며 수레 쪽으로 달려와서는 수레가 가발의 숙소 쪽으로 나아가자 양 옆으로 달라붙었다. 잠시 동안 분위기가 웅성거리고 축하해주는 소리와 음란하게 소곤거리는 소리로 가득 메워졌다.

샤끄룬이 격노하듯이 일어서서 소리쳐댔다.

"죽여라…… 죽여라……."

아와티프가 성급히 그에게 다가와 그의 등을 두드렸다. 아라파는 그 노인이 꿈을 꾸는지 환상을 보는 것인지 의아해 했다. 늙은 것이 저주로구나! 그런데 만약 이렇다면 가발라위는 어떻게 아직도 살아있을 수 있을까?

그는 그 노인을 쳐다보면서 마음을 가라앉히고 나서 그에게 물었다.

"샤끄룬 씨, 가발라위를 보신 적 있으세요?"

그는 쳐다보지도 않고서 말했다.

"바보 같으니! 가발라위는 가발 시절 전부터 자기 집에 갇혀 있었다는 것을 모르나?"

아와티프는 웃었다. 그리고 아라파도 웃으며 말했다.

"오래 사시기를 기원합니다. 샤끄룬 씨."

"기도는 인생을 의미있게 만들지."

아와티프가 차를 들고 와서 속삭였다.

"그냥 두세요. 그는 밤에 전혀 잠을 자지 않아요."

"내 마음은 당신 곁에 있어. 아와티프."

그 다음에 재빨리 그녀가 가기 전에

"난 당신과 함께 우리 얘기를 하고 싶어."

그녀는 경고한다는 듯 손가락을 입에 갖다 대고는 나갔다. 그녀는 어린아이들이 목마넘기 놀이를 하는 걸 지켜보았다. 갑자기 산투리가 나타났다. 카셈의 마을에서 나온 것이다. 아라파는 본능적으로 술집으로부터 머리를 돌렸다. 그가 왜 왔을까? 그가 리파아 마을에서 살면서 신변 보호인으로 아가그를 둘 수 있는 것은 행운이었다. 아가그는 그의 '선물'을 너무 좋아했던 사람이다. 수장이 와서 샤끄룬의 카페 앞에서 멈춰 섰다.

그는 아와티프의 얼굴을 살피면서 말했다.

"설탕 안 넣은 커피 한 잔."

한 여자가 창문에 서서 웃음을 터뜨렸고 다른 한 여자가 말했다.

"왜 카셈 마을의 수장이 와서 거지의 카페에서 커피를 달라고 그러지?"

산투리는 무관심한 것처럼 보였다. 아와티프가 그에게 잔을 가져왔고 아라파는 생각에 잠겼다. 수장은 커피가 식기를 기다리며 번쩍거리는 금이빨을 내보인 채 간교하게 그녀를 보고 웃었다. 아라파는 마음속으로 그에게 치명적인 타격을 가하리라고 다짐했다.

산투리는 한 모금 마시고 말했다.

"아름다운 당신의 손에 축복이 깃들기를."

그녀는 찡그리는 것만큼이나 웃음 짓는 것도 두려웠다. 샤끄룬은 놀라며 그들을 쳐다보았다. 산투리는 그녀에게 다섯 개의 동전을 주었고 그녀는 거스름돈 때문에 주머니를 뒤졌다. 그러나 그는 아무것도 받지 않은 채 카셈 마을의 카페로 되돌아갔다. 아와티프는 어떻게 해야 할지 몰랐고 아라파는 낮은 목소리로 그녀에게 말했다.

"그에게 가지 마."

"그럼 거스름돈은?"

샤끄룬이 힘이 없지만 일어나서 거스름돈을 받아 들고 카페로 갔다. 잠시 후에 노인은 자기 자리로 돌아가서 곧 실없이 웃었다.

그의 딸이 그에게로 가서 말했다.

"그만 웃으세요."

그는 다시 일어나 '큰 집'을 쳐다보며 소리쳤다.

"가발라위! 가발라위!"

창문과 문, 카페, 지하실에 있는 사람들이 모두 그를 응시했다. 젊은이들이 그가 있는 쪽으로 달려왔다. 심지어는 개들도 그를 바라보았다.

그는 소리쳤다.

"가발라위! 당신의 소원이 묵살되고 돈이 낭비가 되는데 언제까지나 가만히 있을 테요? 당신의 자손들이 그렇듯이 당신도 도둑맞고 있어, 가발라위!"

아이들을 환호하고 많은 사람들이 깔깔 웃었다. 노인은 계속 소리쳤다.

"가발라위, 안 들리오? 무슨 일이 우리에게 일어났는지 모르시오? 어째서 우리들의 수장들보다도 훨씬 더 착한 이드리스를 처벌했소, 가발라위?"

그러자 산투리가 카페에서 나와 소리쳤다.

"조심해 늙은 바보야."

샤끄룬은 그에게 소리 질렀다.

"나쁜 놈, 더러운 악마."

많은 사람들이 걱정하듯이 중얼거렸다.

"그가 화났다."

산투리는 분노를 참지 못하고 그에게로 와서 그의 머리를 쳤다. 그가 비틀거렸고 넘어지려고 했으나 아와티프가 그를 잡았다. 산투리가 그녀를 보고 자기 자리로 돌아왔다.

그녀는 눈물을 흘리며 말했다.

"집에 가요, 아버지."

아라파는 그녀를 도와 그를 지탱시켜 주었으나 노인은 숨을 몰아쉬면서 약한 힘으로 그들을 밀어 제치려 했다. 구경꾼들은 조용했다. 한 여자가 창문에서 말했다.

"아와티프, 네 잘못이야. 아버지를 못 나오게 했어야지."

"나로서는 어쩔 수 없었어요."

샤끄룬은 낮은 목소리로 중얼거렸다.

"가발라위! 가발라위!"

막 동이 터올 무렵, 긴 곡소리가 정적을 흐트려 놓았다. 샤끄룬이 죽은 것이다. 그 고을에선 이상한 일이 아니었다.
산투리의 친구들은 말했다.
"지옥이나 가라. 그는 매너도 나빴고 그래서 죽은 거야."
아라파가 하나쉬에게 말했다.
"샤끄룬은 다른 사람들처럼 죽임을 당한 거야. 살인자들은 자기들의 죄를 감추려 하지도 않아 감히 아무도 불평하려 하지 않고 단 하나의 목격자조차도 나타나려 하지 않아."
"재앙이로구나! 우리가 어째서 여길 왔던가?"
"우리 고을이니까."
"우리 어머니는 이미 가슴이 아팠어. 더러운 고을, 더러운 인간들."
"하지만 우리 고을이야."
"우리가 하지 않은 것들을 마치 우리가 한 것처럼 한다."
"최악의 것은 모든 것을 포기하는 거야."
하나쉬는 실망하는 듯이 말했다.
"병 실험은 가발에서 실패야."
"하지만 다음 번에는 성공할 거야."
샤끄룬이 영구차에 실려 나가자 아와티프와 아라파만이 그 뒤를 따랐다. 모든 사람들이 아라파가 장례식에 참여하는 것을 보고 놀랐다. 그들은 그의 남다른 용기에 대해 소곤거렸다—저 미친 마술가라고. 더욱 더 놀라운 것은 산투리가 장례식 행렬이 카셈 마을 가운데 왔을 때 한 몫 끼었다는 것이었다. 뻔뻔스럽긴! 창피스러운 줄도 모르고! 그러나 그는 부끄러워하지 않았다.

그는 아와티프에게 말했다.

"아와티프, 오래 살길 바란다."

아라파는 이 말을 듣자 이제 곧 청혼이 있을 것이라는 것을 깨달았다. 한편 눈 깜짝할 사이에 장례식 행렬은 많이 바뀌었다. 무서워서 뒤에 서성거리던 친구들과 이웃들이 황급히 끼어들어 곧 도로가 꽉 찼다.

산투리는 다시 말했다.

"아와티프, 오래 살아."

그녀는 도전적으로 그를 쳐다보았다.

"당신은 사람을 죽이고 그의 장례식에 참여하고 있군요."

산투리는 많은 사람들이 들을 수 있을 정도로 크게 말했다.

"전에 카셈도 그랬어."

여기저기서 목소리가 들려왔다.

"제발 아가씨. 우리가 죽는 순간은 하느님에 달렸어."

아와티프는 소리쳤다.

"우리 아버지는 당신 손에 일격을 맞아 돌아가셨어."

산투리는 말했다.

"웃기지 마, 아와티프. 내가 정말로 그를 쳤다면 그는 그 자리에서 죽었을 거야. 정말로 난 치지 않았어. 난 단지 위협만 했을 뿐이야. 그것은 모든 사람이 증인이 될 수 있어."

사람들은 성급히 말했다.

"그는 위협만 했어. 산투리는 그에게 손도 대지 않았어."
아와티프는 소리쳤다.
"세상에 이럴 수가."
기가 막힌다는 듯이 산투리가 말했다.
"웃기지 마, 아와티프."
아라파는 반쯤 기대어 속삭이듯이 그녀에게 말했다.
"장례식이 평화롭게 진행되게 그냥 놔둬."
아라파가 사태를 알아차리기도 전에 산투리의 부하 중의 하나인 아드아드가 그의 얼굴을 치며 소리쳤다.
"그녀와 수장 사이에 당신이 뭐라고 끼어들어?"
아라파가 놀라서 얼굴을 돌리자 먼저보다 강한 주먹이 다시 날아왔다. 다른 사람이 또 그를 때렸다. 세 번째 사람이 그의 얼굴을 손바닥으로 때렸고 네 번째 사람이 그의 깃을 잡았다. 다섯 번째 사람이 그의 등을 밀어 쓰러뜨렸다.
여섯 번째 사람이 그를 발로 차면서 말했다.
"저 여자 근처만 가도 넌 카라파 묘지에 묻힐 줄 알아."
그는 얼떨떨해져 잠시 동안 거기 누워 있었다. 그 다음 그는 상당히 아파하면서 힘을 가다듬고 일어섰다. 어린 아이들이 모여서 그를 둘러 싼 채 소리치기 시작했다.
"송아지가 쓰러졌다. 칼을 갈아라."
그는 미칠 듯한 분노에 타올라 지하실로 돌아갔다.
하나쉬는 슬프게 그를 쳐다보고 말했다.
"내가 가지 말라고 그랬잖아."

그는 격노하여 외쳐댔다.

"시끄러워. 죽일 놈들!"

하나쉬는 조용하게 말했다.

"이 여자에게서 눈을 돌리거나 우리와 작별을 해."

아라파는 잠시 바닥을 응시하면서 생각하더니 단호한 표정으로 올려다보고 말했다.

"네 생각보다 더 빨리 내가 그녀와 결혼할 테니 두고 봐."

"미친 짓이야."

"그러면 아가그는 결혼식 행렬의 제일 선두에 서게 되겠지."

"차라리 네 옷을 알콜에 적시고 불속에 뛰어들지 그래."

"난 오늘밤 사막에서 병 실험을 다시 할 거야."

그는 며칠 동안 집에만 틀어박힌 채 두문불출했다. 그러나 아와티프와는 술집 창문으로 연락을 취했다. 어느 날 그는 장례 기간이 끝난 후 그녀의 집으로 가는 통로에서 그녀를 은밀히 만났다.

그가 말했다.

"우리 곧장 결혼을 해야 되겠어."

그녀는 그의 청혼에 놀라지 않았으나 슬프게 말했다.

"만약 내가 당신에게 허락하면 무서운 문제가 일어날 거예요."

"아가그가 결혼식을 책임지기로 동의했는데 너는 그 말뜻이 무엇인지 알 수 있을 거야."

모든 준비는 아주 은밀히 진행되었다. 고을 사람들은 어떤 경고도 없이 사끄룬의 딸인 아와티프가 마술가와 결혼해서 아라파의 집으로 옮겨갔다는 것과 아가그가 결혼식의 집전자였다는 것을 알았다. 많은 사람들이 놀랐고 어떤 사람들은 어떻게 그럴 수 있었는지, 어떻게 아라파가 감히 그럴 수 있었는지, 어떻게 그가 아가그로 하여금 결혼식을 집전하게 설득할 수 있었는지 의아해 했다.

그러나 나이 들고 현명한 사람들은 말했다.

"문제가 있을 거야."

99

산투리와 부하들은 카셈 마을의 카페에 모였다. 아가그가 이 소식을 듣고 리파아 카페에서 부하들과 만났다. 고을 사람들이 이 두 모임 소식을 듣고 순식간에 이 두 마을 사이에는 행상인과 거지들, 아이들이 사라지고 상점과 창문이 닫혔다. 산투리와 그 부하들이 밖으로 나오자 아가그도 나왔다. 갑자기 분위기가 험악해졌고 곧 충돌이 일어날 참이었다.

바로 이때 한 남자가 지붕 꼭대기에서 소리쳤다.

"여러분, 왜 화를 냅니까? 피를 흘리기 전에 생각해 봅시다."

모두들 두려워 숨을 죽이고 있는 가운데 아가그가 소리쳤다.

"우린 화가 난 게 아니야. 누가 화를 낸단 말인가?"

산투리가 험악하게 말했다.

"넌 동료로서 해서는 안 될 행동을 했어. 그리고 네가 한 행동은 어떤 수장도 인정할 수 없는 짓이야."

"내가 어떻게 했길래?"

"너는 나에게 도전하는 남자를 보호해 줬어."

"그 남자는 단지 아버지가 죽은 한 외로운 여자와 결혼했을 뿐이야. 그리고 난 모든 리파아 사람의 결혼식에 참석하는 거구."

"그는 리파아 사람이 아니야. 그리고 아무도 그의 아버지가 누군지 모르고 그 자신도 몰라. 아마 네가 그의 아버지일지도 모르고 나일지도 몰라. 혹은 고을의 거지인지도 모르지."

"하지만 지금 그는 우리 마을에서 살고 있어."

"단지 그가 지하실을 발견했다는 이유만으로."

"글쎄?"

산투리는 소리쳤다.

"너는 동료로서 하지 말아야 할 행동을 했어."

아가그가 소리쳤다.

"그만 소리 질러. 닭싸움만도 못해."

"아마도 그만한 가치는 있겠지."

"오 신이여, 나에게 인내를 주소서!"

"아가그, 너 조심해!"

"빌어먹을 약골아!"

"빌어먹을 후레자식아!"

몽둥이가 난무할 뻔했지만 바로 그 찰나 크게 외치는 목소리가 들렸다.

"창피한 줄을 아시오. 사람들!"

그들이 누군지 보려고 몸을 돌리자 사달라가 리파아 사람들을 헤치고 나와 두 마을 사이의 가운데 섰다.

그가 말했다.

"몽둥이를 내려놓으시오."

그들은 몽둥이를 내려놓았다. 사달라는 먼저 산투리를 쳐다보고 나서 아가그를 쳐다보았다.

"누구의 이야기도 듣고 싶지 않소. 조용히 사라지시오. 여자 때문에 피로 목욕을 하다니! 얼마나 유치한 짓입니까?"

사람들은 조용히 흩어졌다. 사달라는 그의 집으로 돌아갔다. 지하실에 있던 아라파와 아와티프에게는 그날 밤이 평화로이 지나갔다는 것을 믿을 수가 없었다. 그들은 떨리는 가슴과 메마른 입으로 바깥이 어떻게 되어가는지 바라보았다. 사달라가 지휘하는 목소리를 듣고 아와티프는 깊은 숨을 내쉬었다.

"잔인한 인생이로구나!"

그는 자기 머리를 만지작거리며 그녀에게 재확인시켜 주려는 듯 말했다.

"나는 가발이나 카셈처럼 이것을 가지고 일한다."

그녀는 메마른 침을 삼켰다.

"계속 안전하리라고 생각하세요?"

그는 그녀를 껴안으며 생기있게 말했다.

"모든 부부가 우리처럼 행복하기만 하다면!"

그녀는 그의 어깨에 머리를 파묻으며 속삭였다.

"사태가 이 정도로 끝날까요?"

"어떤 수장도 항상 안전하지는 못해."

그녀는 고개를 들었다.

"알아요. 하지만 나는 그가 죽는 걸 볼 때까지는 아물지 않는 상처가 있어요."

그는 그녀의 말뜻을 알아듣고 사려 깊게 그녀의 눈을 들여다보며 말했다.

"당신 같은 경우에는 복수는 불가피해. 그러나 그것이 전부는 아니야. 우리의 안전은 산투리가 우리한테 폭력을 사용하려고 해서 위협받는 것이 아니라 온 고을이 수장들에 의해 좌지우지 되는 데 있는 거야. 만일 우리가 산투리를 물리친다고 해서 아가그가 내일 우리와 싸움을 시작하지 않을 거라고 말할 수 있겠어? 아니면 유세프가 그 다음날 그러지 않을 거라고 누가 말할 수 있겠어?"

그녀는 엷은 미소를 지었다.

"당신은 가발이나 리파아 혹은 카셈처럼 되고 싶으세요?"

그는 그녀의 머리에 키스하며 향기를 맛보면서 아무런 대답도 하지 않았다.

그녀가 다시 말했다.

"그들은 우리의 조상인 창시자들에 의해 과업을 받았어요."

"우리의 조상인 창시자들! 문제가 있는 모든 사람들은 '가발라 위!'하고 소리치지. 마치 불쌍한 당신의 아버지가 그랬듯이 말이야. 하지만 당신은 우리 같은 사람들의 삶에 대해 들어본 적이 있어? 우리와 같은 사람들은 조상들의 닫힌 집 주위에서 살더라도 그들의 조상을 한 번도 본 일이 없는데 말이야! 그리고 당신은 신뢰의 창시자가 사람들로 하여금 그걸 파괴하게 하고도 전혀 움직이지 않는다는 걸 들어본 일이 있어?"

"그는 아주 늙은 사람이에요."

그는 의심을 하듯 말했다.

"나는 지금껏 누구한테서도 그렇게 오래 산 사람에 대해 들어본 적이 없어."

"사람들이 그러는데 수끄 무까땀에는 150살을 넘게 사는 사람이 있다던데요!"

"신은 전능하시지!"

그는 잠시 말을 끊은 후 다시 중얼거렸다.

"마술도 마찬가지야. 전능해."

그녀는 그의 망상을 비웃으며 손가락으로 그의 가슴을 눌렀다.

"당신의 마술은 누군가의 눈을 치료할 수 있어요."

"그리고 수많은 다른 것들도 할 수 있지."

그녀는 한숨을 내쉬었다.

"우리는 너무 쉽게 정신을 놓고 있군요! 우리는 마치 아무것도 우리를 위협하는 것이 없는 것처럼 즐겁게 얘기를 나누고 있으니!"

그는 그녀가 말을 돌리고 싶어 한다는 것을 알아차리지 못하고 계속했다.

"언젠가 마술이 수장들을 끝장낼 수 있을 거야. 또 집을 짓고 고을의 모든 사람들을 위해 충분한 음식을 가져올 수 있을 거야!"

"그것들이 세상 끝나기 전에 일어날 수 있을까요?"

그의 두 눈은 꿈을 꾸듯이 움직여 갔다.

"아, 우리 모두가 마술사가 되기만 한다면!"

"만약 그렇게 된다면! 카셈은 당신의 마술이 없이도 정의를 세우는 데 그리 오래 걸리지 않았어요."

"그리고 정의는 오랫동안 지속되었지! 그러나 그것은 마술 때문이었어. 마술을 경멸하지 마. 아와티프, 그건 우리 사랑만큼이나 중요해. 우리의 사랑처럼 새로운 삶을 창조할 수 있어. 만약 우리 중에 마술사가 좀 더 많다면, 좀 더 잘 일할 수 있을 텐데."

그녀는 장난삼아 물었다.

"그런데 어떻게 그런 일이 일어날 수 있을까요?"

그는 오랫동안 생각하고는 대답했다.

"정의가 성취되면, 창시자의 계율들이 효력을 나타내면, 그리고 우리 대부분이 고통과 마술의 의존에서 해방이 된다면."

"당신은 고을 사람 모두가 마술사가 되기를 원하세요?"

그녀는 부드럽게 웃었다. 그리고는 계속 말을 이었다.

"만약 우리의 조상이 몸져 누워있고 그래서 더 이상 그의 자손에게 그 과업을 넘겨줄 수 없게 될 때는 열 개의 계율을 누가 수행하죠?"

그는 이상하다는 듯 그녀를 쳐다보았다.

"우리 가서 그를 만나볼까?"

그녀는 다시 웃었다.

"당신은 통치자의 집에 들어갈 수 있겠어요?"

"절대 못 가! 그러나 아마도 '큰 집'에는 갈 수 있겠지."

그녀는 그의 손을 톡톡 치면서 말했다.

"우리는 우리의 인생에 대해 확실히 알지 못하니까 농담은 이만 해요."

그는 신비스러운 미소를 지었다.

"만약 내가 농담꾼이라면 그 고을로 돌아가지 않았을 거야."

그의 목소리는 어딘가 그녀를 놀라게 했다.

그녀는 놀라 그를 응시하며 소리쳤다.

"당신 진담이군요!"

그는 말 한마디 하지 않고 그녀를 응시했다.

그녀는 계속 말했다.

"그들이 당신을 '큰 집'에 가둬 놓았다고 상상해 보세요!"

"사람이 자기 할아버지 집에 있는 게 뭐 그리 이상해?"

"당신 농담하는 거지요. 세상에! 어째서 나를 심각하게 쳐다보고 있는 거죠? 믿을 수가 없어요! 왜 그를 보러 가기를 원하는 거죠?"

"그와 만나는 것이 위험을 무릅쓸 가치가 있지 않아?"

"그건 말뿐이에요. 어떻게 그것이 현실이 될 수 있어요?"

그는 달래듯이 그녀의 손을 톡톡 쳤다.

"내가 돌아온 이후로 나는 아무에게도 일어나지 않았던 일들에 관해 혼자서 생각하고 있었어."

"왜 우리는 우리 그대로 살 수가 없죠?"

"그렇게 살 수만 있다면 얼마나 좋을까! 그들은 우리가 우리대로 살게 내버려 두지 않을 거야. 인생이 안전한 게 좋긴 하겠지."

"그렇다면 도망가 버려요."
"나는 마술이 있는 한 도망가지 않을 거야."
그는 그녀를 부드럽게 끌어안고 그녀의 어깨를 두드려 주었다. 그리고 그녀의 귀에 속삭였다.
"우리는 이야기할 기회가 많이 있을 거야. 그러나 지금은 그냥 마음을 가라앉히도록 해."

100

이 남자가 정신이 조금 이상해진 것이 아닐까? 아니면 망상에 사로잡힌 것인가? 아와티프는 아라파가 일을 하고 생각하는 것을 바라보면서 의문을 품기 시작하였다. 그녀로서는 근래 마음의 평정을 깨뜨린 단 한 가지는 자기 아버지의 살해자인 산투리에 대해 복수를 하겠다는 자신의 염원이었다. 복수는 그 고을에서 이미 오래 지속되어 온 전통 같은 것이었다. 하지만 주저하기는 했어도 결혼이 그녀에게 가져다 준 행복을 위해서 복수를 잊어버릴 수 있었다. 그러나 아라파는 산투리에 대한 복수만이 자신이 수행하기로 맹세했던 위대한 일의 일부분이라 믿었고 또 그런 것 같아 보였다. 그녀는 그를 이해하지 못했다. 그는 자신이 이야기꾼들이 노래하던 사람 중의 하나라고 생각하고 있을까? 그러나 가발라위는 그에게 어떤 일을 하라고 명령하지 않았고 그도 분명히 가발라위나 이야기꾼들이 하는 얘기에 확신을 가지고 있지는 않았다. 다만 한 가지 확실한 사실은 그가 생계를 잇는 데 쏟는 시간과 정열보다도 훨씬 더 많은 시간과 정열을 마술에 쏟는다는 것이다. 그가 생각을 할 때, 그가 생각하는 것은 자신과 가정을 뛰어넘어 아무도 관심을 갖지 않는 일반적인 문제들이었다. 폭력, 믿음, 재산과 그로 인한 소득 등. 그는 마술적인 미래에 대해 꿈꾸었다. 하지만 그는 뒷방에서 하는 그의 일이 맑은 정신과 주의를 필요로 했기 때문에 하쉬시(마약)를 피지 않는 단 한 사람이었다.

그러나 이 모든 것은 '큰 집'으로 가고 싶어 하는 그의 열렬한 욕망 앞에서는 아무 것도 아니었다.

"왜 내 남편이?"

"사물의 이치에 대해 그의 조언을 구하기 위해서지."

"하지만 당신은 사물의 이치에 대해 알고 계시잖아요. 우리 모두 알잖아요. 그런데 죽음의 위협을 무릅쓸 필요가 있나요?"

"나는 그가 내린 열 가지 계율을 알고 싶어요."

"중요한 것은 지식이 아니라 행동이에요. 당신이 무엇을 할 수 있겠어요?"

"사실, 난 아담이 쫓겨난 원인이 된 책을 보고 싶어요. 그 얘기가 사실이라면 말이야."

"그 책에서 무엇이 당신의 흥미를 끄는데요?"

"내가 왜 그것이 마술책이라는 것을 믿는지는 나도 모르겠어. 하지만 가발라위의 업적은 그가 마술을 썼을 때만 설명될 수 있어. 사람들이 상상하듯이 자기 근육이나 몽둥이를 쓴 것은 아니야."

"당신이 행복해지고 많은 돈을 번다면 이런 위험을 무릅쓸 필요가 뭐 있겠어요?"

"산투리가 우리를 잊었다고는 생각하지 마. 난 밖으로 나갈 때마다 그의 부하들의 험악한 표정 때문에 거의 쓰러질 것만 같은 느낌이야."

"당신 마술은 그 정도면 충분해요. 이제 '큰 집'은 그냥 놔두세요."

"거기엔 책이 있어. 가장 위대한 마술의 책, 자기 아들에게조차 감추었던 가발라위의 힘의 비밀이."

"아마 그건 당신이 상상하는 것 같지는 않을 거예요."

"그렇지만 아마도 그건 모든 위험을 무릅쓸 가치가 있을 거야."

그는 잠시 마지막으로 다시 한 번 더 설명하고 그녀에게 말했다.

"나는 그래, 아와티프, 어떻게 해야 되지? 나는 비참했던 여자와 누군지도 모르는 아버지의 가엾은 아들일 뿐이야. 모두가 그걸 알고 농담을 하지. 그렇지만 세상에서 여전히 나의 흥미를 끌게 하는 단 한 가지는 '큰 집'이야. 사생아가 자기의 온 존재를 기울여 자기 조상을 향하는 것은 조금도 이상한 일이 아니야. 나의 뒷방 일은 어떤 것도 내 눈으로 직접 보고 내 손으로 직접 만져보기 전에는 믿지 말라고 가르쳐왔어. '큰 집'으로 들어가는 일을 피할 수 없어. 난 내가 구하고자 하는 힘을 찾을지도 모르고 어쩌면 아무것도 찾지 못할지도 몰라. 그러나 어떤 것이든 내 현재 혼동 상태보다는 나을 거야. 내가 어려움을 선택한 첫 번째 사람은 아냐. 가발이라면 통치자와 계속 자기 일을 할 수 있었을 거야. 리파아는 그 고을의 목수가 될 수 있었을 것이고 카셈은 카마르와 그녀의 재산에 만족할 수 있었을 것이며 중요한 인물로서 살아갈 수 있었을 거야. 그러나 그들은 다른 운명을 선택했어."

하나쉬는 슬프게 말했다.

"정말 많은 사람들이 죽음을 당하려고 달려드는구나!"

아라파는 말했다.

"그리고 그들 중 몇 명이나 그럴만한 이유를 가지고 있었겠어!"

그러나 하나쉬는 포기하지 않고 그를 도왔다. 어느 늦은 밤 그들은 함께 사막으로 떠났다. 아와티프는 아라파를 막을 수 없다는 것을 깨닫고는, 그를 위해 기도를 올렸다. 어두운 밤이었다. 해가 지자 곧 달이 떠올랐다. 두 형제는 '큰 집'의 담을 돌아서 사막이 있는 데로 돌아갔다.

하나쉬는 속삭였다.

"리파아가 가발라위의 목소리를 들었을 때 바로 이곳에 서 있었어."

아라파는 조심스럽게 둘러보면서 말했다.

"이야기 내용은 그래. 나는 곧 모든 것에 대해 진실을 알 수 있을 거야!"

하나쉬는 사막 쪽으로 손을 가리키고는 놀라며 말했다.

"그리고 이 사막에서 그 자신도 가발에게 얘기했어. 그가 자신의 하인을 카셈에게 보낸 곳이 여기야."

"그리고 여기서 또 리파아가 죽음을 당했지. 우리 어머니도 강간을 당하고 두들겨 맞았었지. 그러나 우리 선조는 아무 일도 하지 않았어."

하나쉬는 연장 보따리를 바닥에 내려놓았다. 그리고 그 둘은 벽의 하단을 파기 시작했다. 흙을 퍼내어 바구니에 담았다. 그들은 허파에 먼지가 찰 정도로 열심히 일했다. 하나쉬는 분명히 아라파만큼이나 흥분이 되어 있었다. 매우 무섭긴 했지만 아라파 못지않게 간절한 마음이었다.

아라파의 머리가 땅에서 한두 치 쯤 떨어져 있을 때 그가 말했다.

"오늘 밤은 그만하자."

그리고는 바닥에 몸을 갖다 대고는 말했다.

"우리는 구멍의 입구를 널빤지로 막아야 해. 그리고서는 흙을 그 위에다 얹어야만이 물건이 발견되지 않을 거야."

그들은 날이 밝자 황급히 집으로 돌아갔다. 그는 아무도 모르는 '큰 집'에서 활보하는 멋진 내일을 생각했다. 그리고 그는 가발라위와 만날지도 모르고 그와 얘기하게 될지도 모른다. 그에게 과거와 현재의 일들을 묻고, 그 계율들과 책의 비밀을 설명해달라고 부탁하게 될지도 모른다. 오로지 하쉬시를 피우는 사람들에게만 실현되어 왔었던 그 꿈을 혹시? 어쩌면 그가 노쇠해져 기억력을 잃었다거나, 아니면 통치자들 외에는 아무도 모르는 사실, 이미 그가 오래 전에 죽었다는 것을 알아낼지도 모른다. 오로지 그들의 위험천만한 시도만이 이런 물음들에 대답할 수 있을 것이다. 그는 지하실에서 아와티프가 잠들지 않고 그를 기다리고 있는 것을 발견하였다. 그녀는 책망하는 듯한 그리고 지친 표정으로 그를 바라보았다.

그리고는 중얼거렸다.

"마치 당신이 무덤에서 돌아온 것 같아요."

그는 걱정을 감추면서 기쁜 표정을 지었다.

"당신은 너무 다정해."

그는 그녀 옆으로 다가가 누웠다.

그녀가 입을 열었다.

"만약 내가 당신에게 중요한 존재였다면 당신이 나의 생각을 무시하진 않았을 텐데."

"내일 어떤 일이 일어나는지를 보면 당신도 생각을 바꾸게 될 거야."

"내가 죽음을 당하지 않고 행복해질 수 있는 가능성은 천분의 일에 불과해요."

아라파는 웃음을 터뜨렸다.

"만약 당신이 내가 얻고자 하는 것을 보게 된다면 우리가 즐기는 평화는 착각일 뿐이라는 걸 깨닫게 될 거야."

이른 아침의 정적은 찢어지는 듯한 울음소리와 울부짖음으로 흩어져 버렸다.

아와티프는 얼굴을 찡그리며 더듬거렸다.

"불길한 징조야."

아라파가 어깨를 으쓱했다.

"나를 나무라진 말아, 아와티프."

"내가?"

"나는 어머니의 복수를 하기 위해 고을로 돌아왔어. 당신 아버지가 공격당했을 때 나는 수장에게 복수할 것을 다짐했어. 그러나 당신에 대한 나의 사랑이 그 생각들을 없애게 했어. 나는 단지 '큰 집'으로 찾아가 그의 힘의 비밀을 찾아내고 싶었어."

그녀는 불빛 사이로 그를 바라다보았다. 그는 그녀의 아름다운 모습에 미소지었다. 소리없는 눈물이 걷잡을 수 없이 흘러나왔다.

101

하나쉬는 그 구멍의 끝에 서 있는 아라파에게 작별의 악수를 보냈다. 아라파는 몸을 구부리고 흙냄새가 물씬 풍기는 터널을 기어가 '큰 집'의 정원으로 머리를 내밀었다. 장미와 쟈스민과 헤나의 향수가 뒤섞인 것 같은 축축한 밤공기가 그의 코를 스쳤다. 위험한 상황에 처해 있음을 잘 알고 있음에도 불구하고 향기는 그를 취하게 했다. 아라파는 아담을 비탄 속에 죽게 만든 그 정원의 냄새를 맡으며 이곳에 서 있는 것이다. 별 아래의 칠흑같은 어둠 속에서는 아무것도 보이지 않았다. 미풍에 나뭇잎이 이따금씩 속삭이는 소리가 들릴 뿐 무서운 정적이 흘렀다. 그는 땅이 부드럽고 축축한 것을 발견하고는 집안으로 몰래 들어가, 나올 때 마루에 자국을 남기지 않기 위해서 신발을 벗기로 마음먹었다. 이제 문제는 문지기와 정원사와 그 밖의 하인들이 어디에서 자고 있느냐 하는 것이었다.

그는 어둠 속에서 윤곽이 잡히기 시작한 커다란 장방형의 대저택을 향해 아무 소리도 들리지 않도록 조심스럽게 네 발로 기어가기 시작했다. 암흑을 가로지르는 데 익숙하였고, 사막이나 폐허에서 밤을 지새우는 데 익숙하였던 그였지만 '큰 집'으로 기어가는 동안 이전에 경험하지 못했던 극심한 공포감을 느꼈다. 그는 테라스로 향하는 계단 끝에 자신의 손이 닿을 때까지 벽을 따라 기어갔다. 가발라위가 이드리스를 집밖으로 내쫓은 곳이 여기다. 그것이 아버지의 명을 거역한 그의 운명이었다. 자기 아들에게도 그러했으니 자기 집에 침입한 다른 사람에게는 어떻게 대하겠는가? 그래도 포기할 수는 없다. 무시무시한 가발라위가 감시하기 때문에 몇 년간 아무 일이 없었던 이 저택에 도둑이 침입하리라고는 아무도 생각할 수 없었다.

그는 계단을 기어오르기 시작했다. 테라스에 도착한 후 신발을 벗어 겨드랑이에 끼웠다. 그런 후 이 저택의 내부구조를 가르쳐 준 이야기꾼의 말에 따라 침실로 이르는 옆문으로 기어갔다.

갑자기 정원에서 기침소리가 들렸다. 그는 계단문에 바싹 달라붙어 소리나는 쪽을 돌아보았다. 누군가가 테라스로 다가오는 것을 목격했다. 그는 자신의 심장 고동소리가 들릴지도 모른다는 생각에 숨을 죽였다. 그 사람은 다가와서 계단을 오르기 시작하였다.

아마도 가발라위였을 것이다. 아마도 그는 같은 시각에 아담을 잡았듯이 범행중인 아라파를 잡을지도 모르는 일이었다. 그 사람은 아라파가 숨은 곳으로부터 2야드 떨어진 테라스에 이르렀지만, 그가 숨은 반대쪽으로 가서 잠자리에 든 것 같았다. 긴장이 풀리고 극도의 피로가 몰려왔다. 그 사람은 아마도 용변을 보러 나왔다가 되돌아간 하인인 것 같았다. 잠시 후 코고는 소리가 들렸다. 아라파는 용기가 되살아나 손을 들어 손잡이를 찾았다. 그는 조심스레 손잡이를 돌리며 자신이 들어갈 공간이 생길 때까지 서서히 문을 밀기 시작했다. 문을 닫자 자신이 완전한 암흑 속에 있음을 깨달았다. 그는 손을 더듬어 첫 번째 계단을 발견하고는 고양이처럼 기어오르기 시작했다. 그는 반침 속의 등불로 밝혀진 긴 복도로 나왔다. 오른쪽은 내실로 향하였고, 왼쪽으로는 저택을 가로질렀으며, 중앙에는 닫힌 침실문이 있었다. 그 구석에 오마이마가 서 있었고 그가 있는 곳으로부터 아담이 일을 착수했었다. 그리고 이제는 아라파가 똑같은 목적으로 일을 착수하려는 것이다.

공포가 그의 심장을 가득 채웠고, 그로 인해 그의 의지와 용기가 꺾이려 했다. 그렇지만 지금 포기한다면 웃음거리가 될 것이다. 언제 하인이 나타날지 모를 일이었다. 하인이 당장에라도 나타날 것만 같았다. 누가 자신의 어깨에 손을 얹어 준다면 광란의 상태에서 깨어날 수 있을지도 모를 일이었다. 그는 살금살금 문으로 걸어가 반짝이는 손잡이를 돌렸다. 그는 손잡이를 서서히 밀고 방 안으로 미끄러져 들어가 문을 닫았다. 어둠 속에서 아무것도 보이지 않았으므로 등을 문에 기대었다. 조심스레 숨을 쉬며 무언가 알아보려고 하였으나 헛수고였다. 잠시 후 그는 순수한 향기를 맡았는데 알 수 없는 불안감과 슬픔이 그의 가슴을 가득 채웠다. 그는 가발라위의 침실에 와 있음을 더 이상 의심하지 않았다. 언제 어둠에 익숙해질 것인가? 그의 흩어진 정신을 어떻게 모을 것인가? 누가 이전에 이곳에서 서 있었는가? 왜 그는 자신의 힘과 결단력과 용기를 충분히 발휘하지 않으면 만사가 끝이라고 느끼는 것인가? 그는 지금 모든 동작을 정확히 계산하지 않으면 파멸해 버릴 위험에 처해 있었다. 그는 이상한 모양들을 만들면서 휙 스쳐가는 구름들을 떠올렸다.

아라파는 손가락으로 벽을 더듬어 어깨가 의자에 부딪칠 때까지 기어나갔다. 방 저쪽에서 갑작스런 움직임이 일어나 몸을 오싹하게 만들었다. 그는 자신이 들어온 문 쪽으로 시선을 고정시키며 의자 뒤에 멈추어 섰다. 그는 발소리와 옷 스치는 소리를 들었고, 이 방이 환해지며 자신 앞에 서 있는 가발라위를 보게 될 것이라고 기대하였다. 그는 그의 발 아래 몸을 던지고 자비를 구할 것이다. 그런 다음 '저는 당신의 자손입니다. 저에게는 부친이 없습니다. 착한 일을 하려고 했을 뿐입니다. 마음대로 처벌하십시오.'라고 말하리라. 어두웠지만 그는 한 사람이 문 쪽으로 다가오는 것을 보았다. 문이 조심스레 열리고 밖의 복도에서 불빛이 스며들었다. 그 사람은 왼쪽으로 문을 조금 열어놓고 오른쪽으로 돌아가 버렸다. 밖에서 비친 불빛에 의해 그는 여위고 주름진 얼굴의 늙은 흑인여자를 보게 되었다. 그 얼굴은 정말 잊기 어려운 모습이었다. 하녀일까? 이 방은 하인들의 숙소인가? 그는 의자 뒤에서 문밖의 희미한 불빛에 의지하여 의자들과 소파의 모습을 주의하며 그 방을 둘러보았다. 뒤쪽에는 모기장이 쳐져 있는 커다란 침대가 보였고, 그 침대 밑에는 그 늙은 하녀가 남겨둔 것 같은 조그만 침대가 있었다. 그 큰 침대는 가발라위의 침대 같았다. 그는 지금 아라파의 침입을 모르는 채 침대에서 자고 있었다. 멀리서라도 그를 한 번 보기를 얼마나 갈망했던가. 그렇지만 열려진 문은 아라파에게 경고하듯이 그 하녀가 되돌아올 것을 암시했다. 그는 왼쪽을 돌아보고 그 자그마한 방문이 비밀스레 닫혀 있는 것을 보았다. 오래 전에 아담이 본 것과 같은 광경이다. 신이여, 그의 영혼을 잠자게 하소서, 그는 가발라위가 누워있다는 사실을 잊고 의자 뒤에서 기어 나와 그 자그마한 문 아래에 이르렀다.

그는 유혹을 이겨낼 수 없었다. 그는 팔을 뻗어 손가락을 빗장에 걸고 빗장을 내린 후 문을 밀었다. 문이 열렸다. 그는 급히 문을 다시 닫았다. 그의 심장은 흥분과 승리감으로 뛰었다. 그때 그 불빛이 사라졌고 방은 다시 어두워졌다. 다시 발소리가 들렸다. 늙은 하녀가 자리에 누울 때 침대가 삐걱거리는 소리가 들렸다. 정적이 흘렀다. 그는 하녀가 잠들기를 참을성 있게 기다리면서, 그 큰 침대를 보려고 노력하였으나 보이지 않았다. 그는 가발라위와 접촉하는 것이 불가능하다고 확신하였다. 왜냐하면 그가 접촉하기 전에 하녀가 깨어나 소리를 지를 것이며, 그러면 만사가 끝이기 때문이었다. 아무튼 가발라위가 젊은 시절에 사막과 사람들을 통치할 수 있게 해 준 마술의 주문이 적혀 있는 그 책은 귀중한 것이었다. 가발라위 이전에는 어느 누구도 그 마술을 써 본 적이 없기 때문에 그 책이 마술에 관한 것이라고 생각했다.

그는 손을 다시 들어 빗장에 손가락을 걸고 문을 열었다. 그는 기어들어가 문을 닫았다. 그는 조심스레 몸을 일으키고 마음을 진정시키기 위해 깊은 숨을 쉬었다. 왜 가발라위가 자신이 가장 아끼는 아담에게까지 그 책의 비밀을 숨겼을까? 분명 비밀이 있었다. 그리고 잠시 후 그가 촛불을 밝히면 그 비밀을 알아낼 수 있을 것이다. 아담이 오래 전에 불을 밝혔고 이제 아라파가 같은 장소에서 다시 한 번 불을 밝히는 것이다. 이야기꾼들은 이 사실을 영원히 노래할 것이다.

그는 촛불을 밝힌 후 자신을 보고 있는 두 개의 눈동자를 보았다. 그는 그 눈이 늙은 하인의 눈임을 알았다. 그 늙은이도 잠을 깨려고 애쓰고 있었다. 가발라위는 아마도 성냥 긋는 소리에 깨어났을 것이다. 생각할 겨를도 없이 아라파는 그에게 달려가 오른팔로 그의 목을 잡은 뒤 있는 힘을 다하여 눌렀다. 노인은 격렬하게 반항하며 그의 손을 잡았지만, 아라파는 노인을 걷어차고 그의 목에 힘을 더하였다. 초가 그의 왼손에서 떨어져 꺼져 버렸다. 노인은 어둠 속에서 최후의 저항을 하다가 이내 조용해졌다. 마치 미친 사람처럼 아라파는 손가락이 아플 때까지 계속 짓눌렀다. 그런 후 그는 숨을 헐떡이며 등이 문에 닿을 때까지 뒤로 물러났다.

몇 초가 지나갔고 그는 지옥 같은 정적의 고통 속에 있었다. 그는 점점 힘이 빠지는 것을 느꼈다. 시간이 자신의 죄보다 더 무겁게 느껴졌다. 그가 이러한 나약함을 이겨내지 못했다면 그는 바닥이나 노인의 시체 위에 쓰러졌을 것이다. 또한 그는 시체를 넘어 그 옛날의 책, 그 저주받은 책에 접근하지도 못했을 것이다. 그는 다시 초를 켤 용기가 없었다. 차라리 안 보는 것이 좋았다. 그는 팔에 통증을 느꼈다. 노인이 필사적으로 저항하면서 할퀴었던 부위일 것이다. 아담의 죄는 불순종이지만 자신의 죄는 살인인 것을 생각하고는 몸서리쳤다. 그는 알지 못하는 사람을 죽였고, 또한 죽일 이유도 없는 사람을 죽인 것이다. 그는 악을 행하는 자에게 사용할 힘을 구사하게 되었고, 부지중에 악인이 된 것이다.

아라파는 어둠 속에서 그 책이 꽂혀 있음직한 구석으로 나아갔고 문을 밀어 열고 들어가 닫아 버렸다. 그는 마지막 의자에서 주저하면서 문까지 벽을 타고 기어갔다. 이 집에는 하인들만 있는데 주인은 어디에 있지? 이러한 죄악은 그와 아와티프 사이에 영원히 존재할 것이다. 그는 마음속 깊이 절망과 실패를 느꼈다. 그는 조심스레 문을 열었다. 불빛이 그를 공격하는 것처럼 눈부시게 비쳤다. 그는 문을 닫고 발끝으로 걸어 나와 칠흑 같은 어둠속에 잠긴 계단을 내려와 테라스를 가로질러 정원으로 나아갔다. 피로와 우울함으로 주의가 산만해졌다.

테라스에 있던 사람이 깨어나 소리쳤다.

"누구요?"

아라파는 테라스 끝에 있는 벽에 몸을 바싹 기댔다. 공포로 인하여 새 힘이 솟았다. 그 목소리가 다시 한 번 들렸고 고양이가 야옹하고 대답하였다. 아라파는 살인죄에 두려워하며 은신처에 머물렀다. 모든 것이 다시 조용해졌을 때 그는 정원을 통과해 벽 쪽으로 기어갔다. 그는 구멍을 찾아냈고 들어올 때처럼 기어나갔다.

거의 터널 끝에 이를 무렵 그는 어떤 물체에 부딪쳤다. 그것이 무엇인지 알아채기도 전에 그 발이 그의 머리를 찼다.

102

아라파는 발의 주인에게 달려들었고 잠시 동안 두 사람은 옥신각신하였다. 잠시 후 그 사람은 아라파에게 누구냐고 분노에 찬 소리를 질렀다.

아라파는 놀라 외쳤다.

"하나쉬."

두 사람은 서로 도와주며 지상으로 올라왔다.

"너무 오래 걸리기에 소식을 알아보려고 들어갔었네."

하나쉬가 말했다.

"또 실수했구먼. 아무튼 가세."

아라파가 숨을 헐떡이며 말했다.

그들은 아직 잠든 고을로 돌아갔다.

아와티프가 아라파를 보자 소리쳤다.

"빨리 씻으세요…… 하느님 맙소사. 손과 팔에 웬 피예요?"

아라파는 움찔했으나 대답하지 않았다. 그는 씻으러 나갔다가 이내 기절해 버렸다. 잠시 후에 정신을 차리고 아와티프와 하나쉬의 도움으로 소파에 앉게 되었다. 아라파는 가발라위보다 더 멀리 잠이 달아나 버린 것으로 느껴졌다. 그는 자신의 짐을 더 이상 혼자 질 수 없어서 자신의 이상한 탐사 과정에서 어떤 일이 일어났는가를 그들에게 말해 주었다. 그가 말을 마쳤을 때 그들은 그를 응시하였는데 그들의 눈은 공포와 절망으로 가득 찼다.

"전 처음부터 그 생각에 반대였어요."

아와티프가 속삭였다.

그렇지만 하나쉬는 충격을 줄이고자 애썼다.

"이런 일은 피할 수 없는 것이지."

"그렇지만 산투리나 다른 수장의 죄보다 더 나쁘지 않은가?"

아라파가 말하였다.

"너무 자학하지 말게나."

하나쉬가 말하였다.

"그러나 아무 잘못도 없는 노인을 죽였어. 누가 아나, 아마도 그는 가발라위가 카셈에게 보낸 하인일지."

그들은 침울해져 잠시 동안 말이 없었다.

이윽고 아와티프가 말문을 열었다.

"모두들 잠을 자는 게 좋겠어요."

"두 사람은 잠을 자게나. 나는 오늘 밤 잠을 못잘 것 같구먼."

그들은 다시 침묵을 지켰다.

이윽고 하나쉬가 물었다.

"자네 혹시 가발라위를 힐끗 보거나 그의 목소리를 듣지 않았나?"

"전혀."

아라파는 슬프게 머리를 내저었다.

"그러면 그의 침대를 보았나?"

"우리가 그의 집을 보는 것과 마찬가지라네."

하나쉬는 한숨을 쉬었다.

"나는 자네가 오랫동안 돌아오지 않아 그에게 이야기하고 있다고 생각했었네."

"집 밖에서 상상하는 것은 쉬운 일이지."

"열이 있는 것 같아요. 자는 게 좋겠어요."

아와티프가 걱정스럽게 말했다.

"내가 어떻게 잠을 잔단 말이오?"

그렇지만 그는 자신의 몸에 열이 많고 멍한 상태로 보아 그녀의 말이 사실임을 느꼈다.

"자네는 그 유산으로부터 코 닿을 곳에 있었으면서도 그것을 보지 않았구먼."

하나쉬가 다시 말했다.

아라파의 얼굴이 고통으로 일그러졌다.

하나쉬는 계속 말을 이었다.

"그렇다네."

그리고 아라파는 결단을 내린 듯한 음성으로 말을 이었다.

"그렇지만 이번 일은 나에게 현재 우리가 가지고 있는 마술 이외에는 어느 것에도 의존해서는 안 된다는 것을 가르쳐 주었다네. 나는 내 생각과는 전혀 다른 그 무엇을 찾기 위해 미치광이 같은 탐사를 하지 않았는가?"

"그렇다네. 자네 이외에는 그 유명한 책이 마술에 관한 것이라고 말한 사람은 없지 않았는가?"

"그 병에 관한 실험은 자네가 생각하는 것보다 빨리 성공할 것이며, 그것은 우리 자신을 방어하는 데 매우 쓸모가 있을 걸세."

아라파는 마음의 혼돈을 정리하려고 더욱 노력하면서 말하였다.

다시 무거운 침묵이 흘렀다.

하나쉬가 말문을 열었다.

"자네가 자네로 하여금 그 '큰 집'과 주인을 만나게 해줄 어떤 마술을 알고 있었더라면 좋았을 것을."

"마술에는 한계가 없지. 내가 지금 알고 있는 것은 몇 가지의 치료법과 방어나 공격시에 사용될 수 있는 병에 관한 것뿐이야. 무엇이 어떻게 될지는 예상할 수 없다네."

아라파가 진지하게 말하였다.

"당신은 그 어리석은 계획을 포기해야만 했어요. 우리 조상과 우리는 다른 세계에 살고 있어요. 당신이 그에게 말할 수 있었다 하더라도 아무 것도 얻어내지 못했을 거예요. 그는 아마도 영지와 통치자와 수장들과 고을과 그의 아이들에 관한 모든 것을 다 잊어버렸을 거예요."

아와티프가 분개하며 말했다.

아라파는 자신의 비정상적인 상태가 자신이 행한 행동을 변명해 주긴 한다고 생각했지만, 별다른 뚜렷한 이유 없이 화가 났다.

"이 어리석은 고을 사람들, 그들이 무얼 알고 있는가? 아무것도 모른단 말이야. 떠도는 이야기만 주워들었지 행동으로 옮기진 않앉잖아. 그들은 이 고을이 세상의 중심이라고 생각하지만, 이곳은 쓸모없는 사람들과 거지들의 피난처일 뿐이야. 당신의 조상과 개척자가 오기 전까진 이곳은 황량한 곤충들의 천지였어."

아와티프는 헝겊을 적시어 아라파의 머리 위에 얹으려고 했으나, 아라파는 그녀의 손을 거칠게 뿌리치고는 말했다.

"나는 가발라위조차 가지지 못한 것을 가지고 있지. 나는 가발과 리파아와 카셈이 다 합쳐서도 해내지 못할 일을 할 수 있는 마술을 지니고 있어."

아와티프가 그에게 간청하였다.

"언제 주무실 거예요?"

"내 머릿속의 불이 다 타 없어질 때."

"곧 날이 밝겠는걸."

하나쉬가 중얼거렸다.

"아침이 오도록 하라구. 그렇지만 마법의 수장은 소멸하고 사람들을 악마로부터 구원시키고 이 영지가 가져다 준 것보다 더 많은 부를 가져다 줄 때까지 진정한 아침은 오지 않을 거야. 마법은 아담이 꿈꾸던 그 음악이 될 것이야."

아라파가 떠들어댔다.

그는 깊은 숨을 쉬더니 피곤하여 머리를 벽에 기댔다. 아와티프는 그가 잠들기를 바랐다. 갑자기 무시무시한 소리가 적막을 뚫고 들려왔다. 잠시 후 비명과 통곡소리가 이어졌다. 아라파가 깜짝 놀라 일어났다.

"그 하인의 시체가 발견되었군."

"'큰 집'에서 들려오는 소리를 어떻게 알아요?"

아와티프는 말하면서 입에 침을 발랐다.

아라파가 먼저 달려 나갔고 나머지 두 사람이 뒤따랐다. 그들은 '큰 집'을 바라보며 집 앞에 서 있었다. 어둠이 걷히고 새벽이 밝아오기 시작했다. 창문들이 열리고 머리가 나오면서 모두가 '큰 집'을 바라보았다. 한 사람이 마을 한쪽 끝에서 나와 가말리아로 허겁지겁 달려 나갔다.

그가 그들 앞을 지나갈 때 아라파가 그에게 물었다.

"무슨 일입니까?"

그는 지체 없이 대답하였다.

"하나님의 뜻이 이루어졌소. 가발라위가 죽었소"

103

세 사람은 지하실로 향하였다. 아라파는 거의 걸을 수가 없었다. 그는 소파에 쓰러지면서 말했다.

"내가 죽인 사람은 흑인 하인이야. 그 사람은 밀실에서 자고 있었지."

아무도 말을 하지 않았다. 그들은 아라파의 날카로운 시선을 피해 바닥만 내려다보고 있었다.

"두 사람이 나를 믿지 않는다는 걸 알고 있다네. 맹세코 그의 침대에는 가지 않았어."

하나쉬가 잠시 망설이더니 침묵보다는 그에게 말을 하는 게 나을 것 같다고 생각하며 말문을 열었다.

"아마도 충격 때문에 그의 얼굴을 자세히 볼 수 없었을 거야."

"결코 그렇지 않다네. 자네는 나를 믿지 않는구먼."

"조용히 얘기하세요."

아와티프가 속삭였다.

아라파는 그들을 떠나 뒷방으로 달려가 몸을 떨면서 어둠 속에 앉았다. 도대체 왜 그런 미친 짓을 했지? 대지도 떨고 있는 듯 보였다. 그에게는 이 방 이외에는 구원처가 없었다.

해가 돋자 모든 사람들이 '큰 집' 바깥의 도로로 몰려들었다. 그 소식은 순식간에 퍼졌다. 특히 통치자가 '큰 집'에 잠시 들렸다가 자기 집으로 돌아간 후 더욱 그러했다. 도둑들이 뒷벽 아래 뚫린 터널을 통해 '큰 집'에 침입하였다는 말이 퍼졌다. 도둑들이 충직한 하인을 죽이고 가발라위가 그 소식을 듣자 약한 심장과 고령으로 그 충격을 이기지 못하고 사망하였다는 것이다. 사람들은 너무나 분개하여 울지도 소리조차도 지를 수 없었다.

아내와 하나쉬로부터 그 소식을 들은 아라파는 외쳤다.

"그것 보라구. 내 말이 맞지 않은가."

그러더니 그는 어쨌든 자신이 그의 죽음의 원인임을 떠올리고는 부끄러움과 비탄으로 입을 다물었다.

아와티프는 무슨 말을 해야 할지 몰랐다.

"그의 영혼을 잠재우소서." 하고 그녀는 중얼거렸다.

"오래 살았지." 하나쉬가 말했다.

"그렇지만, 나 때문에 죽은 거야. 그의 모든 자손 중에서 바로 내가, 악인이 아닌 바로 내가 그 원흉이란 말이야."

아라파는 신음했다.

"당신은 아무런 악의도 없었어요."

하나쉬가 근심스레 말하였다.

"우리가 발각되지 않을까?"

아와티프가 소리쳤다.

"도망가요."

아라파가 그 생각을 완강히 부인했다.

"그러면 사람들에게 우리의 범죄에 관한 명백한 증거만 주게 될 뿐이야."

군중으로부터 한 목소리가 터져나왔다.

"가발라위를 묻기 전에 그 범인부터 죽여야 한다."

"저주받을 세대여. 가장 악한 사람도 지금까지는 이 집을 존경하였다. 이드리스조차도 그러했다. 우리는 심판의 날까지 저주받을 것이다."

"살인자가 우리 마을 출신일리는 없다. 누가 그런 생각을 품을 수 있겠는가?"

"모든 일이 곧 밝혀질 것이다."

"저주가 심판의 날까지 우리에게 머물 것이다."

울음과 통곡이 점점 커져 가자, 하나쉬가 신경질을 내며 말하였다.

"이제 이곳에서 어떻게 살지?"

가발 마을 사람들은 가발라위가 가발 마을에 있는 무덤에 안장되어야 한다고 제안하였다. 그 이유는 한편으로는 그들이 어느 누구보다도 가발라위와 가깝다고 확신했기 때문이고, 다른 한편으로는 그들이 창시자의 다른 가족들이나 이드리스의 유해가 있는 무덤에는 그를 안장하길 원치 않았기 때문이었다. 리파아 마을 사람들은 리파아를 위해 손수 파놓았던 무덤에 그를 안장시켜야 한다고 주장하였다. 카셈 마을 사람들은 카셈이 창시자의 자손 중에서 최고이므로 그의 묘지가 그들의 영광스런 조상의 시신을 묻는 데 가장 적합하다고 말하였다. 주먹다짐이 오갈 상황에까지 이르게 되었다. 그렇지만 통치자인 카드리는 '큰 집'의 오래된 영지 관리소의 자그마한 사원에 안장하라고 선언하였다. 이 해결책은 다수의 동의를 얻었는데, 사람들은 생전에 그의 모습을 보지 못했던 것처럼 그의 장례식 또한 보지 못하게 되어 섭섭해 하였다. 리파아 마을 사람들은 가발라위가 손수 리파아를 묻었던 그 무덤에 묻히게 될 것이라고 속삭였는데, 어느 누구도 그 케케묵은 이야기를 믿으려 하지 않았고 비웃기만 하였다. 그러다가 그들의 수장인 아가그가 분노하여 산투리와 싸움을 할 뻔하였다.

그때 사달라가 모두에게 외쳤다.

"이 슬픈 날의 엄숙함을 깨뜨리는 자는 누구든 목을 부러뜨릴 것이다."

오직 가발라위의 신임을 받은 하인들만이 그의 시신을 씻는 것을 목격하였다. 그들은 그의 시체를 옷으로 덮어 관대에 올려놓고 고을의 중대사를 치러 온 응접실로 운반하였다. 아담이 통치권을 위임받았고 이드리스의 반란도 일어났던 바로 그곳이었다. 이어서 통치자와 세 마을의 주요인물이 장례기도를 하기 위해 모여들었다. 그 후 시신은 해질 무렵에 안장되었다.

저녁에 모든 사람들이 새로 쳐놓은 큰 천막으로 모여들었다. 아라파와 하나쉬도 리파아 마을 사람들과 함께 갔다. 아라파의 얼굴은 잠을 자지 못하여 마치 죽은 사람의 얼굴 같았다. 이야기는 온통 사막의 정복자이며, 모든 사람들의 지배자이며, 힘과 용기의 상징이며, 토지와 마을의 소유자이며 수 세대의 조상인 가발라위의 칭송뿐이었다. 아라파는 비참해 보였다. 하지만 어느 누구도 그의 머릿속의 생각을 알지 못했다. 그 집의 명성을 아랑곳하지 않고 저택에 침입한 사람, 조상이 죽을 때까지 조상의 존재를 확인하지 못한 사람, 모든 사람으로부터 스스로 떨어져 나와 영원히 손을 더럽힌 사람이 바로 그였던 것이다. 그는 자신의 잘못을 어떻게 보상해야 할지 몰랐다. 가발과 리파아와 카셈의 위업을 다 합쳐도 불충분할 것이고, 통치자와 수장들을 쳐죽여 마을 사람들을 사악함으로부터 구출해내도 부족할 것 같았고, 자신을 모든 위험에 내던져도 불충분할 것이며, 모든 사람에게 마법의 좋은 점을 다 가르쳐 주어도 불충분할 것 같았다. 오직 한 가지만이 충분할 것이다. 즉, 보기보다는 죽이기가 쉬웠던 가발라위를 부활시킬 수 있을 그런 마법을 얻는 것이다. 오직 시간이 그에게 자신의 상처 난 마음을 치료할 힘을 주길 바랄 뿐이다. 수장들은 닭똥 같은 눈물을 흘리고 있으나······. 그러나 오, 하나님! 그 어떤 수장도 아라파만한 죄는 짓지 않았으리라. 그들은 수치와 굴욕에 사로잡혀 말 없이 앉아 있었다. 옆에서 사람들이 가발라위는 힘센 수장들이 '큰 집' 주위에서 하쉬시를 피우고 있을 때 그 집에서 살해되었다고 말하곤 하였다. 사람들의 눈은 복수의 불길로 이글거리고 있었다.

그날 밤 늦게 지하실로 돌아온 아라파는 아와티프를 끌어당기며 애처롭게 물었다.

"아와티프, 내가 범인이라고 생각하오?"

"당신은 내가 만난 사람 중에서 가장 선량한 분이에요. 그렇지만 가장 불운한 분이기도 하구요."

그는 고개를 떨구었다.

"지금까지 이런 고통을 겪은 사람은 없었을 거야."

"알고 있어요."

그녀는 차가운 입술로 그에게 키스하며 속삭였다.

"우리에게 저주가 내리지 않을까 두려워요."

아라파는 그녀로부터 얼굴을 돌렸다.

그러자 하나쉬가 말했다.

"난 불안하네. 사람들은 오늘이나 내일이면 우리의 행적을 알아낼 걸세. 사람들이 가발라위와 그의 기원, 그의 영지, 그의 아들들과의 관계, 그가 가발과 리파아와 카셈과 접촉했던 일 등 가발라위의 모든 것에 관하여 낱낱이 알면서, 유독 그의 죽음에 관해서만 모르리라고는 생각하지 않네."

아라파가 깊은 한숨을 쉬었다.

"도망치는 일 말고 무슨 해결책이 있겠나?"

하나쉬는 아무 말이 없었다.

아라파가 말을 이었다.

"한 가지 계획이 있는데, 그 계획을 실행하기 전에 편히 있고 싶다네. 내가 죄인이라면 그 계획을 행할 수 없겠지."

하나쉬는 아무런 확신 없이 말하였다.

"자네는 아무 죄도 없어."

"계획을 실행하겠네, 하나쉬, 우리 걱정은 말게. 마을 사람들은 다른 사건들로 주의가 흩어질 걸세. 괴이한 일이 발생할 테지만, 가장 괴이한 일은 가발라위가 다시 부활하는 일일 걸세."

아와티프는 숨을 헐떡였고, 하나쉬는 얼굴을 찡그리며 말하였다.

"자네 미쳤는가?"

아라파는 열띤 목소리로 말하였다.

"우리 선조의 말은 자기 자손 중에 가장 우수한 자손으로 하여금 죽을 때까지 그를 위해 행동하도록 하곤 했네. 그의 죽음은 그의 말보다 강력해. 따라서 그의 죽음으로 그 훌륭한 아들은 그의 자리에 앉아 그가 되어서 만사를 주관해야 하네. 자네 알겠는가?"

아라파는 그의 마지막 말의 여운이 사라졌을 즈음 지하실을 떠나려고 하였다. 아와티프는 현관까지 따라 나갔다. 그녀의 눈은 울음으로 붉게 충혈되어 있었다.

그녀는 완전히 체념한 듯이 말하였다.

"신의 가호가 있기를."

하나쉬도 매우 진지하게 말하였다.

"같이 가면 안 되겠나?"

"두 사람보다는 한 사람이 도망치기가 더 쉬울 거야."

하나쉬는 그의 등을 두드리며 충고하였다.

"절망적인 상태가 아니라면 그 병을 사용치 말게."

아라파는 고개를 끄덕이면서 떠나갔다. 그는 어둠에 싸여 있는 마을을 흘깃 보고는 가말리아로 향했다. 그는 와타위트 마을과 데라사 그리고 '큰 집' 너머에 있는 사막을 거쳐 큰 원을 그리면서 갔다. 그리고는 사막을 굽어보는 사달라의 집의 북쪽 담에 이르렀다. 그는 담을 따라 중간지점에 이르자 큰 돌을 찾아 옆으로 옮길 때까지 땅을 팠다. 이윽고 그는 하나쉬와 함께 밤마다 파냈던 터널 속으로 들어갔다. 그는 터널 반대쪽 끝을 막고 있는 천을 밀어내고 대수장 집의 정원으로 머리를 내밀었다. 그는 담 옆에 숨어 그곳을 살펴보았다. 부서진 창문으로부터 희미한 불빛이 흘러나왔다. 정원사 집에서 나오는 불빛 이외에는 정원은 어둠 속에 잠들어 있었다. 때때로 집안에서 야비하고 거친 웃음소리가 들렸다. 그는 품에서 비수를 빼어들고 불안하기도 했지만 시간에 쫓겨 뛰어들 준비를 하고 있었다.

하쉬시 파티는 그가 도착한 후 반 시간 후에서야 끝이 났다. 문이 열리고 한 사람씩 정원의 대문을 통하여 고을로 빠져나갔다. 문지기가 손에 등불을 들고 다가와 대문을 닫고 사달라를 테라스까지 안내하면서 되돌아갔다. 아라파는 왼손에는 돌멩이 하나를 쥐고 오른손에는 비수를 쥔 채, 몸을 숙이고 살며시 다가갔다. 그는 사달라가 계단에 오를 때까지 종려나무 뒤에 숨어 있었다. 그러다가 그에게 달려들어 그의 등에다 비수를 꽂았다. 사달라는 비명을 지르며 쓰러졌다. 문지기가 깜짝 놀라 도망치려 하였으나 왼손의 돌멩이로 등불을 쳐서 박살내 버렸다. 그리고 아라파는 잠입해 들어온 벽 쪽으로 달아났다. 얼마 안 되어 집과 정원 끝으로부터 어지러운 목소리와 급한 발소리가 들려왔다. 아라파는 나무 그루터기인 듯 보이는 것에 걸려 비틀거리다가 얼굴을 땅에 찧었다. 다리와 팔목에 심한 통증을 느꼈으나 그는 참고서 계속 기어갔다. 외침과 발소리가 더욱 커져갔다. 그는 터널 속으로 몸을 날려 사막 쪽으로 재빠르게 기어갔다. 그리고는 신음하며 일어나서 동쪽으로 달려 나갔다.

그가 '큰 집'의 담을 벗어날 찰나 그에게로 달려오는 무리들이 보였다. 그는 "거기 누구냐" 하는 목소리를 들었다. 그는 통증에도 불구하고 더욱 빨리 달아났다. 그리하여 '큰 집'의 반대쪽 담 끝에 이르렀다. '큰 집'과 통치자의 집 사이의 공간을 가로지를 때 그는 횃불을 보았고 커다란 소리를 들었다. 그는 수끄 무까땀으로 향하여 사막으로 뛰어들었다. 그는 통증 때문에 조만간 추적자들이 더 가까이 올 것이라고 생각하였다. 그는 외투에서 수개월의 실험을 거친 병을 끄집어냈다. 그리고 걸음을 멈추고 다가오는 사람들을 쳐다보았다. 그들의 모습이 보일 때까지 눈을 부릅떴다. 그리고 그 병을 그 사람들을 향하여 던졌다. 몇 초 후 지금껏 들어보지 못한 큰 소리를 내며 폭발이 일어났고, 이어 비명과 신음소리가 들려왔다.

아라파는 계속 달아났다. 더 이상 쫓아오는 사람은 없었다. 사막 끝에 이르러 숨을 헐떡거리면서 땅에 쓰러져 신음소리를 냈다. 그는 고통과 나른함을 느끼면서 수많은 별빛 아래 홀로 누웠다. 그는 뒤를 돌아보았으나 거기에는 어둠과 적막뿐이었다. 그는 다리에서 흘러나오는 피를 닦아내고 모래로 지혈시켰다. 그는 어떻게 해서라도 계속 가야만 한다고 생각하며 몸을 일으키고 서서히 앞으로 나아갔다. 데라사 마을 쪽에서 한 사람이 다가오는 것이 보였다. 그는 주의 깊게 보았으나 그 사람은 그를 돌아보지 않은 채 그를 지나쳐 가버렸다. 아라파는 안도의 숨을 내쉬고 왔던 길을 따라 빙 둘러서 고을로 되돌아갔다. 그가 가발라위 고을에 이르렀을 때, 고함과 성난 목소리와 울음소리와 화난 고함소리가 들려왔다. 그는 잠시 걸음을 멈추고 담에 찰싹 붙어서 앞으로 나아갔다. 그는 고을 어귀의 한 모퉁이에서 한쪽 눈으로 슬쩍 엿보았다. 다른 모퉁이에 있는 통치자의 집과 사달라의 집 사이에 큰 무리의 군중이 모여 있는 것이 보였다. 동시에 카셈 마을은 황량하고 어두워 보였다. 그는 지하실 문에 이를 때까지 담을 따라서 기어나갔다.

그는 아와티프와 하나쉬 사이로 몸을 던져 유혈이 낭자한 다리를 풀어헤쳤다. 아와티프는 놀라 물통을 가지러 달려 나갔다. 그녀가 상처를 씻자 그는 비명을 지르지 않기 위해 이를 악물어야 했다.

하나쉬가 걱정스레 말하면서 그녀를 도왔다.

"바깥은 야단이라네."

아라파가 얼굴을 들면서 물었다.

"사람들이 폭발 소리에 대해서 어떻게 말하던가?"

"자네를 추적하던 사람들이 경위를 설명했는데 아무도 믿지 않았다네. 그렇지만 사람들은 그들의 목과 얼굴에 난 상처에 놀랐다네. 폭발 이야기로 사달라의 죽음은 잊은 것 같아."

"이 고을의 수장이 죽었으니, 내일은 나머지 사람들이 그 자리를 위해 싸우기 시작할 걸세"하고 아라파가 말하였다. 그리고 자신의 상처를 감는 데 몰두하는 아내를 부드럽게 바라보며 말하였다.

"수장들의 시대는 끝이 왔고 제일 먼저 사라질 인물은 당신의 부친을 살해한 자가 될 거야."

그렇지만, 그녀는 아무 말이 없었다. 하나쉬의 눈은 불안한 듯 계속 휘둥그랬다. 아라파는 고통으로 머리를 두 손에 파묻었다.

105

다음 날 아침 일찍 지하실 문을 노크하는 소리가 들렸다. 아와티프가 문을 열자 통치자 집의 문지기인 암무 유네스가 들어왔다. 그녀는 그에게 다정하게 인사를 하고 안으로 들어오라고 하였으나, 그는 그 자리에서 움직이지 않은 채 말하였다.

"통치자 나리께서 급히 상의할 일이 있어서 아라파 씨를 만나고 싶어 하십니다."

아와티프는 다른 때라면 당연히 느꼈어야 할 기쁨을 느끼지 못하고, 아라파에게 그 말을 전했다. 잠시 후 아라파는 백색의 외투와 점무늬가 있는 터번과 깨끗한 신 등 제일 좋은 복장을 한 채 나타났다. 그렇지만 그는 예기치 않은 사고로 지팡이를 짚어야 했는데, 이는 감출 수가 없었다.

그는 손을 들어 인사하며 말했다.

"수고하십니다."

그는 문지기를 따라 걸어갔다.

고을은 온통 지난밤의 이야기로 북새통이었고, 사람들의 근심어린 눈은 묻는 것 같았다.

"내일은 어떤 일이 생기려나?"

사달라의 집은 울음바다였으며 다른 수장과 그의 추종자들은 카페에 모여 있었다. 아라파는 문지기를 따라 통치자의 집으로 들어갔다. 그들은 쟈스민이 드리워진 아래로 테라스까지 걸어 올라갔다. 아라파는 이 집과 '큰 집' 사이에는 닮은 점이 많다고 생각했다. 닮은 점이 너무 많아 유일한 차이점이라곤 계단밖에 없는 듯했다.

그는 분개하며 중얼거렸다.

"너는 자신에게 이로울 때는 가발라위를 모방하고, 불리할 때는 모방하지 않는 사람이구먼."

문지기는 들어가도 되는지를 묻기 위해 그보다 앞서 갔다. 그리고 되돌아와 그를 안내해 들어갔다. 그는 거대한 응접실로 들어갔는데, 그곳에는 통치자인 카드리가 그를 기다리면서 한쪽 끝에 앉아 있었다. 그는 카드리로부터 몇 야드 떨어진 곳에서 걸음을 멈추고 정중하게 고개를 숙였다. 그는 그의 큰 키와 우람한 체격과 붉고 살찐 얼굴을 쳐다보았다. 그러나 그가 아라파의 인사를 알아차리고 미소를 지었을 때, 그의 위풍당당한 외모와는 어울리지 않는 더러운 누런 이빨이 드러났다. 그는 아라파에게 자기 옆에 앉으라고 권하였으나, 아라파는 가장 가까운 의자에 앉으며 말하였다.

"결례를 용서해 주십시오, 어르신네."

그렇지만 통치자는 그가 소파의 옆자리에 앉기를 권하면서 부드럽고 강경하게 말하였다.

"이곳에…… 이곳에 앉게나!"

아라파는 어쩔 도리가 없었다.

그는 소파의 끝에 앉으면서 자문하였다.

"뭔가 비밀이 있음에 분명하다."

그는 문지기가 문을 걸어 잠글 때 그것을 확신하였다. 그는 조용히 기다렸다.

통치자는 그를 말없이 지켜보더니 음모섞인 목소리로 물었다.

"아라파, 왜 사달라를 죽였는가?"

눈과 눈이 엉겨붙었다. 그는 다리가 떨렸다. 모든 것이 빙빙 돌았다. 미래는 과거가 되어 버렸다. 그는 카드리의 자신감 넘치는 눈이 자신을 응시하고 있음을 보고는 그가 모든 것을 알고 있음에 틀림없다는 걸 알았다.

통치자는 그에게 생각할 틈을 주지 않고 다소 퉁명스럽게 말하였다.

"두려워 말게나! 그렇게 두려우면 왜 그를 죽였는가? 마음을 가라앉히고 내 말에 대답하게. 왜 사달라를 죽였는지만 말하게."

아라파는 그 침묵을 견뎌낼 수 없었다.

그는 무슨 말을 하는지도 모르면서 말했다.

"제가 말입니까?"

"망할 자식, 내가 헛소리하는 줄 아나? 내가 증거도 없이 말하는 줄 알아? 대답하게, 왜 죽였나?"

완전히 절망에 빠진 아라파는 눈 둘 곳을 몰라 방 여기저기를 둘러보고 있었다.

통치자는 주검 같은 차가운 목소리로 말하였다.

"도망갈 구멍은 없다. 아라파, 네가 저지른 죄를 알면 당장에라도 네 몸을 갈기갈기 찢어 너의 피를 마실 것들이 저 바깥에 있다."

대수장 집의 통곡소리가 더욱 커졌다. 모든 희망은 사라졌다. 그는 아무 말도 하지 않은 채 입을 벌렸다.

통치자가 거칠게 소리쳤다.

"침묵이 쉬운 도피처로 보이겠지만, 문밖의 야수들에게 너를 던져주며 그들에게 '여기 사달라의 살해자가 있다'라고 말할까. 아니면 네가 원한다면 '여기 가발라위의 살해범이 있다'라고 말할까."

"가발라위!"

"너는 뒷담 아래 터널을 팠지, 처음에는 용케 도망쳤지만, 두 번째는 잡혔다. 아라파, 도대체 왜 죽였나?"

아라파는 아무 의미 없이 절망적으로 말했다.

"나리, 전 무고합니다. ……전 무고합니다."

"너에 대한 혐의가 알려지면, 어느 누구도 나에게 증거를 요구하지 않을 것이다. 우리 고을에서는 소문은 진실이며, 진실은 판결이며, 판결은 집행이다. 그러니 왜 '큰 집'에 침입했는지 털어놓아."

카드리는 모든 것을 알고 있다. 도대체 어떻게 알았을까? 어쨌든 그는 모든 것을 알고 있다. 그렇지 않다면 이 고을에서 어떻게 그 혼자 이러한 혐의를 말할 수 있겠는가?

"도둑질할 생각이었나?"

아라파는 절망에 빠져 얼굴을 떨구고 아무 말도 하지 않았다.

통치자가 소리쳤다.

"말하라니까, 엉큼한 놈!"

"나리……!"

"왜 훔치려 했는가, 대부분의 사람들보다 더 잘 살면서?"

"사람이란 사악한 충동에 사로잡혀 있지 않습니까."

통치자는 의기양양하게 웃었다. 아라파는 왜 그가 자신을 지금껏 죽이지 않고 살려두는지 의아했다. 그리고 왜 그 비밀을 수장들에게 말해 주지 않는지.

통치자는 그를 고문하듯이 침묵하고 있다가 말문을 열었다.

"자넨 아주 위험한 인물이야."

"전 불쌍한 놈입니다."

"곤봉을 무력하게 만드는 무기를 지닌 자가 불쌍하다고?"

이 사람은 진짜 마법사였다. 통치자는 아라파의 절망을 잠시 즐기더니 말을 꺼냈다.

"내 하인 중 한 명이 자네를 추적한 사람들 속에 있었다. 그 자는 뒤에 쳐져서 다행히 자네의 무기에 다치지 않았지. 데라사에서 그는 자네를 알아보았지만, 자네가 놀랄까봐 공격하지 않고 내게 달려와 알려주었다네."

"딴 사람에게 말하지 않았을까요?"

"그는 충직한 하인이라네."

그는 의미심장하게 말했다.

"그럼 이제 그 무기에 대해 말해 보세."

아라파는 그가 자신의 생명보다 더 귀중한 것을 원한다는 걸 알았다. 그는 완전히 절망하였다. 도망칠 구멍은 없다.

그는 낮은 목소리로 말하였다.

"사람들이 생각하는 것보다 간단합니다."

통치자는 얼굴을 찡그렸다.

"당장이라도 쉽게 자네 집을 수색할 수 있다. 그렇지만 너에게 신경쓰고 싶진 않아. 알아듣겠는가?"

그리고 잠시 후 말하였다.

"자네가 내 말을 듣는 한 죽지 않을 걸세."

그는 아라파를 위협적으로 바라보았다. 아라파는 절망적으로 말하였다.

"나리의 뜻에 따르겠습니다."

"내 뜻을 이해하기 시작했군. 자네를 죽일 생각이었다면, 저 개들이 벌써 자네를 먹어치웠을 걸세."

그리고 목청을 가다듬은 후 말했다.
"가발라위와 사달라에 관해서는 잊어버리세. 자네 무기에 대해 말해 주게나. 그게 무언가?"
그는 재빠르게 대답하였다.
"마법의 병입니다."
통치자는 의심스러운 듯이 그를 쳐다보았다.
"설명하게."
아라파는 처음으로 자신감을 되찾으면서 말하였다.
"오직 마법사만이 그 마법의 주문을 알고 있습니다."
"내가 자네의 안전을 보장해도 설명하지 않겠는가?"
아라파는 속으로 웃으면서 겉으로는 진지하게 말하였다.
"제가 말한 것은 모두가 진실입니다."
통치자는 잠시 마루를 응시하다가 고개를 들고 물었다.
"여러 개 있는가?"
"지금은 하나도 없습니다."
통치자는 외쳤다.
"엉큼한 놈!"
"제 집을 뒤져 몸소 찾아보십시오."
"더 만들 수 있겠지?"
"물론이죠."
통치자는 매우 흥분하여 팔짱을 끼었다.
"난 많이 필요하네."
"원하시는 대로 얻게 될 것입니다."

그들은 알겠다는 표정을 교환했다.

아라파는 대담하게 말했다.

"저 귀찮은 수장들을 떼어버리려는 것이지요, 나리?"

"왜 '큰 집'에 침입했는지 말하게."

"호기심 때문입니다. 그 충직한 하인을 죽일 생각은 없었습니다."

통치자는 의심스러운 듯이 그를 바라보았다.

"자넨 위대한 사람을 죽게 만들었어."

"저도 그 때문에 마음아파하고 있습니다."

통치자는 어깨를 추스르며 말했다.

"그 사람처럼만 살 수 있다면."

아라파는 속으로 생각했다.

'이 사악한 위선자야. 넌 그의 영지에만 관심이 있을 뿐이야.'

그러나 아라파는 말했다.

"만수무강하시길 바랍니다."

"진정 호기심 때문에 그랬나?"

"그렇습니다."

"왜 사달라를 죽였나?"

"어르신네처럼 수장들을 제거하고 싶어서입니다."

통치자는 미소지었다.

"그들은 큰 죄악덩어리야."

아라파는 속으로 생각했다.

'그렇지만 넌 그들의 사악함 때문이 아니라 그들이 영지로부터

받는 돈 때문에 미워하는 게 아닌가?'

"나리 말씀이 옳습니다."

"자넨 상상할 수 없을 정도로 부자가 될 것이네."

아라파는 재치있게 말했다.

"그것이 바로 제가 원하는 것입니다."

"자넨 평생 동안 일할 필요가 없다네. 나를 수호하기 위해 자유로이 마법을 연구하면, 원하는 것은 무엇이든지 얻게 될 걸세."

106

그들 셋이 소파에 앉아, 아라파가 자신이 겪었던 일들을 설명하자 아와티프와 하나쉬는 그의 말을 열심히 듣고 있었다.

아라파가 마지막으로 말했다.

"이제 다른 길은 없어요. 사달라의 장례식은 아직 시작되지 않았을 겁니다. 이젠 받아들이든가 죽는 길뿐입니다."

아와티프가 말했다.

"아니면 도망치든가."

"그의 스파이들이 우릴 완전히 포위하고 있어서 도망칠 수는 없어."

"그의 보호를 받는다고 해도 그리 안전하지는 못할 거여요."

그는 그녀의 말을 무시했다. 아니 그 말의 의도를 무시하고 싶었다.

그는 하나쉬를 돌아보며 말했다.

"자네는 왜 한 마디도 안 하나?"

하나쉬가 슬픈 목소리로 대답했다.

"이 고을에 돌아왔을 때 우리의 꿈은 소박했지. 그런데 상황이 많이 변했고, 그 변화의 책임은 당신들이 져야 해. 우리가 더 큰 희망을 갖게 된 데 대한 책임 말이야. 처음에 나는 당신들 생각에 반대했지만 나는 주저없이 당신들을 도왔어. 오로지 이 고을에서 벗어나기만을 바라면서, 당신들의 의도에 조금씩 말려들고 있었지. 이제 당신은 새로운 계획으로 우릴 놀라게 하고 있고 우리는 당신의 그 계획 때문에 결정적인 억압의 도구가 될 거야. 수장과는 싸울 수도 죽일 수도 있겠지만, 저항할 수도, 파멸할 수도 없는 도구 말이야."

아와티프가 말했다.

"그러나 그러고 나면 우리는 안전하지 못할 거예요. 그는 당신에게서 그가 원하는 모든 것을 빼앗아 갈 수도 있고, 게다가 감쪽같이 당신을 없앨 수도 있어요. 그가 지금 수장들을 제거하려고 일을 꾸미고 있듯이 말입니다."

고개를 깊이 떨구고 있던 아라파는 그 점에 수긍하지 않을 수 없었지만 마치 자신에게 다짐을 주듯이 말했다.

"그가 내 마술을 언제까지나 필요하게 만들고야 말겠소."

아와티프가 말했다.

"결국 당신이 바라는 건 그의 새로운 수장이 되는 일이군요."

하나쉬가 그 점에 대해 인정했다.

"그래. 자네의 무기는 곤봉이 아니라 병이야. 만일 그가 자네에 대해 어떤 느낌을 갖고 있는지 알고 싶다면 수장들에 대한 그의 감정이 어떤지 잊지 말게."

아라파는 화가 치밀었다.

"제멋대로들이로군. 마치 나만 욕심쟁이고, 당신들 둘은 아주 분별있는 사람들이란 듯이. 그렇지만 나는 골방에서 며칠 밤이나 뜬눈으로 지내며, 이 골목을 위해 두 번이나 목숨을 건 모험을 했어. 만일 당신들이 내게 강요된 이 일을 받아들이길 거부한다면 도대체 어떻게 하겠다는 건지 말해 봐."

그는 성난 얼굴로 대들었다. 둘 다 아무 대꾸도 하지 않았다. 그에게는 세상이 악몽 같기만 했다. 그는 지금의 고통이 그가 선조를 공격한 일에 대한 벌일지도 모른다는 이상한 생각에 사로잡혔다. 그의 고통과 슬픔은 점점 커져갔다.

아와티프가 애원하듯 속삭였다.

"도망칩시다."

그는 화가 나서 되물었다.

"어떻게?"

"모르겠어요. 하지만 도망치는 편이 가발라위의 집에 들어가는 일보다 더 어려울 수는 없을 거예요."

"지금 통치자는 우리를 지켜보고 있어. 그리고 그의 스파이들이 도처에 깔려 있어. 도대체 어떻게 도망칠 수 있단 말이야?"

침묵이 흘렀다. 마치 가발라위의 무덤의 침묵과도 같은 침묵이……

아라파가 책망조로 말했다.

"나는 패배만은 견딜 수 없어."

하나쉬가 간절히 말했다.

"우리에겐 선택의 여지가 없어."

"저 미래는 도망칠 기회를 줄 수 있으련만."

아라파는 한쪽에 서 있다가 말했다.

"에라 모르겠다!"

그는 뒷방으로 갔다. 하나쉬가 따라 들어갔다. 그들은 유리와 모래 등을 병 속에 담기 시작했다.

아라파가 말했다.

"우리는 우리가 할 일의 비밀을 보장하기 위해 상징들을 고안해 내 그것들을 책 한 권에 써놓아야 할 걸세. 그래서 우리의 노력이 헛되지 않고 나의 죽음이 이들 실험의 끝을 의미하지 않도록 말이야. 뿐만 아니라 우리 앞에 닥칠 운명이 어떤 것인지 모르기 때문에, 나는 자네가 마술을 배웠으면 하네."

그들은 매우 조심스럽게 작업을 계속했다. 아라파는 우연히 그의 동료를 바라보고 그가 얼굴을 찡그리고 있음을 발견했다. 그는 그 이유를 알고 있었다. 그러나 아무 일도 없다는 듯이 말했다.

"이 병들이 수장들을 해치울 걸세."

하나쉬가 거의 속삭이는 목소리로 말했다.

"우리를 위해서가 아니라 고을을 위해서지."

아라파는 작업을 계속하면서 말했다.

"이야기꾼의 바이올린이 자네에게 뭐라고 했는가? 과거에는 가발, 리파아, 카셈 같은 이들이 있었지. 그런데 왜 미래에는 그런 사람들이 나타나서는 안 되지?"

하나쉬가 탄식했다.

"나는 때로 자네가 그들 가운데 한 사람이라고 생각했었어."

아라파는 잠시 메마른 웃음을 웃었다.

"나의 실패가 그것에 대한 자네의 생각을 바꾸어 놓았군?"

하나쉬는 말이 없었다.

아라파가 계속했다.

"적어도 한 가지 관점에서는 나는 결코 그들과 같지 않을 거야. 그들은 제자들을 거느리곤 했지. 그렇지만 나를 이해해 주는 사람은 아무도 없어."

그는 웃었다.

"카셈은 단 한 마디 말로도 그의 완고한 제자들을 제압할 수 있었어. 그러나 내가 나의 일을 어떤 사람에게 훈련시켜 그를 나의 제자로 만드는 데는 수년이 걸릴 거야."

그는 병을 다 채우고 코르크 마개로 덮었다. 그러고는 그 병을 신주 모시듯이 램프 쪽으로 들어올렸다.

"오늘은 이것이 사람들을 깜짝 놀라게 했지만, 내일은 그들을 죽일 거야. 말해두지만 마술에는 한계란 게 없지."

107

사달라가 무덤 속에 눕자마자 사람들은 궁금해지기 시작했다. '누가 수장이 된다지?'

각 파벌의 무리들은 서로들 자기 수장을 추천했다. 가발 사람들은 유세프가 가장 강력하고 유일하게 가장 확실한 가발라위의 친척이라고 말했다. 리파아 사람들은 자신들이 가발라위가 손수 매장한, 이 고을에서 가장 훌륭한 사람의 후손들이라고 말했다. 카셈 사람들은 그들이 자신들의 동네를 위해서만이 아니라 모두를 위해서 승리를 쟁취했던 사람들이고, 그들의 영웅들이 지배했을 때는 모든 마을이 단결되었고 이 고을이 정의와 형제애로 가득 찼었다고 말했다. 언제나 그렇듯이 의견충돌이 드러나기 시작하더니, 그것은 마치 하쉬시의 연기처럼 널리 퍼져, 사람들은 최악의 상태를 준비하기에 이르렀다. 수장들은 혼자 외출하기를 멈췄다. 그래서 그들이 카페나 하쉬시 동굴에서 늦게 머물 때면 곤봉으로 무장한 추종자들이 그들을 에워쌌다. 이야기꾼마다 피리 소리로 그들 마을의 수장들을 위해 기도했다. 가게주인들과 행상인들은 상을 찌푸렸고 우울해 보였다. 사람들은 두렵고 놀란 나머지 가발라위의 죽음과 사달라의 살해를 잊어버렸다. 콩장사 움무 나바위는 일반적인 감정을 표현하면서 이렇게 목청껏 외쳤다.

"이 빌어먹을 목숨이여! 오히려 죽은 자들이 행복하구나."

어느 날 저녁, 가발 마을의 한 지붕에서 누군가가 외치는 소리가 들렸다.

"자 여러분 들어보시오. 그리고 여러분과 나, 이성적으로 판단해 봅시다. 가발 마을이 가장 오래된 동네요, 그리고 가발은 우리의 최초의 영웅이었소. 그러니 여러분들이 유세프를 수장으로 모신다면 어느 누구도 부끄럽지 않을 것이오."

리파아 마을과 카셈 마을 사람들 사이에서 조소의 외침이 터져 나왔고 간간이 낯뜨거운 욕지거리와 험담이 쏟아졌다. 즉시 아이들이 노래를 부르면서 모여들었다.

"유세프, 유세프, 야비하게 생긴 쥐새끼!
누가 너희에게 그렇게 하라고 했더냐?"

사람들의 마음은 점점 굳어졌고 그들의 기분도 더욱 어두워졌다. 두 패거리가 단결하거나 어느 한 패가 자진해서 경쟁에서 물러나지 않는 한 재앙을 연기시키고 있는 유일한 것은 세 패거리가 모두 함께 아옹다옹하고 있다는 사실뿐이었다.

여기저기서 사고들이 터졌다. 바이트 알 카디에서 두 행상인이 마주쳤다. 한 사람은 가발 사람이고 다른 한 사람은 카셈 사람이었다. 서로 치고 박고 싸우는 바람에, 카셈 사람은 이빨이 부러졌고 가발 사람은 눈을 다쳐 실명했다. 함맘 알 술탄에서는 세 패 모두에서 모인 여자들이 목욕탕에서 발가벗은 채 패싸움을 벌였다. 그들은 서로 할퀴고 물어 뜯고 머리털을 쥐어뜯었다. 물통과 돌멩이, 수세미, 비누덩어리 등이 어지럽게 날아다녀 앞이 안 보일 지경이었다. 두 여자가 기절했고 한 여자는 유산했다. 잠시 후

같은 날 아마존 사람들이 그 고을을 떼지어 지나간 후 그 여자들은 돌멩이와 상스런 욕지거리를 퍼부으면서 지붕꼭대기에서 다시 싸움을 계속했다. 가발 마을의 수장 유세프를 은밀하게 찾아 가던 중이었던 통치자에게서 사자가 왔다. 그 사자는 유세프에게 아무도 눈치 채지 않게 가서 통치자를 만나 보라고 전했다.

통치자는 친절하게 유세프를 맞으면서 그에게 그의 마을 사람들을 진정시킬 어떤 조치를 취하라고 말했다. 그 마을은 특히 통치자의 집 바로 옆 동네였기 때문이었다. 유세프가 작별인사 차 손을 흔들었을 때 통치자는 다음에 만날 때는 유세프가 수장이 되어 있길 바란다고 말했다. 유세프는 이렇게 지원을 받고 있다는 생각에 도취되어 통치권이 손에 잡힌 듯하였다. 곧 이어서 그는 자기 마을 사람들을 모이게 했다. 그러자 사람들은 그들에게 내일 무슨 일이 일어날지 서로서로 귀엣말을 나누었다. 이런 소식은 이 고을의 다른 곳에까지 퍼져나갔다. 그리고 사람들의 감정도 고조되었다. 며칠 후 아가그와 산투리가 서로 만나서 유세프를 몰아내기 위해서 힘을 합치기로 하고 그리고 나서 승리한 후에는 제비를 뽑아 수장이 되기로 합의했다.

다음 날 카셈과 리파아 사람들이 모여 가발 마을을 공격했다. 격렬한 전투가 벌어져 유세프와 그의 부하들 중 많은 사람들이 죽었다. 가발 사람들은 어쩔 수 없이 보다 강한 힘 앞에 항복했다. 이미 합의된 제비뽑기는 오후에 하기로 결정되었다. 약속된 시간이 되자 카셈 사람들과 리파아 사람들이 남녀를 불문하고 고을 어귀에 모여들었다. 이제 곧 추첨에서 승리한 사람이 차지하게 될 수장의 관저와 통치자의 집 사이는 사람들로 꽉 메워졌다. 산투리와 아가그가 각기 한 무리를 거느리고 도착하여 다정하고 평화스럽게 인사를 나누었다. 그들은 모든 사람들 앞에서 서로 포옹하고 나자, 아가그가 모두가 들을 수 있을 만큼 큰 목소리로 말했다.

"당신과 나는 형제입니다. 앞으로 어떤 일이 일어나도 우리는 형제로 남게 될 것입니다."

그러자 산투리가 열광하여 이를 받았다.

"영원토록."

'큰 집' 앞의 광장을 사이에 두고 두 패가 마주보고 자리 잡았다. 종이 뭉치로 가득 찬 바구니를 든 채 양측에서 한 사람씩 두 사람이 앞으로 나왔다. 두 사람은 종이가 든 바구니를 광장에 내려 놓고 각자 자기 편 사람들 쪽으로 물러났다. 아가그의 상징은 망치로, 산투리의 상징은 식칼로 하기로 선언하고 나서 상징이 그려진 종이 뭉치를 반반씩으로 하기로 선언하였다. 눈가리개를 한 젊은 청년이 종이뭉치 하나를 꺼내기 위해 앞으로 인도되었다. 팽팽한 침묵이 흐르는 가운데 그가 손을 집어넣어 종이뭉치 하나를 꺼냈다. 여전히 눈가리개를 한 그 청년이 종이를 펼쳐 그 내용물을 꺼내 높이 치켜들었다.

카셈 사람들이 외쳤다.

"식칼이다! 식칼!"

종이뭉치를 받아 그것을 찢고 있던 아가그에게 산투리가 손을 뻗었다.

"우리 골목의 수장 산투리 만세"하는 흥분된 외침이 연이어 터져나왔다.

　리파아 사람들 대열에서 한 남자가 양팔을 벌린 채 산투리 앞으로 나왔다. 산투리도 팔을 벌려 그를 껴안으려 했다. 그때 갑자기 그 남자가 믿기지 않을 만큼 빠르고 강력하게 산투리의 심장을 칼로 찔렀다. 산투리는 쓰러져 죽었다. 일순간 공포의 침묵이 감돌았다. 이윽고 맹렬한 울부짖음과 협박 소리가 터져 나왔다. 두 패 간에 공포스럽고 유혈이 낭자한 전투가 벌어졌다. 그러나 카셈 사람은 아무도 아가그를 대적할 수가 없었다. 한 떼는 쓰러졌고 한 떼는 도망쳐 버렸다. 저녁이 되자 아가그는 수장의 자리를 튼튼히 굳혔다. 카셈의 마을에서는 아우성이 터져 나왔다. 반면 리파아 마을은 환호의 탄성으로 가득 찼다. 아가그의 추종자들은 마을에서 그를 둘러싸고 춤을 추었다.

　갑자기 흥분의 열기를 가라앉히는 외침소리가 들렸다.

　"조용히 하라! 그리고 내 말을 들어라! 악인들아 내 말을 들어라!"

　사람들은 놀라 둘러보았다. 그러자 거기에는 통치자의 문지기인 유네스가 걸어 나오고 있었고, 그 뒤를 따라 통치자 자신도 하인들에 둘러싸인 채 따라 나오고 있었다.

　아가그는 그들에게로 나아가 말했다.

　"골목의 수장 아가그 대령합니다. 분부만 내리십시오."

　통치자는 그를 경멸하듯 노려보았다. 잠시 무거운 침묵이 흐른 뒤 통치자는 말했다.

　"아가그, 나는 수장 따윈 원치 않는다. 나는 그들의 방식을 원치 않아."

리파아 사람들은 아연했다. 그들의 입술에서는 승리의 미소가 사라졌다.

아가그는 물었다.

"나리 무슨 말씀이신지요?"

"우리는 아무런 수장도 원치 않고 그들의 방식도 원치 않는다. 이 골목을 평화롭게 살도록 놔둬라."

"평화롭게?"

통치자는 냉랭하게 그를 바라보았다.

그러나 아가그는 대들 듯이 물었다.

"그럼 누가 나리를 보호해 줍니까?"

하인들의 손에서 병이 날아와 아가그와 그 부하들의 머리 위에서 폭발했다. 담벼락이 흔들리고 유리조각과 돌덩이 파편들이 그들에게 쏟아졌다. 피가 낭자했고 공포가 그들을 엄습했다. 당황하고 절망에 빠진 아가그와 그의 부하들은 쓰러져갔다. 그러자 하인들은 그들을 모조리 죽였다. 리파아 사람들 사이에서는 비탄에 젖은 아우성이 일어났고 카셈 사람들 사이에서는 악의에 찬 득의의 미소가 번졌다.

유네스는 골목의 복판으로 걸어나가 조용히 할 것을 명령하고 나서는 선언했다.

"통치자 나리의 은총으로 여러분에게 행복과 평화가 주어졌습니다. 통치자 나리 만세! 오늘부터 여러분을 모욕하고 여러분들의 돈을 훔쳐갈 수장들은 없습니다."

힘찬 박수가 울려퍼졌다.

108

아라파와 그의 가족은 밤을 틈타 리파아 고을에 있는 그들의 지하실을 떠나 '큰집' 왼편에 자리한 대수장의 집(Chief's house)으로 이사했다. 그것은 통치자의 명령에 따른 것이었다. 이제 그의 명령을 거역할 수 있는 사람은 아무도 없었다. 아라파와 그의 가족들은 자신들이 꿈과 같은 곳에 와 있음을 알았다. 그들은 황홀한 정원 하며, 아름다운 화원, 테라스에, 응접실, 침실, 여자용 내실, 2층의 식당, 그리고 온갖 닭장, 토끼장, 비둘기장이 있는 지붕 등으로 뛰어다녔다. 그들은 처음으로 훌륭한 옷을 입어보았고, 맛있는 향기와 함께 맑은 공기를 호흡했다.

아라파가 말했다.

"'큰 집'의 축소판이야. 그러나 비밀이란 게 없지."

하나쉬가 말했다.

"자네의 마술……, 그것은 비밀로 치지 않나?"

아와티프의 눈은 놀라움으로 가득 차 있었다.

"이런 일은 아무도 꿈도 꿀 수 없을 거예요."

세 사람은 모두 전과 달라졌다. 그들은 새로운 색깔의 옷으로 단장했고 그들에게서는 새로운 향내가 났다. 일단의 남녀들이 그들에게 찾아왔을 때에도 여전히 그들의 흥분은 가라앉지 않은 상태였다. 첫 번째 사람은 자신을 문지기라고 소개했고 다음 사람은 요리사, 세 번째는 정원사, 네 번째 사람은 사육사, 그리고 나머지 사람들은 자신들을 가정부라고 소개했다.

아라파가 물었다.

"누가 당신들을 보냈지?"

문지기가 그들을 대표하여 대답했다.

"통치자 나리께서지요."

잠시 후 아라파는 통치자의 호출을 받고 곧장 달려갔다. 그들은 응접실의 소파에 나란히 앉았다.

그때 카드리가 말했다.

"아라파, 우린 앞으로 종종 만나게 될 걸세. 자네에게 사람을 보낼 때는 거절하지 말도록."

사실 그는 낯선 장소와 사람들 때문에 걱정이 많았다. 그러나 그는 미소를 지으며 말했다.

"염려마십시오 나리."

"자네의 마술이 모든 선(善)의 근원이야. 그래 집이 마음에 드나?"

"우리같이 가난한 사람들은 꿈도 꾸지 못할 정도입니다. 그리고 오늘 온갖 하인들이 저희들에게 왔었습니다."

그가 말할 때 통치자는 그의 얼굴을 세심히 뜯어보았다.

"그들은 내가 자네의 시중을 들고 자네를 보호하도록 보낸 내 사람들이네."

"저를 보호하라구요?"

카드리가 웃었다.

"그렇지! 고을에 있는 사람들이 온통 자네의 이사에 대해 말하고 있다는 걸 모르나? 그들은 서로 이렇게 말한다네. '그래서 병을 만든 게로군'하고 말이야. 알다시피 수장의 가족들이 아직 사라지지 않았어. 그리고 다른 사람들이 매우 질투하고 있어. 그러니 자네는 지금 중대한 위험에 처해 있는 걸세. 충고하건대 아무도 믿지 말고 혼자 밖에 나가거나 집에서 멀리 떠나지 말도록."

아라파는 얼굴을 찌푸렸다. 그는 분노와 증오로 휩싸인 포로에 다름 아니었다.

카드리는 계속 말했다.

"그러나 걱정 말아. 나의 부하들이 자네를 에워싸고 있으니까. 자네 집과 내 집에서 원하는 대로 인생을 즐겨. 자네가 잃을 게 무엇이 있겠는가? 사막과 폐허 외에는 아무것도 없어. 그러나 사람들이 하는 말을 명심해. 사람들은 '사달라를 살해한 자와 아가그를 살해한 자가 같은 무기를 사용했다. 그리고 사달라의 집을 침입한 수법과 '큰 집'을 침입한 수법이 똑같다. 그러니 한 사람이 아가그와 사달라, 그리고 가발라위를 모두 죽인 것이다. 아라파, 그 마술사가 틀림없다'고 말하고 있다네."

아라파는 몸서리치며 외쳤다.

"내 머리 위에 칼이 매달려 있는 꼴이군요."

"자네가 내 보호 아래 있고 내 하인들이 자네를 둘러싸고 있는 한 걱정할 필요는 없네."

아라파는 생각했다.

'빌어먹을, 결국 난 너의 포로가 되었군. 나는 너에게 봉사하기 위해서가 아니라 너를 파멸시키기 위해 마술을 사용하고자 했었지. 그런데 지금은 내가 사랑했고 내가 해방시키고자 원했던 사람들이 나를 미워하고 있고 나는 그들에게 죽음을 당할지도 몰라.'

그는 희망을 가지고 크게 말했다.

"사람들에게 수장들의 몫을 나눠주십시오. 그러면 그들은 당신과 우리와 함께 기뻐할 겁니다."

카드리가 깔보듯 웃었다.

"그러면 왜 수장들을 제거했습니까?" 하고 그를 차갑게 따지고 들었다.

"그래서 자네는 지금 그들을 기쁘게 해 줄 방법을 찾고 있구려! 그만 둬. 차라리 내가 그래 왔듯이 그들의 증오심에 익숙해지라고. 그리고 자네의 안전은 나를 기쁘게 해야만 보장된다는 것도 명심하도록."

아라파는 절망에 빠져 말했다.

"언제든 분부만 내리십시오."

통치자는 마치 천정의 장식물을 자세히 살피기라도 하듯이 천정을 올려다보았다. 그러고는 아라파의 뒤쪽을 응시하면서 말했다.

"나는 자네가 새로운 생활의 즐거움에 빠져 자네의 마술을 소홀히 하지 않기를 바라네."

아라파는 고개를 끄덕거렸다.

"그러면 자네는 가급적 많은 마술병을 만들게 될 걸세."

"우리는 이미 가지고 있는 것 이상을 필요로 하지 않습니다."

카드리는 노여움을 감추려고 짐짓 미소지었다.

"많은 병을 저장해 두는 게 현명하지 않겠나?"

아라파는 대꾸하지 않았다. 그는 온통 절망에 휩싸여 있었다. 그가 다그쳤다.

"자네가 대답할 차례가 아닌가?"

"나리, 제가 여기 머무는 것이 불쾌하시다면 저를 영원히 이곳에서 떠나게 해주십시오."

카드리는 놀라서 바라보았다.

"지금 뭐라고 했소, 자네?"

"저는 나리께서 저를 얼마나 필요로 하느냐에 따라 제 목숨이 왔다 갔다 한다는 것을 압니다."

카드리는 씁쓸하게 웃으며 말했다.

"내가 자네의 능력을 과소평가하고 있다고 생각하진 말게나. 나는 자네가 지금 무슨 생각을 하고 있는지 알 수 있어. 그렇지만 왜 자네는 내가 자네를 필요로 하는 것이 단지 병 때문이라고 생각하나? 자네의 마술은 다른 기적을 일으킬 능력은 없는가?"

그러나 아라파는 처음에 하던 생각의 끈을 계속 이어나갔다.

'내가 너의 명을 받든다는 비밀을 퍼뜨린 것은 네 부하들이야. 틀림없어. 그러나 너는 나의 목숨이 나에게 달려 있다는 것도 또한 기억해야 할 거야.'

통치자의 얼굴이 찌푸려졌지만 아라파는 생각을 계속했다.

'오늘 네게는 수장들이 없어. 네가 지니고 있는 유일한 힘은 내

병에서 나오는 것이야. 네가 가진 몇 개의 병은 너를 결코 나로부터 자유롭게 하지 못해. 만일 내가 오늘 죽는다면 너는 내일 내 뒤를 따르게 될 거야.'

돌연 통치자가 성난 야수처럼 그에게 달려들어 그의 숨통을 틀어쥐고 그의 몸이 요동칠 때까지 비틀었다. 그러나 그는 재빨리 손아귀를 풀고 손을 뗐다.

그러고는 불길하게 미소지으며 말했다.

"우리가 싸워야 할 아무런 이유 없이 평화롭게 즐길 수 있는 이 때, 자네의 수다스런 혀가 나로 하여금 무슨 짓을 하게 했는지 보게나."

아라파는 화를 참느라 숨을 깊게 들이쉬었다.

"두려워 말게. 자네의 목숨이 나로 인해 위험하지는 않을 테니까. 인생을 즐겨보게. 그러나 자네의 마술, 우리가 따온 그 열매를 잊지는 말게. 자네도 알다시피 우리 중의 하나가 다른 사람을 배신한다면 그는 그 자신을 배신하는 것이나 다름이 없을 거야."

그가 새로운 집으로 돌아와 지금까지의 대화를 반복해서 들려주자 아와티프와 하나쉬는 우울한 얼굴빛이 되었다. 그들 셋은 모두 그들의 새로운 삶에 불만을 느꼈다. 그러나 그들은 온갖 종류의 맛좋은 술과 음식으로 장식된 식탁에 둘러앉아 저녁을 먹는 동안 걱정거리를 잊어버렸다. 아라파와 하나쉬가 처음으로 파안대소했다.

그들 둘은 상황이 지시하는 대로 살았다. 그들은 그들이 마술을 준비하기에 적합하도록 만든 응접실 뒷방에서 작업을 했다. 아라파는 그들 둘만이 알고 있는 책 속에 그가 고안해 놓은 상징들을 적어 넣느라 아주 애를 먹었다.

한 번은 그가 작업하고 있는 도중에 하나쉬가 그에게 말을 걸었다.

"우리야말로 포로로군!"

"쉿, 조용히 말해. 담벼락에도 귀가 달렸다구."

하나쉬는 성난 눈초리로 문을 노려보고는 거의 들릴까 말까한 목소리로 계속 말했다.

"자네는 우리가 그들을 기습적으로 죽일 수 있는 새로운 무기를 만들 수는 없나?"

"온통 하인들로 둘러싸여 있는 상황에서 그런 무기를 몰래 시험해 볼 기회를 갖기란 불가능해. 그는 우리에 대해 모르는 게 없어. 그리고 우리가 그를 죽인다면 우리가 우리 자신을 방어할 수 있기도 전에 복수를 원하는 사람들에 의해 우리는 죽게 될 걸세."

"그런데 무엇하러 그렇게 열심히 작업하는 거지?"

아라파는 탄식하며 말했다.

"내게 남은 것이라고는 일하는 것뿐이기 때문이야."

저녁이 되면 아라파는 통치자의 집에 가서 그와 함께 앉아 술을 마시곤 했다. 밤중에 그가 집에 돌아오면 하나쉬가 정원이나 다락방에서 약간의 마취상태에 취해 있음을 발견하곤 했다. 아라파는 전에는 하쉬시를 피운 적이 없었다. 그러나 그는 완전히 환경에 따라 되는 대로 몸을 내맡기고 있었다. 그리고 아와티프까지도 이러한 습관을 배웠다. 그들은 그들의 지난 날의 부푼 꿈을 잊어야 했듯이 지루함과 공포, 죄의식, 그리고 절망감을 잊어야 했다. 그들 두 사람은 여전히 무슨 작업인가를 했지만 아와티프는 아무 것도 하지 않았다. 그녀는 소화불량이 될 때까지 먹어치우고는 지치도록 잠을 자곤 했다. 그리고 정원에서 아름다운 색깔들을 즐기면서 시간을 보내곤 했다. 그녀는 아담이 그토록 갈구하던 삶을 살고 있다고 생각했다. 아 얼마나 지루한 삶이었을까! 누가 인생이 너무도 괴로워서 슬픔으로 수척해지길 바라겠는가? 비록 감옥에 갇혀 있는 것은 아니었지만, 적과 증오자들에 둘러싸여 있는 것은 이와 다를 바 없었다. 유일한 탈출구는 하쉬시였다.

어느 날 밤 아라파는 통치자의 집에서 밤늦게 집으로 돌아오고 있었다. 그런데 그녀는 정원에서 그를 기다리기로 작정했다. 달이 뜨고 밤이 깊어졌다. 그녀는 나뭇가지들의 음악소리와 개구리들의 개굴거리는 소리를 들으며 앉아 있었다. 그녀는 대문이 열리는 소리를 듣고 마중하러 나가려고 했다. 그때 지하실 쪽에서 옷 스치는 소리가 들리더니 달빛 아래 하녀 하나가 그녀를 알아차리지 못하고 대문을 향해 서둘러 가는 모습이 보였다. 아라파가 약간 비틀거리면서 앞으로 나왔다. 하녀가 테라스 옆의 담을 넘어갔다. 그는 그녀를 껴안았다. 그리고 아와티프는 그들이 담벼락으로 가려진 달빛 아래서 입맞춤하는 것을 보았다.

아 와티프는 가발라위 고을의 여자답게 화가 치밀어 올랐다. 그녀는 마치 사자처럼 키스하고 있는 남녀 위로 뛰어가서는 주먹으로 아라파의 머리를 그가 뒤로 비척거리다가 균형을 잃고 쓰러질 때까지 두들겨 팼다. 그녀는 그 하녀의 목덜미를 쥐어 뜯고 머리를 때렸다. 그러자 하녀의 비명이 한밤의 정적을 찢어놓았다. 아라파가 일어났다. 그렇지만 그는 감히 싸우고 있는 두 여자에게 가까이 가지 못했다. 하나쉬가 뛰어오고 그 뒤로 하인들이 우르르 몰려왔다. 사태를 알아차린 그는 하인들을 쫓아 보내고 재빠르게 두 여자 사이에 끼어들어 욕설과 험담을 질펀하게 늘어놓고 있던 아와티프를 집으로 데리고 갔다. 아라파는 휘청거리며 저 멀리 사막이 넘겨다보이는 다락방으로 올라가서는 방석에 털썩 주저앉아 좁은 방에 홀로 남았다. 그는 다리를 뻗고는 머리는 벽에 기댄 채 비몽사몽인 채 앉아 있었다. 잠시 후 하나쉬가 들어와서는 화로를 가로질러 한마디도 하지 않은 채로 그를 바라보고 있었다.

그는 그를 힐끗 바라보고는 다시 바닥을 쳐다보았다. 드디어 그가 침묵을 깼다.

"결국 스캔들을 일으키고 말았군."

아라파는 수치심으로 가득 찬 눈으로 올려다보고는 성급히 화제를 바꿨다.

"불 켜!"

그는 다음 날 이른 아침까지 다락방에 그대로 있었다. 그 하녀가 가버려 다른 하녀가 시중을 대신했다. 아와티프는 계속해서 아라파가 바람을 피우는 것처럼 여겼다. 이제 그녀는 그의 모든 움직임을 그녀가 가지고 있는 혐의에 맞춰 해석하기 시작했다. 삶은 지옥이 되었고 그녀는 무서운 감옥에서 그녀를 떠받쳐주었던 한 가지 위안을 잃었다. 이 집은 그녀의 것도 그녀 남편의 것도 아니었다. 그녀가 사랑했던 아라파, 그녀와 결혼하기 위해 산투리에게 도전했던 아라파, 이 골목을 위해 수차례에 걸쳐 죽음의 모험을 감수했던 아라파, 그래서 드디어 그녀가 그를 이야기꾼들의 주인공의 하나라고 생각하기에 이르렀던 아라파, 그는 어디로 갔는가? 이제 그는 카드리나 사달라와 같은 악당에 불과했다. 그리고 그에게 있어 삶은 하룻밤의 오랜 악몽과도 같은 뜨거운 고통이었다.

아라파가 어느 날 저녁 통치자의 집에서 돌아와 보니 아와티프의 흔적이 없었다. 문지기는 그녀가 해질녘에 집을 떠나 돌아오는 것은 보지 못했다고 말했다.

아라파는 술냄새를 풍기면서 말했다.

"그녀가 어디로 갈 수 있을까?"

하나쉬가 걱정스럽게 말했다.

"만일 그녀가 이 고을에 있다면, 레몬향 장수인 옴무 존폴이라는 노파와 함께 있을 거야."

아라파가 화가 나서 말했다.

"자네는 친절을 베풀어 그녀를 잡을 수 없었나? 나는 그녀가 모욕을 당하고 돌아올 때까지 아랑곳하지 않을 거야."

그러나 그녀는 돌아오지 않았다. 열흘이 지났다. 아라파는 아무도 눈치 채지 않게 틈을 타 옴무 존폴에게 가기로 결정했다. 그는 정해진 시간에 몰래 집을 빠져나왔고 하나쉬가 그 뒤를 따라 나왔다. 그들이 채 몇 발짝을 가지 않아 그들을 뒤따르는 발자욱소리가 들렸다. 그들이 돌아보니 그들을 쫓아 집에서 하인 2명이 나오고 있었다.

아라파가 말했다.

"집으로 돌아가!"

"우리는 통치자 각하의 명을 받들어 당신을 보호하고 있습니다."

그는 화가 났지만 고집하려고는 하지 않았다. 그들은 모두 카셈 고을에 있는 낡은 집으로 몰려가서 옴무 존폴의 방이 있는 꼭대기 층으로 올라갔다. 아라파가 문을 두드리자 아와티프가 살며시 밖을 내다보면서 문을 열었다. 손에 든 램프의 불빛으로 누군지를 본 그녀는 얼굴을 찡그리면서 뒤로 물러섰다. 아라파가 문을 닫으면서 그녀의 뒤를 따라 들어갔다. 방구석에 옴무 존폴이 잠에서 일어나 놀란 눈으로 아라파를 노려보았다.

아와티프가 말했다.

"왜 여기에 왔죠? 무얼 원하는 거예요? 당신의 은총받은 집으로 돌아가세요."

옴무 존폴이 불안한 듯이 말했다.

"아라파, 이 마술사야!"

아라파는 다른 여자의 놀람에 아랑곳하지 않고 그의 아내에게 말했다.

"정신 차리고 나와 함께 갑시다."

그녀는 크게 흥분하여 말했다.

"저는 절대로 당신의 감옥으로는 돌아가지 않을 거예요. 나는 이 방에서 찾은 마음의 평화를 깨고 싶지 않아요."

"하지만 당신은 내 아내요."

그녀가 외쳤다.

"거기에 있는 당신의 아내들은 모두 다 젊고 건강하잖아요."

옴무 존폴이 항의조로 말했다.

"그녀를 자게 내버려 둬요. 내일 아침에 돌아가도록요."

그는 말없이 그녀를 싸늘하게 노려보고는 다시 그의 아내를 보며 말했다.

"남자란 실수가 있기 마련이오."

그녀가 앙탈하듯 소리쳤다.

"당신은 일대 크나큰 실수를 한 거예요."

그는 천천히 그녀 쪽으로 발을 옮기면서 아주 부드럽게 말했다.

"아와티프, 나는 당신 없이는 살 수 없소."

"그러나 난 당신 없이 살 수 있어요."

"당신은 내가 취중에 한 번 실수했다고 해서 나를 버리겠다는 거요?"

그녀는 노여움에 치를 떨었다.

"술 취한 일을 사과하지 마세요. 당신의 인생은 온통 악한 것 투성이예요. 당신의 온갖 비행을 사과하려면 수백 마디의 변명이 필요할 거예요. 이제 그런 변명을 듣는 것만으로도 고통이에요."

"아무튼 이 방에서의 생활보다는 나을 거 아니오."

"뭐라고요, 왜 당신의 간수들이 당신이 여기 오도록 내버려뒀죠?"

"아와티프!"

"나는 집으로 돌아가지 않겠어요. 집에 있어 봤자 기껏 하품이나 하다가 위대한 마술사, 내 남편의 연애행각이나 구경하는 일 말고는 할 일이 없어요."

그는 그녀의 마음을 돌려보려 애썼으나 허사였다. 그의 부드러움에 그녀는 완강함으로, 그의 노여움엔 같이 노여움으로, 그의 욕설엔 욕설로 맞섰다. 그는 마침내 절망에 빠져 포기하고 그곳을 나왔다. 그의 뒤를 따라 그의 동료와 하인 2명이 함께 나왔다.

하나쉬가 물었다.

"자네는 이제 어떻게 하려나?"

"항상 그랬듯이 똑같겠지."

통치자 카드리가 그에게 물었다.

"그래 당신 아내에 대한 무슨 소식이라도 있나?"

그의 옆에 앉으면서 아라파가 대답했다.

"노새처럼 꿈쩍도 안 합니다."

"여자 일로 괘념치 말게나. 자네에겐 더 훌륭한 여자들이 있잖은가."

그리고는 아라파를 걱정스레 살펴보고 난 후 말했다.

"자네의 아내가 자네가 하는 일의 비밀을 알고 있나?"

아라파는 그를 야릇한 눈길로 바라보았다.

"마술사만이 마술을 압니다."

"두렵군……."

"있지도 않은 일로 두려워 마십시오."

잠시 침묵이 흘렀다. 그 때 아라파가 흥분된 목소리로 말했다.

"내가 살아 있는 한 당신은 그녀에게 손가락 하나 까딱하지 못할 것입니다."

통치자는 화를 억누르고 가득 찬 술 두 잔을 가리키고는 미소 지었다.

"아니 누가 그녀를 건드리겠다고 하던가?"

110

카드리는 아라파와 가까워지자, 그를 대개는 한밤중에 시작되는 그의 특별 파티에 초대하기 시작했다. 아라파는 낯선 사람을 따라 객실에 들어섰다. 거기에는 온갖 음식과 술들이 있고, 아름다운 여인들이 발가벗은 채 춤을 추고 있었다. 아라파는 흘러넘치는 술과 황홀경에 거의 미칠 지경이었다. 그는 통치자가 마치 사나운 짐승처럼 제멋대로 구는 것을 보았다. 그는 정원에서 열린 다른 파티에도 초대되었다. 무성한 관목 덤불을 빙 둘러 달빛에 출렁이는 시냇물이 흐르고 있었다. 그들 옆에는 온갖 과일과 술들이 널려 있었고, 그들 앞에는 어여쁜 두 소녀가 하나는 화로를 지피고 또 하나는 담뱃대를 돌보고 있었다. 밤의 향기를 머금은 가벼운 산들바람이 불고, 꽃들의 진한 향기와 루트(기타와 비슷한 14~17세기의 현악기)의 선율에 몸이 둥실둥실 떠가는 것 같았다.

노랫소리가 울려 퍼졌다.

"카네이션 향기와 박하향
그리고 루트의 선율이 흩날리고
출렁이는 달빛에
하쉬시 흡연가들은 황홀해지네"

환한 보름달이 빛나고 있었다. 산들바람이 잎이 무성한 뽕나무 가지를 흔들 때마다 둥근 보름달이 그 모습을 환하게 드러내고 가지가 뒤로 고개를 젖히면 잔가지와 나뭇잎 사이로 긴 달빛 줄기가 뻗어 나왔다. 소녀의 손에 들린 담뱃대는 아라파의 머리를 어지럽혔다.

그가 말했다.

"신은 아담에게 자비를 베푸셨지."

통치자는 미소지으며 말했다.

"신은 이드리스에게 은혜를 베푸셨지! 어째서 자네는 그를 생각했지?"

"여기 앉아!"

"아담은 꿈을 사랑했지, 그러나 그는 가발라위가 그에게 알려준 것들밖에는 몰랐어."

그는 웃었다.

"자네가 고령의 고통으로부터 해방시켜 주었던 가발라위."

아라파는 고통에 사로잡혀 취기가 싹 가시고 말았다.

그는 중얼거렸다.

"나는 사악한 수장들 외에는 세상에서 그 누구도 죽이지 않았어요."

"그리고 가발라위의 하인은?"

"그를 죽이려고는 하지 않았는데……."

"너는 겁쟁이야, 아라파."

그는 가지들 사이로 달을 응시했다. 그는 파티와 루트의 선율을 멀리한 채 하쉬시를 쑤셔 넣는 소녀의 손을 힐끗 보았다.

통치자가 큰 소리로 말했다.

"왜 이렇게 횡설수설하는 거야?"

아라파는 그에게 돌아서서 웃으면서 말했다.

"이렇게 혼자 있을 겁니까?"

"여기 있는 사람들은 아무도 내 편이 아니야."

"저는 하나쉬 외에는 같이 술을 마실 사람이 하나도 없지요."

"취기가 어느 정도만 올라가면, 혼자 있는 것을 걱정하지 않게 돼."

아라파는 잠시 멈칫하더니 말했다.

"우리는 포로예요."

"우리가 우리를 미워하는 사람들에게 둘러싸여 있는 한 도대체 무엇을 기대할 수 있을까?"

그는 아와티프의 말을 생각했다. 그리고 그녀가 그의 집보다는 옴무 존폴의 집에 머물고자 했던 것을 생각했다.

"제기랄!"

"조심해. 우리의 흥을 깨지 말고."

아라파가 파이프를 주워들었다.

"항상 즐거울 수만 있다면."

카드리가 웃었다.

"항상! 마법으로 우리의 모든 삶이 젊음의 혈기를 잃지 않을 수만 있다면."

아라파는 정원의 밤공기를 힘껏 들이마셨다. 이슬이 내린 밤공기는 그 향기를 더하고 있었다.

"다행스럽게도 아라파는 쓸모없지가 않아."

통치자는 소녀에게 파이프를 달래서 담배연기를 깊이 들이마셨다가 훅 내뿜었다. 담배연기가 달빛에 은빛으로 빛났다.

그가 슬프게 말했다.

"눈 깜빡할 사이에 들이닥치는 나이는 어쩔 수가 없군. 우리는 가장 맛있는 음식을 먹고, 가장 좋은 술을 마시고 또 가능한 가장 풍요로운 삶을 즐기고 있는데, 시간이 흐르면 나이는 어김없이 들어버리고 태양도 달도, 그것을 되돌이킬 수 있는 것은 아무것도 없지."

"그러나 아라파의 환약은 노령의 차가움을 따뜻함으로 바꿀 거야."

"당신을 무력하게 만드는 것도 있습니까? 그게 무엇이지요?"

통치자는 달빛 아래 슬퍼 보였다.

"자네는 무엇을 가장 싫어하나?"

어쩌면 그것은 그가 갇혀 있는 감옥일지도 모른다. 그렇지 않으면 그를 둘러싸고 있는 증오자들, 혹은 그가 이미 포기했던 목표일지도 모른다.

그러나 그는 말했다.

"나의 젊음을 잃는 것."

"아냐, 아냐, 자네는 그것을 두려워하지 않을 거야."

"아내가 갑자기 가버렸으니, 저는 어떻게 하죠?"

"여자들이란 항상 이유가 많은 법이야."

한 줄기 바람이 나뭇가지를 스치며 지나가자 화로불이 시뻘겋게 달아올랐다.

카드리가 말했다.

"우리들은 왜 죽지, 아라파?"

아라파가 침울한 눈초리로 그를 바라보았다. 그러나 아무 말도 하지 않았다.

카드리가 계속해서 말했다.

"가발라위마저 죽었어."

마치 바늘이 심장을 찌르는 것 같았다. 그러나 그는 말했다.

"만수무강하시기를, 나리."

"수명이 길든 짧든, 결국 마지막은 무덤이야."

"괜한 생각으로 마음의 평정을 깨뜨리지 마십시오."

"그들은 나를 내버려 두지 않아. 죽음…… 죽음…… 항상 죽음이, 그것은 언젠가 별다른 이유도 없이, 아니 아무런 이유도 없이 갑자기 찾아오지. 가발라위는 어디에 있을까? 그 이야기꾼의 영웅은 어디 있을까? 죽음이란 있을 수 없어."

아라파는 그를 뚫어지게 바라보았다. 그리곤 그의 창백한 얼굴과 떨리는 눈을 보았다. 그의 마음상태와 그의 주변세계는 정반대였다.

아라파가 불안한 듯 말했다.

"중요한 것은 삶입니다."

카드리는 노한 듯 손을 휘젓더니, 모든 마음의 평정이 깨진 듯 말했다.

"삶이란 좋은 거야, 그것은 모든 것을 가지고 있어. 자네의 환약은 젊음조차도 되찾게 할 수 있어. 하지만 죽음이 그림자처럼 슬그머니 다가오면, 모든 것이 무슨 소용이겠는가. 매시간 그것이 날 괴롭히는데, 내가 어떻게 그것을 잊겠는가."

아라파는 카드리의 고통을 즐기고 있었다. 그러나 얼마 되지 않아 그는 자기 자신의 감정이 혐오스러웠다. 그는 그 어떤 강한 갈망으로 소녀의 손을 잡았다.

그리고 중얼거렸다.

"내가 저 달을 또 다시 보리라고 누가 보장할 수 있겠는가."

그리고 그가 말했다.

"아마도 술이 더 필요할 것 같은데요."

"아침이 되면 취기는 모두 없어지고 말겠지."

아라파는 그에게 경멸감을 느꼈다. 그는 이번이 좋은 기회라고 생각하고 말했다.

"만약 우리를 둘러싼 헐벗은 사람들의 시기가 아니라면, 살맛이 달라질 텐데."

통치자가 경멸조로 웃었다.

"불가능한 것을 말하는군! 만약 우리들이 그 사람들의 생활수준을 우리와 같게 올릴 수 있다 하더라도, 우리가 죽음의 공포로부터 벗어날 수 있을까?"

아라파는 머리를 끄덕이며 카드리의 조롱이 끝나기를 기다렸다가 말했다.

"빈곤과 절망 그리고 악조건이 있는 곳에는 죽음은 어디든지 찾아오지요."

"그리고 이것들이 하나도 없는 곳에도, 어리석은 사람아."

아라파가 웃었다.

"그래요, 그것은 전염성이 있으니까."

통치자는 웃음을 터뜨렸다.

"그것은 너의 무력함을 감추기 위한 우스꽝스런 주장에 지나지 않아."

아라파는 그의 웃음에 용기를 냈다.

"우리는 그것에 대해서는 아무것도 모릅니다. 그럴지도 모르지요. 사람들의 생활 조건이 개선되면 그만큼 삶의 질도 올라가지요. 행복한 사람들은 누구나가 다른 사람들에게 행복을 가져다주기 위해 애써 왔죠."

"그것은 티끌만큼도 소용없어."

"그렇지만 마술사들은 죽음에 저항하기 위해 힘을 합칠 거야.

가능한 한 누구나 마술을 부리려 하겠지. 그리고 죽음을 죽음으로 협박하겠지."

통치자가 큰 소리로 웃었다. 그리고는 눈을 감고 꿈속에 빠져들었다. 아라파는 파이프를 들고 그것이 타오를 때까지 연기를 훅 들이마셨다. 잠시 후에 다시 루트가 울리면서 달콤한 목소리가 노래를 불렀다.

"밤이여 계속 되어라."

"아라파, 자네는 마술사가 아니라 하쉬시 중독자로군."

"바로 그것이 우리가 죽음을 죽이는 방법이지요."

통치자는 잠시 동안 가만히 음악에 귀를 기울이다가 말했다.

"아, 만약 네가 성공할 수만 있다면, 아라파! 만약 네가 성공한다면 무엇을 하겠느냐?"

갑자기 말이 튀어나온 것 같았다.

"나는 가발라위를 다시 살려내겠습니다."

카드리가 얼굴을 찌푸렸다.

"그것은 자네 일이야. 자네는 그의 살인자야."

아라파는 눈살을 찌푸리며 알아들을 수 없게 중얼거렸다.

"아! 네가 성공할 수만 있다면, 아라파."

111

아 라파는 새벽에 통치자의 집을 떠났다. 그는 희미한 소리와 광경들로 가득 찬, 약에 취한 사람의 황홀한 세계에 빠져서 걷고 있었다. 그는 발걸음을 제대로 옮겨 놓을 수가 없었다. 그는 달빛이 가득 찬 잠든 거리를 가로질러 자기 집을 향해 갔다. 도중에 '큰 집'의 대문 앞에서 한 환영이 올려다보며 그에게 속삭였다.

"안녕하세요, 아라파 씨."

너무나 갑작스러워 그는 소스라치게 놀랐다. 그의 두 경호인이 냉큼 달려들어 그 환영을 붙잡았다. 흐릿한 시력에도 불구하고 자세히 살펴보니 그것은 어깨에서 발끝까지 검은 가운을 걸친 흑인 여자였다.

그는 하인들에게 그녀를 놓아주라고 말하고는 물었다.

"무엇을 원하나?"

"은밀히 말씀드릴 게 있습니다."

"왜?"

"저는 탄원할 것이 있는 불행한 여잡니다."

그는 귀찮다는 듯 지나치면서 말했다.

"신의 자비가 있기를!"

그녀는 애원했다.

"우리들의 소중한 선조들의 삶을 빌어 부탁드립니다. 제발 말씀드리게 해주세요."

그녀는 성난 눈길로 그녀를 바라보았다. 그러나 그의 눈은 그녀를 떠나지 않았다. 전에 저 얼굴을 어디서 보았더라? 그는 가슴이 뛰고 취기가 싹 가시는 것을 느꼈다. 그 운명의 밤에 가발라위의 방 문간에서 의자 뒤에 숨은 채 보았던 바로 그 얼굴이었다. 그녀는 가발라위와 방을 함께 쓰던 가발라위의 하녀였던 것이다. 그는 공포로 힘이 쭉 빠져 멍청히 입을 벌리고 그녀를 바라보았다.

하인 중의 하나가 물었다.

"쫓아 버릴까요?"

"우리 집 대문 앞에서 나를 기다려라."

그는 '큰 집' 앞에 둘만 남을 때까지 기다렸다. 그는 높고 좁은 이마와 뾰족한 턱, 입과 눈썹 주위에 주름살을 가진 그녀의 검고 야윈 얼굴을 찬찬히 살펴보았다. 그는 그날 밤에 그녀가 자신을 보지 못했음이 틀림없다고 여겼다. 가발라위가 죽었을 때 그녀는 어디에 있었을까? 또 무엇이 그녀를 이리로 오게 했지?

그는 말했다.

"좋아. 그럼 말해 봐."

"저는 탄원하러 온 것이 아닙니다. 어떤 사람의 뜻을 전하기 위해 당신과 둘이 있기를 원했습니다."

"무슨 뜻?"

그녀는 약간 다가서며 말했다.

"저는 가발라위의 하녀였고 그가 죽을 때 같이 있었습니다."

"네가?"

"예. 그렇습니다. 저를 믿어주세요."

그에겐 증거가 필요하지 않았다. 당황스런 목소리로 그녀에게 물었다.

"그 노인은 어떻게 죽었지?"

"그는 하인의 시체가 발견되자 비탄에 빠졌습니다. 그리고는 갑자기 죽음의 문턱에 서게 되었던 것입니다. 저는 사막을 정복했던 위대한 사람의 떨리는 등을 지탱하기 위해 정신없이 허둥댔었습니다!"

아라파는 한숨을 깊이 쉬었다. 슬픔으로 그는 고개를 떨구었다. 여인은 처음 얘기로 돌아갔다.

"저는 그의 뜻을 전하기 위해 왔습니다!"

그는 떨면서 그녀를 바라보았다.

"뭘 얘기하려는 거지? 말해!"

그녀는 달빛같이 온화한 목소리로 얘기했다.

"그는 유령에게 굴복하기 전에 이렇게 말했습니다. '마술사 아라파에게 가서 그의 할아버지가 그로 인해 기뻐하면서 죽었다고 전해라.'"

"거짓말쟁이! 무슨 음모를 꾸미는 거냐?"

"나리! 제발!"

"네가 무슨 장난을 하려는지 털어놔!"

"말씀드린 것 외에는 아무것도 없습니다. 오! 신이여! 살려주세요."

그는 의심스러운 듯 그녀에게 물었다.

"살인자에 대해 무엇을 아느냐?"

"아무것도 모릅니다. 나리! 저의 주인이 돌아가신 후, 저는 쭉 몸져 누워 있었습니다. 회복되면서 첫 번째 한 일이 당신을 만나러 온 것입니다."

"그가 너에게 무어라 말했다고?"

"마술사 아라파에게 가서 그의 할아버지가 그로 인해 기뻐하면서 죽었다고 전해라."

"거짓말쟁이! 너는 어떻게 알았지? 이 교활한 것! 내가……."

순간 그는 목소리를 가라앉히고 물었다.

"내가 어디 있는지 어떻게 알았느냐?"

"도착하자마자 당신에 대해 수소문했더니, 통치자 집에 있다고 해서 기다렸습니다."

"사람들이 내가 가발라위를 죽였다고 말하지 않더냐?"

그녀는 두려움에 떨며 얘기했다.

"누구도 가발라위를 죽이지 않았습니다. 누구도 그를 죽일 수는 없었을 겁니다."

"틀렸어. 그의 하인을 죽인 자가 그를 죽였어."

그녀는 화가 나서 외쳤다.

"거짓말! 꾸며낸 얘기예요. 그는 내 품에서 죽었어요."

아라파는 울고 싶었다. 그러나 눈물이 나오지 않았다. 그는 반쯤 뜬 눈으로 여인을 응시했다.

그녀가 간단히 말했다.

"그럼, 안녕히 계세요."

그가 진지한 목소리로 말했다.

"네가 진실을 말했다고 맹세할 수 있겠느냐?"

"신의 이름으로 맹세합니다."

수평선으로 동이 틀 기미가 보이기 시작할 때 그녀는 떠났다. 그는 사라질 때까지 그녀를 바라보다가 돌아섰다. 침실에서 그는 정신을 잃었다. 몇 분이 지난 후 그는 온몸이 가라앉는 듯한 피로함을 느꼈다. 그러나 한두 시간도 못 자서 내면의 혼란이 그를 다시 깨웠다. 그는 하나쉬를 불러 여인의 이야기를 들려주었다. 하나쉬는 놀란 눈으로 그를 바라보았다.

애기가 끝나자 그는 웃으며 말했다.

"어제 좋은 약을 먹었군."

아라파는 화가 나서 말했다.

"내가 본 것은 환각이 아니야. 그것은 사실이야. 의심할 여지가 없단 말이야."

"잠을 자. 자네는 충분히 잘 필요가 있어."

"잠을 자고 나서 애기해도 자네는 나를 물론 믿지 않겠지. 자넨, 이 애기에 다시 빠져들고 싶지 않겠지."

"왜 나를 안 믿나?"

하나쉬는 웃었다.

"자네가 통치자의 집을 떠날 때 나는 창가에 있었어. 난, 자네가 우리의 집 쪽을 향해 길을 건너는 것을 보았어. '큰 집'의 대문 앞에서 잠시 서 있더구만. 그리고는 두 하인을 데리고 계속 갔다니까."

아라파는 펄쩍 뛰어오르며 자신 있게 말했다.

"내게 두 하인들을 데려와 봐."

하나쉬는 경고의 몸짓을 했다.

"안 돼. 그들은 자네가 제정신이 아니라고 생각할 거야."

그는 단호히 말했다.

"자네의 면전에서 그들의 증언을 요구하겠어."

하나쉬는 간청했다.

"우린 지금 하인들로부터 거의 존경을 못 받고 있어. 그것마저 내팽개치지 말란 말이야."

아라파의 눈이 미칠 듯이 이글거렸다.

"난 미치지 않았어. 그건 환각이 아니야. 가발라위는 나로 인해 만족해하며 죽었대."

하나쉬가 부드럽게 얘기했다.

"좋아. 그러나 어떤 하인도 부르면 안 돼."

"무서운 일이 일어난다면, 너부터 덮칠 거야."

참을성 있게 하나쉬가 말했다.

"당치도 않아. 그 여인을 불러 직접 얘기를 듣자. 그 여자는 어디 살아?"

아라파는 기억해내려고 애쓰며 인상을 찌푸렸다.

"어디 사는지 묻는 것을 잊어 버렸어."

"자네가 본 것이 실제로 일어났었다면, 그녀를 보내지 말았어야 했어."

아라파가 외쳤다.

"일어났어. 난 미치지 않았어. 가발라위는 나 때문에 만족하며 죽었단 말이야."

하나쉬는 친절하게 말했다.

"긴장하지 마. 자넨 휴식이 필요해."

그는 아라파에게 다가가 그의 머리를 쓰다듬었다. 그리고 조심스럽게 그를 침대로 안내했다. 아라파가 드러눕고 나서야 하나쉬는 그의 곁을 떠났다. 아라파는 눈을 감자마자 잠이 들었다.

112

차분하고 확고하게 아라파는 말했다.
"난 도망가기로 결심했어."

하나쉬는 매우 놀라서 일을 멈추고 주위를 조심스럽게 둘러보았다. 작업실 창문이 닫혀 있음에도 불구하고 그는 두려워했다. 아라파는 그가 놀라는 것에 신경 쓰지 않고 일을 계속하며 말했다.

"이 감옥은 죽음에 대한 생각 외엔 더 이상 나에게 어떠한 것도 주지 않아. 쾌락과 술과 무희들이 바로 죽음의 음악이야. 난 화분들마다 무덤의 냄새가 나는 것 같아."

"그러나 죽음은 확실히 거리에서 우리를 기다리고 있어."

"우린 그것으로부터 멀리 도망칠 거야."

이렇게 말하고는 그는 하나쉬의 눈을 들여다보며 덧붙였다.

"그리고 어느 날 우리는 승리를 거두고 돌아올 거야."

"우리가 달아날 수 있다면!"

"악당들이 이젠 우릴 믿고 있어. 탈출은 불가능하지 않을 거야."

잠시 침묵 속에서 그들은 일을 계속했다.

아라파가 말했다.

"그것이 자네가 바라던 것 아냐?"

하나쉬는 당황해서 우물거렸다.

"난 거의 잊어버렸어. 하지만, 무엇이 오늘 자네로 하여금 탈출을 결심하게 했는지 말해 줘."

아라파가 미소지었다.

"우리의 조상이, 그가 나로 인해 기뻐했다는 것을 가르쳐 주었어. 비록 내가 그의 집에 침입해서 그의 하인을 죽였지만 말이야."

하나쉬는 다시 깜짝 놀라는 듯 했다.

"환각 때문에 목숨을 걸 거냐?"

"좋을 대로 생각해. 난 그가 나로 인해 기쁘게 죽었다고 확신해. 그는 침입한 것에 대해서도, 살인에 대해서도 분노하지 않았어. 그러나 그가 나의 현재 생활을 볼 수 있다면, 세상이 아무리 넓더라도 그의 분노를 담기에는 비좁을 거야."

부드러운 목소리로 다음 말이 이어졌다.

"그리고 그것이 그가 기뻤다고 내게 말한 이유야."

하나쉬는 놀라서 그의 머리를 가로저었다.

"자네 그에 대해 존경심을 가지고 얘기해 오지 않았잖아."

"그건 그 전에 내가 많은 의문을 지니고 있을 때의 얘기야. 그러나, 그가 죽은 이상…… 죽은 자들은 존경받을 권리가 있어."

"신이여! 그에게 자비를 베푸소서."

"내가 그를 죽음으로 몰아넣었어. 가능하다면 그를 되살려야만 한다는 것을 내가 어찌 잊을 수 있겠나? 성공한다면 우린 죽음을 모를 거야."

하나쉬는 슬픈 눈으로 그를 바라보았다.

"지금까지 마술이 자네에게 준 것은 죄다 각성제들과 죽음의 병들뿐이야."

"우린 마술이 어디서 시작하는지는 알아도 어디서 끝날지는 몰라." 하고는 그는 방을 둘러보았다.

"우린 책을 제외하고는 모든 것을 파괴하게 될 거야. 하나쉬, 그건 비밀의 보물상자야. 나는 그것을 나의 심장 옆에 놓을 거야. 우린 자네가 생각하는 만큼 그렇게 어렵게 탈출로를 찾게 되진 않을 거야."

저녁에 아라파는 평소처럼 통치자의 집으로 갔다. 새벽이 되기 조금 전에 그는 집으로 돌아왔다. 그는 그를 기다리느라고 깨어있는 하나쉬를 발견했다. 그들은 하인들이 잠들 때까지 한 시간을 침실에서 기다렸다. 둘은 테라스로 몰래 기어갔다. 테라스에 있는 하인의 코고는 소리가 규칙적으로 들려왔다. 그들은 계단을 내려와 대문을 향해 갔다. 하나쉬가 문지기의 침대로 가서 그를 몽둥이로 내리쳤다. 그러나 그것은 목화인형이었고, 밤의 정적을 깨우는 소음을 내었다. 그들은 그 소리가 사람들을 깨울까 두려워 두근거리는 가슴으로 대문에서 기다렸다. 아라파는 빗장을 조심스레 당겨 대문을 열고 하나쉬는 밖으로 나왔다. 그들은 대문을 닫고,

옴무 존폴의 집을 향해 담에 바싹 붙어서 어둠과 정적 속으로 출발했다. 거리를 내려오는 중에 개가 한 마리 누워 있었다. 개는 호기심이 나는 듯 일어나서 쿵쿵거리며 그들에게 달려왔다. 몇 야드를 쫓아오더니 멈춰 서서 하품을 했다.

그 집의 입구에 도착하자 아라파가 속삭였다.

"여기서 나를 기다려. 자네를 놀라게 하는 것이 있으면 내게 휘파람을 불고, 수끄 무까땀으로 도망쳐."

아라파는 계단에 이르는 통로를 내려가, 옴무 존폴의 방으로 올라갔다. 그는 그의 아내가 누구냐고 물을 때까지 문을 두드렸다.

그는 간절히 말했다.

"아라파요. 문을 여시오. 아와티프."

그녀는 문을 열었다. 그는 손에 든 등불빛으로 자신을 올려다보고 있는 그녀를 보았다. 그녀의 얼굴은 창백하고 졸려보였다.

그는 단도직입적으로 얘기했다.

"나와 같이 갑시다. 우린 함께 탈출할 거요."

그녀는 망연히 그를 바라보았다. 그녀의 어깨 너머로 옴무 존폴이 보였다.

그가 다시 말했다.

"우린 도망쳐서, 우리가 살아왔던 그대로 살 것이오. 서둘러요."

그녀는 잠시 머뭇거리더니 곤혹스러운 듯이 말했다.

"무엇이 나를 생각나게 만들었나요?"

"얘기는 나중에 합시다. 지금은 1분 1초가 중요한 때요."

소란스러운 소리에 뒤이어 하나쉬의 휘파람소리가 들렸다.

아라파가 겁에 질려 외쳤다.
"개 같은 놈들! 우린 기회를 잃었소. 아와티프."
그는 계단 꼭대기로 달려가 안뜰에 있는 사람들과 햇불들을 보았다. 그는 실망해서 내려왔다.
아와티프가 말했다.
"이리 들어오세요."
옴무 존폴이 자기방어심에서 사납게 말했다.
"안 돼요. 들어오지 마시오."
들어갈 필요가 어디 있겠는가? 그는 하숙방의 입구에 있는 작은 창을 가리키며 그의 아내에게 다급하게 물었다.
"저건 어디로 향해 있소?"
"채광창이에요."
가슴에서 책을 꺼내 옴무 존폴을 밀치고 그 창문으로 달려가서 밖으로 던졌다. 그리고는 서둘러 문 밖으로 나왔다. 그의 등 뒤에서 문이 닫혔다. 지붕 쪽으로 몇 계단을 뛰어 올라가, 난간 너머 거리를 바라보았다. 사람들의 그림자와 햇불이 떼지어 있었다. 그는 그를 잡으러 올라오는 소리를 듣고, 지붕과 다음 집 지붕을 가르는 벽을 향해 가말리아 쪽 방향으로 달려갔다. 햇불을 든 사람이 지휘하는 무리가 그를 앞지르는 게 보였다. 그는 다른 길로 돌아서서 리파아 마을 방향에 있는 첫 번째 지붕의 벽을 향했다. 그 지붕을 향한 문으로 햇불들이 다가오는 것이 보였다. 그는 절망으로 숨이 막혔다. 옴무 존폴의 비명을 들었다고 생각했다. 그들이 그녀의 하숙집으로 뛰어들었을까? 아와티프를 체포했을까?

지붕을 향한 문으로 외치는 소리가 들렸다.

"항복하라. 아라파."

그는 잡힐 각오를 하고 그 자리에 말없이 서 있었다. 어느 누구도 그에게 접근하지 못하고 소리만 외쳐댔다.

"네 놈이 만일 병을 하나라도 던지기만 하면, 수십 개의 병으로 되돌려 줄줄 알아라."

"난 아무것도 없어."

그들이 가까이 와 그를 포위했다. 그들 사이에 통치자의 문지기 유네스가 끼어있는 것을 보았다.

그가 다가와 고함쳤다.

"범죄자! 은혜도 모르는 자식."

그는 두 사람이 아와티프를 끌고 오는 것을 보았다.

그는 큰 소리로 애원했다.

"그 여자를 보내 주시오. 그 여자와 나는 아무 관계도 없소."

그러나 그의 관자놀이에 꽂힌 한 방의 강타가 그를 침묵시켰다.

113

격 노한 통치자 앞에 아라파와 아와티프가 등뒤로 결박당한 채 서 있었다.

통치자는 아라파의 얼굴을 후려갈기며 소리쳤다.

"이 자식! 우리와 함께 있으면서 배반하려고 했지."

아와티프는 눈물을 흘리며 말했다.

"그는 화해하고자 나에게 왔을 뿐입니다."

통치자는 그녀의 얼굴을 후려치며 외쳤다.

"닥쳐!"

아라파가 말했다. "그녀는 아무 죄도 없어. 그녀는 아무런 관계도 없다."

"아냐! 이 여자는 가발라위의 살해뿐 아니라 또 다른 범죄에서도 너의 공범자였어."

그는 계속 외쳐댔다.

"너는 탈출하길 원했고 아와티프는 이곳으로부터 함께 탈출하도록 돕고자 했다."

그가 사람들을 부르자 자루 두 개를 가져왔다. 그들은 아와티프를 들어 재빠르게 두 발을 묶은 후 자루에 쑤셔 넣고 자루를 단단히 조였다.

아라파는 미친 듯이 외쳐댔다.

"너희 멋대로 죽여라. 내일이면 너희 적들의 손에 너희는 죽을 것이다."

통치자는 거칠게 웃었다.

"나는 영원히 나를 지켜주기에 충분한 병을 갖고 있다."

아라파는 격렬하게 소리쳤다.

"하나쉬는 도망갔다. 그는 온갖 비밀을 간직한 채 탈출했다. 어느 날 그는 다시 돌아와 악독한 네놈으로부터 동료를 구할 것이다."

 카드리가 그를 걷어찼다. 그는 나동그라지며 몸부림쳤다. 그 자들은 그에게 달려들어 그의 처에게 했던 것처럼 똑같이 하고는 자루 두 개를 들고 사막으로 향했다. 아와티프는 곧 기절했고 아라파는 계속 고통스러워했다. 어디로 끌려갈까? 어떠한 죽음이 기다리고 있을까? 때려 죽일까? 돌로? 불로 태워서? 아니면 가발의 정상에서 던져 죽일까? 삶의 마지막 순간을 조여오는 그 고통은 얼마나 두려울 것인가? 마법조차도 질식할 듯한 고통으로부터 벗어나게 할 수는 없으리라. 자루의 밑바닥에 있던 그의 머리는 통치자의 주먹에 맞아 요동쳤고 마침내 그는 거의 죽을 지경이었다. 고통으로부터 벗어나는 길은 유일하게 죽음뿐이었다. 그는 죽을 것이다. 그의 죽음과 함께 희망도 사라지리라. 그리고 거칠게 웃었던 사람들은 오래 살 것이다. 사람들—그는 사람들이 구제되기를 희망했다—은 그의 죽음을 즐거워할 것이다. 하나쉬가 하게 될 일을 누가 말할 수 있을까? 그들을 죽음으로 몰아넣었던 사람들은 침묵을 지킬 것이고 그 누구도 말 한마디 꺼내지 않으리라. 거기엔 오로지 암흑뿐이었고 암흑 뒤에는 죽음뿐이었다. 죽음의 공포 때문에 그는 통치자의 손아귀에 스스로를 내맡기고 모든 것을 잃었다. 그리고 죽음이 왔다. 삶이 산산조각나기도 전에 삶은 죽음에 대한 공포로 파괴되었다. 만일 그가 다시 살아날 수 있다면 모든 사람들에게 다음과 같이 외쳤으리라.

 "두려워하지 말라! 공포가 죽음을 막는 것이 아니라 삶을 막는다. 동료들이여! 여러분은 죽어 있다. 여러분이 죽음에 떨고 있는 한 생명은 주어지지 않을 것이다."

살해자 중 하나가 말했다.

"여기 어때?"

다른 한 사람이 대답했다.

"여기 이 땅이 좀 무르겠구만."

그들이 뭐라고 하는지는 알 수 없었지만, 그의 심장은 뛰고 있었다. 어떤 의미에서 그것은 죽음의 언어였다.

그가 소리칠 때가지 긴장은 고조되었다.

"죽여라!"

자루가 땅에 떨어져 아라파의 머리가 땅에 부딪쳐 신음소리가 났다. 고통은 목과 척추 깊이 파고들었다. 순간순간 그는 고통을 격감시킬 수 있는 곤봉을 기대했다. 그는 악한 동료들로 인한 삶 전체를 저주했다.

그는 유네스의 말을 들었다.

"아침 전에 되돌아갈 수 있도록 빨리 파라."

왜 그 자들은 그들을 죽이기 전에 구덩이를 팔까? 그는 가발 무까땀이 그의 가슴속에 남아 있음을 느꼈다. 그는 아와티프의 신음소리를 들었다. 그의 묶인 몸뚱아리가 격렬하게 내동댕이쳐졌다. 그리고는 땅 파는 소리가 그의 귓전을 때렸다. 그는 그 자들의 냉혹함에 놀랐다. 유네스가 생매장하라고 소리쳤다. 아와티프는 비명을 질렀고 그는 꺼져가듯이 소리쳤다. 억센 손이 그들을 구덩이에 처박고는 땅속에 묻어버렸다. 한 덩이의 먼지구름이 어둠속에 피어올랐다.

114

아라파에 대한 소문은 곧 거리에 퍼졌다. 그의 사인을 명확하게 아는 사람은 아무도 없었으나 사람들은 그가 상관에게 노여움을 샀거나, 통치자가 그를 피할 수 없는 구렁텅이로 몰아넣었다고 추측했다. 때로는 그가 사달라와 가발라위를 죽일 때 썼던 바로 그 신비스런 무기로 사살되었다는 소문이 퍼지곤 했다. 사람들은 통치자를 증오하고 수장의 친척동료들이 좋아했음에도 불구하고, 그의 죽음을 기뻐했다. 그들은 신성한 조상들을 죽이고 자신들을 영원한 노예상태로 가두기 위한 무시무시한 무기를 포악한 통치자에게 공급했던 아라파의 죽음을 매우 통쾌히 여겼다. 과거보다 더 암울한 상황이 다가왔다. 현재 권력은 잔인한 자의 수중에 집중되었다. 두 사람 사이에 다툼이 일어나 둘 다 모두 약화되어 그 중 하나가 민중에 기댈 가능성이 희박해졌다. 복종 외에는 달리 방법이 없는 것처럼 보였고, 가발, 리파아, 카셈이란 단어는 이야기꾼들의 노래에나 어울리지, 현실과는 동떨어진 공허한 말처럼 느껴졌다.

* * *

옴무 존폴이 데라사에 갔을 때 어느 한 남자가 그녀에게 다가와 말을 건넸다.

"안녕하세요, 옴무 존폴!"

그녀는 그 남자를 유심히 살펴보고 난 후 크게 소리쳤다.

"하나쉬!"

그는 미소지으며 그녀에게 다가왔다.

"죽은 사람이 그가 잡혔던 그 날 당신 집에 무언가 남기지 않았나요?"

그녀는 근심을 떨쳐버리려고 애쓰며 대답했다.

"그는 아무것도 남기지 않았어. 난 그가 그의 서류를 굴뚝 속으로 던져 넣는 것을 보았지. 다음 날 가보니 전혀 쓸모없는 책을 찾아내서, 버려 버렸는데."

하나쉬의 눈이 이상하게 빛났다.

"그 책을 찾게 도와주시오."

그 늙은 부인은 놀라서 소리쳤다.

"가시오. 신의 은총이 없었다면 당신도 죽었을 게야."

그가 동전 한 닢을 그녀의 손에 쥐어주자 그녀는 조용해졌다. 그는 모든 사람들이 자고 있을 시간에 그녀를 만나보기로 했다. 약속한 시간에 그 여자는 그를 굴뚝 밑바닥까지 안내했다. 그는 촛불을 밝히고 아라파의 책을 찾기 위해 쓰레기더미 위에 웅크리고 앉았다. 그는 휴지를 한 장, 한 장 넘겼고, 모래와 먼지구덩이에 손가락을 집어넣어 담배조각, 썩은 음식 부스러기를 휘저었다. 그러나 그는 원하는 것을 찾아낼 수 없었다.

그는 옴무 존폴에게 돌아와 분개하며 말했다.

"아무것도 찾지 못했소."

그녀는 화가 나서 대꾸했다.

"상관 말아. 당신이 오자 불행이 뒤따라왔어."

"참아요."

"시간은 우리에게서 인내심을 앗아가 버렸어. 당신이 왜 그 책에 관심을 갖는지 말해 줘."

하나쉬는 망설이며 말했다.

"그것은 아라파의 책입니다."

"아라파! 신이여 그를 용서해 주시길! 그는 가발라위를 죽였고, 통치자에게 그의 마술을 주고 갔습니다."

"그는 살아 있던 좋은 사람 중의 하나였으나 운은 그를 따르지 않았소. 그는 가발, 리파아, 카셈이 당신들에게 바랐던 바를 더욱 원했었소."

그녀는 의혹의 눈초리로 바라보며 말했다.

"아마 그 안에 있는 책을 쓰레기장에 버렸을 거야. 살리히의 소각장에서 그걸 찾아 봐."

하나쉬는 쓰레기 소각장에 가서 가발라위 고을의 청소부를 찾아냈다. 그는 그에게 쓰레기에 관해서 질문했다.

그 사람은 대답했다.

"당신은 당신이 잃은 물건을 찾고 있습니까? 그게 뭐죠?"

"책인데요."

그 사람은 이상하게 생각했으나 곧 목욕탕 옆에 있는 모퉁이를 가리켰다.
"행운을 빕니다. 거기서 그것을 찾을 수 없다면 이미 불타버린 것입니다."

하나쉬는 참을성 있게 쓰레기를 뒤지기 시작했다. 책은 그가 이 세상에 남긴 유일한 희망이다. 그것은 그의 희망이자, 동료들의 희망이었다. 불행한 아라파는 패배당해 죽었고 그에게는 악덕과 험담만이 남았다. 이 책은 그의 실책을 좋게 만들어 주며 그의 적들을 파괴하고 희망을 불러일으킨다.

청소부가 물었다.
"찾았습니까?"
"잠깐 기다려 주시오."
그는 겨드랑이를 긁으며 말했다.
"그 책이 뭐 그리 중요하오."
"그 속에 우리들의 보고서가 있어요. 당신도 좀 찾아주시오."

그는 잘 알고 있는 목소리가 들리자 두려움은 점점 커갔으나, 바삐 계속 찾아 헤맸다.
"메트와리, 소각통은 어디 있죠?"

하나쉬는 암무 샹칼의 목소리를 듣자, 소름이 끼쳤다. 그는 그 계곡의 콩요리 장사꾼이었다. 그는 돌아보지는 않았지만 그를 알아볼까봐 두려웠고 지금이 도망가기에 좋은 때가 아닐까 생각했다. 그의 손은 바삐 움직였다. 암무 샹칼은 마을로 돌아와 만나는 모든 사람에게 아라파의 친구인 하나쉬를 보았는데 그는 살리하 소각장에서 책을 찾으려고 쓰레기 더미를 뒤지고 있었으며 청소부가 자기에게 이야기했노라고 이야기하고 다녔다. 이 소문은 얼마 안 가 통치자의 집에까지 알려져 몇몇 하인들이 소각장에 찾아갔으나 하나쉬의 그림자는 찾을 수 없었다. 청소부에게 물어보니 그가 무엇인가를 찾고 있었고 그가 돌아왔을 땐 이미 하나쉬가 떠난 후여서 그가 찾고 있는 것을 찾았는지는 알 수 없다고 했다.

*　　　*　　　*

하나쉬가 아라파의 기술이나 무기에 관한 비밀을 적어 놓은 유일한 비밀장부를 가져갔다는 소문이 언제부터인지 돌기 시작했다. 하나쉬가 아라파가 시작했던 일을 마치면 통치자에게 가혹하게 복수를 할 것이라는 소문이 이 하쉬시 소굴로부터 저 하쉬시 소굴로 퍼져나갔다. 통치자는 하나쉬의 생사 여부를 알려주는 사람에게 막대한 보상금을 약속한다면서 이런 소문이 확산되는 것을 막았으며 그의 부하들은 술집이나 마약소굴에 이를 선전하고 다녔다. 사람들은 하나쉬가 그들에게 생기를 불러일으킬 것이라고 믿어 의심치 않게 되었다. 희망과 기대감이 낙담과 노예근성을 없애버렸으며 사람들은 은신처에 숨어 지내는 하나쉬에 대한 애정으로 차있었다. 더욱이 그들의 애정은 아라파 자신에 대한 추억을 불러일으켰다. 그들은 통치자와 적대관계에 있는 하나쉬를 돕고자 했으며 그들 스스로 승리를 쟁취하고 정의와 평화의 삶을 찾고자 했다. 사람들은 할 수 있는 한 어떤 방법으로든지 하나쉬를 도울 준비가 되어 있었으며 그를 만난다면 그를 구출하는 방법만이 유일한 길이었다. 왜냐하면 통치자가 갖고 있는 불가사의한 힘은 하나쉬가 이미 만들어 놓은 비슷한 힘에 의해서만 패배시킬 수 있기 때문이었다.

통치자는 사람들이 자기들끼리만 쉬쉬하며 속삭이며 다니는 말을 듣고 카페의 이야기꾼들에게 가발라위의 이야기를 노래하도록 지시했다. 특히 가발라위가 아라파의 손에 어떻게 죽었는가, 그들의 위대한 조상에 대한 복수로 그가 그를 죽일 수 있었을 때까지. 통치자가 그의 위력을 무서워하며 어떻게 살인자와 휴전할 것을 강요당했으며 친하게 지내야만 했는가. 매우 놀라운 사실은 사람들이 이야기꾼의 거짓말을 무관심과 냉담으로 받아들였다는 사실이다.

그들은 더욱 완강하게 저항했고 다음과 같이 말하곤 했다.

"과거는 우리에게 아무것도 아니다. 우리의 유일한 희망은 아라파의 마술이다. 가발라위와 마술 중 하나를 택하라면 우리는 마술을 택할 것이다."

날마다 사람들에게 아라파에 대한 진실이 밝혀졌다. 그것은 옴무 존폴로부터 흘러나왔는데, 그녀는 아와티프를 통해 그에 대한 사실을 많이 알고 있었다.

또 하나는 하나쉬 그 자신으로부터 나왔는데 멀리 떠난 사람들과의 만남을 통해서였다. 사람들은 그 사람에 대하여 알게 되었으며 그가 그들을 위해 하고자 했던 선한 행동에 관한 이야기가 널리 퍼졌다. 그들은 진실에 고조되어, 그를 추모했으며 그의 명성은 가발, 리파아, 카셈의 명성보다 더 올라가기조차 했다. 어떤 사람들은 그가 가발라위의 살인자라는 것은 가당치 않다고 했으며, 그가 가발라위를 죽였다손 치더라도 그 고을에서 가장 중요한 사람이라고 말들을 했다. 사방에서 그를 추앙했다.

그 후 젊은이들이 하나둘씩 사라지기 시작했다. 그들이 하나쉬에게 가는 길을 발견하고서 그와 합세하였으며 그가 약속한 해방의 날을 대비해 그들에게 마술을 가르치고 있다는 사실이 상세히 알려졌다. 공포가 통치자와 그의 일당들을 사로잡았다. 그래서 그들은 곳곳마다 첩자를 보내 모든 집과 가게를 뒤졌다. 그들은 매우 작은 저항에도 심한 벌을 가했고 농담이나 웃음, 흘낏 쳐다보는 것에도 마구 욕설을 퍼부어댔다. 그래서 거리는 공포, 증오 그리고 험한 분위기가 무섭게 깔려 있었다. 그러나 사람들은 압박을 용기 있게 견뎌내며, 인내와 희망으로 버텼다. 불의로 고통 받을 때마다 그들은 말했다.

"밤이 낮에 굴복하듯이 억압은 반드시 사라질 것이다. 우리는 언젠가는 압제의 종말과 기적의 새벽을 보게 될 것이다."

철학사전(개정증보판)과 철학사(전5권)

『철학사전』은 『철학사』(전5권)를 읽는 독자들을 위해 만들어졌다. 본 사전에는 아직도 각종 모순이 중첩되어 있는 이 땅에서 자연과 사회 및 인간 사유의 일반적 발전 법칙을 탐구하여, 올바른 세계관을 수립하고 각종 모순을 인식하고 해결하는 데 초석이 되도록 편찬되었다. 따라서 이 사전은 진보적 철학의 비중을 대폭 높였으며 특히 한국철학에 있어서 새로운 민중적 시각을 통해 재정리하고자 했다. 또한 이 사전은 철학의 근본문제를 비롯하여 여러 문제, 사회관, 인생관, 가치관, 역사관 등의 문제와 기타 철학의 발전과 긴밀히 연결된 사회과학과 자연과학의 논점도 동일한 입장에서 다루었다. 때문에 이 사전과 동일한 입장에서 일관성 있게 집필된 본사 발행 『철학사』(전5권)와 함께 유용한 지침서가 될 것이다.

철학사전편찬위원회 지음/4×6배판 칼라인쇄/고급 서적지 및 고급 양장케이스/정가 350,000원

『철학사』(전5권)는 국내판을 출간하는데 30여년에 걸쳐 기획되고 수정된 책으로 연 40여명의 편집인이 동원되었다. 본서는 1987년 7월 처음 출간되어 1998년 2월에 재편집되었으며 2009년 5월에 3차 증보판에 이어서 이번이 제4차 개정 증보판이다. 대본으로 사용한 책은 「러시아과학아카데미연구소」(Akademiya Nauk SSSR)에서 출간한 『History of Philosophy』(전5권)를 다시 국내에서 우리나라 실정에 맞게 재편집하고 현대적 용어와 술어로 바꾸어 번역한 것으로, 국내판은 고대 노예제 철학의 발생으로부터 자본주의 독점 시대까지의 철학을 재편집하였다.

크라운판 고급인쇄/고급 서적지 및 고급 양장케이스/전5권 세트 정가 650,000원

중원문화 아카데미 新書

1. 한국근대 사회와 사상
   - 일본 교토대학교 연구소 엮음
2. 걸어다니는 철학
   - 황세연 저
3. 반듀링론
   - F.엥겔스/김민석 역
4. 헤겔 법철학 입문
   - 꼬우즈미 따다시 지음
5. 이성과 혁명
   - H.마르쿠제/김현일 외 역
6. 정치경제학 교과서 I-1
   - 짜골로프 외/윤소영 엮음
7. 정치경제학 교과서 I-2
   - 짜골로프 외/윤소영 엮음
8. 정치경제학 교과서 I-3
   - 짜골로프 외/윤소영 엮음
9. 이탈리아 맑스주의
   - K.프리스터/윤수종 옮김
10. 걸어다니는 경제사
    - 황세연 편저
11. 자본론에 관한 서한집
    - K.마르크스와 F.엥겔스 저
12. 지배와 사보타지
    - 안토니오 네그리/윤수종 옮김
13. 과학기술사
    - 석동호 편저
14. 저개발과 의약품
    - M.빌러/우연재 옮김
15. 맑스주의의 세 갈래길
    - W.레온하르트/하기락 옮김
16. 역사적 맑스주의
    - R.알뛰세르/서관모 옮김
17. 경제학의 선구자들
    - 일본경제신문사/김종호 옮김
18. 근현대 사회사상가 101
    - 이마무라 히도시/안효상 옮김
19. 맑스를 넘어선 맑스
    - 안토니오 네그리/윤수종 옮김
20. 교육과 의식화
    - P.프레이리/채광석 역
21. 정치경제학 교과서 II-1
    - 짜골로프 외/윤소영 엮음
22. 정치경제학 교과서 II-2
    - 짜골로프 외/윤소영 엮음
23. 청년 마르크스의 휴머니즘
    - H.포피츠/황태연 역
24. 사회를 어떻게 볼 것인가?
    - 황세연 편저
25. 헤겔연구②
    - 임석진 외저 (절판)
26. 칸트 철학입문
    - W.O.되에링/김용정 역
27. 노동조합 입문
    - 양원직 편저
28. 마르크스에서 쏘비에트 이데올로기로
    - I.페처/황태연 역
29. 소유의 위기
    - E.K.헌트/최완규 역
30. 변증법의 현대적 전개①
    - W.뢰트/임재진 역
31. 변증법의 현대적 전개②
    - W.뢰르/임재진 역
32. 모순의 변증법
    - G.슈틸러/김재용 역
33. 헤겔연구③
    - 임석진 외저 (절판)
34. 국제무역론
    - 久保新一/김선기 역
35. 칸트
    - 코플스톤/임재진 역
36. 자연과학과 철학
    - H.라이헨바하/김희빈 옮김
37. 철학 입문
    - 황세연 편역
38. 맑스주의의 역사 ①
    - P.브르니츠기/이성백 옮김
39. 맑스주의의 역사 ②
    - P.브르니츠기/이성백 옮김
40. 한국사회와 자본론
    - 황태연 저
41. 정치경제학 비판을 위하여
    - K.마르크스/김호균 역
42. 과학기술 혁명시대의 자본주의와 사회주의
    - 황태연 저/허상수 엮음
43. 혁명운동의 문제들
    - S.P.노보셀로프/이창휘 옮김
44. 마키아벨리의 고독
    - 루이 알뛰세르/김민석 역
45. 들뢰즈와 가타리
    - 로널드 보그/이정우 옮김
46. 과학적 사회주의
    - G.그로서/송주명 옮김
47. 맑스-레닌주의 철학의 본질
    - F.V.콘스탄티노프/김창선 역
48. 철학의 기초(1)
    - A.라키토프/김신현 옮김

중원문화 아카데미 新書

49 철학의 기초(2)
  • A. 라키토프/김신현 옮김
50 소수자 운동의 새로운 전개
  • 윤수종 외 지음
51 한눈에 들어오는 서양철학사
  • 타케다 세이지/홍성태 옮김
52 마르크스즘과 유로코뮤니즘
  • 산티아고 까리요/김유향 옮김
53 맑스주의와 프랑스인식론
  • P. 토미니크 르쿠르/박기순 옮김
54 논리의 오류
  • 에드워드 데이머/김희빈 역
55 프랑스 문화와 예술
  • 마르크 블랑팽 · 장 폴 쿠슈/송재영 옮김
56 개발과 파괴의 사회학
  • 홍성태 지음
57 인민의 벗이란 무엇인가
  • V. 레닌/김우현 역
58 예술 · 정보 · 기호
  • 가와노 히로시/진중권 역
59 담론의 질서
  • 미셸 푸코 지음/이정우 해설
60 사회학의 명저 20
  • 김진균 외 지음
61 철학사(1)
  • Akademiya Nauk SSSR 편
62 철학사(2)
  • Akademiya Nauk SSSR 편
63 철학사(3)
  • Akademiya Nauk SSSR 편
64 철학사(4)
  • Akademiya Nauk SSSR 편
65 철학사(5)
  • Akademiya Nauk SSSR 편
66 인격의 철학, 철학의 인격
  • 김종엽 저
67 담론의 질서
  • 푸코 지음/이정우 옮김
68 교육자의 길
  • 이오덕 외 저
69 정치경제학
  • 짜골로프 저
70 박정희 시대-5.16은 쿠데타다
  • 이상우 저
71 박정희 시대-민주화운동과 정치주역들
  • 이상우 저
72 박정희 시대-5.16과 한미관계
  • 이상우 저
73 박정희와 유신체제 반대운동
  • 이상우 저
74 세계사 (제국주의 시대)
  • 김택현 편
75 세계사 (제1차세계대전)
  • 김택현 편
76 세계사 (제2차세계대전과 파시즘)
  • 김강민 역
77 세계사 (현대)
  • 조진원 편/이춘란 감수
78 근현대 형성과정의 재인식①
  • 안종철 외 저
79 근현대 형성과정의 재인식②
  • 정근식 외 저
80 시몬느 베이유 철학교실
  • 앙느레느/황세연 역
81 소크라테스에서 미셸 푸코까지
  • 기다 캔/김석민 역
82 상식 밖의 세계사
  • 가바야마 고아치/박윤명 역
83 들뢰즈와 카타리
  • 로널드 보그 저/이정우 옮김
84 새로운 예술을 찾아서
  • 브레이트 저/김창주 역
85 역사 유물론의 궤적
  • 페리 앤더슨/김필호 외 옮김
86 철학적 맑스주의
  • 루이 알튀세르/서관모 역
87 생산의 발전과 노동의 변화
  • 마이클 피오르 외/강석재 외 역
88 항일과 혁명의 한길에서
  • 김운선 지음
89 지배와 사보타지
  • 안토니오 네그리/윤수종 역
90 헤겔철학 서설
  • 오토 푀겔러/황태연 역
91 과학적 공산주의란 무엇인가
  • 빅토르 아파나시예프/최경환 역
92 페레스트로이카 논쟁(서독)
  • 에케르트 외/송주명 역
93 페레스트로이카 논쟁(동독)
  • 모르겐슈테른 외/신현준 역
94 페레스트로이카 논쟁(프랑스)
  • 프랑시스 코엥/신현준 역
95 페레스트로이카 논쟁(소련)
  • 야코블레프 외/신현준 역
96 마르크스주의와 개인
  • 아담 샤프/김영숙 역

중원문화 아카데미 新書

- 97 변증법이란 무엇인가
  • 황세연 지음
- 98 지역 민주주의와 축제의 관계
  • 정근식 외 저
- 99 왜 인간인가?
  • 강대석 지음
- 100 왜 철학인가?
  • 강대석 지음
- 101 왜 유물론인가?
  • 강대석 저
- 102 경제학의 선구자들 20
  • 일본경제신문사 엮음/김종호 역
- 103 남 영 동
  • 김근태 저
- 104 다시하는 강의
  • 이영희, 한완상 외 저
- 105 철학의 명저 20
  • 한국철학사상연구회 엮음
- 106 민족문학의 길
  • 구중서 저
- 107 맑스, 프로이트, 니체를 넘어서
  • 서울사회과학연구소 저
- 108 일본적 생산방식과 작업장체제
  • 서울노동정책연구소 저
- 109 근대성의 경계를 찾아서
  • 서울사회과학연구소 지음
- 110 헤겔과 마르크스
  • K. 베커/황태연 역
- 111 헤 겔
  • 나까야 조우/황세연 역
- 112 탈현대 사회사상의 궤적
  • 비판사회학회 지음
- 113 역사가 말 못하는 것
  • 민상기 지음
- 114 동성애 욕망
  • 기 오껭겜 지음/윤수종 옮김
- 115 성(性) 혁명
  • 빌헬름 라이히 지음/윤수종 옮김
- 116 성(性) 정치
  • 빌헬름 라이히 지음/윤수종 옮김
- 117 성(性) 자유
  • 다니엘 게링 지음/윤수종 옮김
- 118 분열과 혁명의 영토
  • 신승철 지음
- 119 사랑과 욕망의 영토
  • 신승철 지음
- 120 인동의 세월:1980~1985
  • F. 가타리 지음/윤수종 옮김

인격의 철학, 철학의 인격

김종엽 저/420쪽/고급양장 신국판/
정가 28,000원

한 철학자의 눈에 비친 인격에 대한 고찰!

저자는 여러 철학자들의 사유에 내재된 진정한 개성과 삶의 관점을 드러내 인격적 정체성이 무엇인지를 밝히고자 했다.

이 저서는 인격적 정체성을 사물과 구별되는 존재의 세계에서 설명하려는 실천적 과제를 안고 있습니다. 더불어 그것을 비판하는 논점과도 논쟁할 것입니다. 인격적 정체성을 정당화하려는 철학적 노력은 단순히 물리적 세계에 역행하는 무모한 시도가 아닙니다. 인격적 정체성에 대한 질문은 개별적 실존이 어떻게 변화무쌍한 삶의 실현과정에서 자기 자신과 동일함을 유지하며, 또한 동일함에 이를 수 있는지를 묻습니다.

"국민천세!" 천승세 평역
중국역사대하소설

십팔사략

천승세 선생님께서 심혈을 기울여 엮어내신 주옥같은 이야기는 지금까지 느낄 수 없었던 새로운 역사철학을 여러분 가슴에 선사할 것이다.

노자, 공자, 손자, 한비자, 진시황제, 항우와 유방, 한무제, 조조, 유비, 손권, 측천무후, 당현종과 양귀비, 칭기즈칸 등의 냉혹함과 예리한 통찰력, 그리고 목숨을 건 판단으로 한 시대를 움켜잡았던 드라마 같은 실록은 오늘 날 정치가나 CEO 및 조직의 리더들에게 성공이란 지혜를 제공할 것이다.

십팔사략(전8권 세트)/천승세 평역/정가 120,000원

녹정기(전12권 세트)
김용 지음/정가 168,000원

천룡팔부(전10권)
김용 지음/정가 140,000원

소오강호(전8권)
김용 지음/정가 112,000원